U0452289

七层宝塔

时代出版传媒股份有限公司
安徽文艺出版社

作者　朱辉

朱辉，江苏省作家协会副主席。著有长篇小说《我的表情》《牛角梳》《白驹》《天知道》《万川归》和中短篇小说集多部，有《朱辉文集》（十卷）出版。曾多次获得紫金山文学奖长篇小说奖和短篇小说奖、《作家》金短篇奖、《小说选刊》年度奖、汪曾祺文学奖、高晓声文学奖、百花文学奖等奖项。短篇小说《七层宝塔》获第七届鲁迅文学奖。

当代名家精品珍藏

朱辉 著

七层宝塔

时代出版传媒股份有限公司
安徽文艺出版社

图书在版编目（CIP）数据

七层宝塔/朱辉著.—合肥：安徽文艺出版社，2024.6
ISBN 978-7-5396-7656-2

Ⅰ.①七… Ⅱ.①朱… Ⅲ.①短篇小说－小说集－中国－当代 Ⅳ.①I247.7

中国国家版本馆CIP数据核字(2023)第003413号

七层宝塔

QI CENG BAOTA

出 版 人：姚 巍　　　　　　总 统 筹：汪爱武
责任编辑：周 丽　　　　　　装帧设计：观止堂_未氓

出版发行：安徽文艺出版社　　www.awpub.com
地　　址：合肥市翡翠路1118号　邮政编码：230071
营 销 部：(0551)63533889
印　　制：安徽新华印刷股份有限公司　(0551)65859551

开本：880×1230　1/32　印张：7.75　字数：185千字
版次：2024年6月第1版
印次：2024年6月第1次印刷
定价：42.00元(精装)

(如发现印装质量问题，影响阅读，请与出版社联系调换)

版权所有，侵权必究

目 录

暗红与枯白 / 001

七层宝塔 / 021

驴皮记 / 046

大案 / 058

变脸 / 076

青花大瓶和我的手 / 089

放生记 / 100

鸡蛋,石头,军大衣 / 115

吞吐记 / 122

运动手枪 / 139

天水 / 156

岁枯荣 / 181

玉兰花瓣 / 207

求阴影面积 / 225

暗红与枯白

土

清明节那天,天阴沉着,但没有下雨。我去镇北的墓地给爷爷上坟。

我已经三十岁,爷爷去世也快三十年了。多年来,我一直在外地上学、工作,每年最多回来一次,一般也都安排在春节。也就是说,我已经很多年没给爷爷上过坟了。在我模糊的记忆里,爷爷的坟位于公墓的最北边,那是整个墓地地势最高的地方。据奶奶和父亲说,爷爷的个子很高,在他们那辈人里是非常少见的。父亲说,他小时候跟爷爷去看草台班子演戏,他总是骑在爷爷的肩上,不管站得多远,都没人能够挡住他们两个。我记得,爷爷的坟不光地势高,坟本身也很高。

我去给爷爷上坟,奶奶在前面给我们带路。父亲和姑妈跟在我身后。姑妈手里的提篮里,有几样素菜和馒头、米饭,还有一壶酒,爷爷生前就好这个。爷爷一辈子没过上几天好日子,对他来说,酒是浇愁的水,又是治病的药。父亲说,在他的印象里,爷爷似乎一直就是一个佝偻着腰沉默寡言的老头子。在傍晚昏暗的光线下,爷爷独自一人坐在小桌前,他的面前是一个锡制的小酒壶和一碟花生米。他坐在那儿,不说话,偶尔抿一口酒,有年幼的儿女从他身边跑过去,他就拈一颗花生米送到他们嘴边。桌子摆在灯下面的阴影里,爷爷的脸上没有笑容。爷爷去世时我刚过周岁,对一切还没有什么印象,但我听说他很喜欢我。我过周岁生日那天,他煮了猪肝,切一片塞在我嘴里,说,吃吧,吃吧,吃了长大了就会讲官话了。在我们家乡话里,"肝"和"官"是同音的,爷爷肯定希望他的长孙长大后能做官。但我已经三十岁了,大概再也不能实现爷爷的希望了。带给爷爷的酒装在他生前常用的锡壶里,锡壶平时不知放在什么地方,每年清明节前几天奶奶就会把它拿出来,擦得锃亮。这锃亮的酒壶现在躺在姑妈的提篮里,随着步伐轻轻摇晃。黑暗的壶中有清澈的酒一路晃动,拖着一道初春嫩绿似的淡淡酒香。

爷爷是个老实厚道的人,他只活了不到五十岁。他一辈子最大的成绩就是靠他做烧饼油条的手艺养活了老老小小近十口人,而且还把旧屋拆了,砌了一座两层的小砖楼。几十年后,这座老屋已经相当破旧,而且前不久被拆掉了,但它毕竟为我们家遮挡了几十年的风雨。

房子造好后不久爷爷就开始生病,没几年就病死了。可以说,这座房子耗尽了爷爷的最后一点精力。

我原本以为爷爷是土生土长的本地人,长大以后我才知道,他不是。爷爷的祖籍究竟在哪儿,他自己也未必知道。我想这肯定是爷爷心中的隐痛。他虽然心灵手巧,但识字不多。他无法找到自己的根,就迫切地希望能在这块地方扎下根来。我想这是爷爷当年含辛茹苦、忍气吞声地造这座房子的更为深层的原因。

四十年前的初春,老屋开工了。在宅基地旁边的空地上,爷爷搭起了一间小草棚,一家人临时住在里面。前面的几天是顺利的。但第七天一大早,天色变阴了。爷爷担心春天的雨一下起来就没完,他心急火燎地赶到领班的木匠家,请人家早点开工,他想抢在雨季前把梁上好,房子封了顶,就不怕雨淋了。爷爷回到家,没想到工地上已经闹成了一锅粥。爷爷的头"嗡"了一下。他险些晕倒了。

爷爷的个子很高,他老远就看见他异父异母的哥哥天忠正和我奶奶指手画脚地吵着,天忠的老婆搬了个马桶坐在人群中间,正在破口大骂。他立即明白了是怎么一回事。围观的人群见爷爷来了,马上闪开一条道,但他几乎没有力气走过去了。

上一辈分家的时候,爷爷的房子里有一条穿堂而过的走道,是留给天忠家去河边用的。爷爷开工前已经找天忠协商过,愿意把新房子造小一点,在房子的西面留一条走道,因为走道建在新房子里太不像样了,而实际上根本就没法布局。爷爷和天忠商量的时候显得低三下四,他从小就被他这个异父异母的哥哥欺负怕了。天忠吸着爷爷敬的纸烟摆摆手说,谁叫我们是兄弟呢,你就先开工吧!爷爷万万想不到,到了这个节骨眼上,天忠怎么又后悔了呢!

这时木匠瓦匠们陆续来了,但他们没法干活。穷人家造房不容易,一天工也窝不起呀!爷爷可怜巴巴地说,大哥,你不是答应过了吗?天忠眼一瞪,说,我答应什么啦?!天忠的儿子,二十岁的镇工商联主任成如也走了过来,他手一挥对着众人大声说,你们大家说说,祖上传下来的地基,我叔叔想一家独吞,你们说有没有这个理?

爷爷还想争辩,那边天忠老婆已经把马桶一脚蹬翻了,她跳起来大骂,叫你们砌!叫你们砌!尿屎流了一地,臭气熏天。这是最为恶毒的诅咒。奶奶急了眼,猛地扑过去和她扭打在一起……

那天雨倒是没有下下来,但工是完全停了。那时我父亲兄弟姊妹几个还小,只会坐在草棚子里面哭。爷爷蹲在地上,嘴里不停地说,他们是算准了的,他们这是拿捏我呀!天全黑下来的时候,爷爷突然不声不响地出了家门。奶奶悄悄跟在他身后,她看见爷爷过了小街,进了天忠家的门。她想喊住他,但她终于没敢出声。

晚上,爷爷东借西凑地搬了五担稻子到天忠家。第二天,房子重又开工了。看上去,天忠还是高抬贵手了。

但事实上,爷爷在完成了他一生中最大的一件事的同时,也给他的后人遗留下了一个沉重的隐患。死者长已矣,但恩怨未断。

纵横的田埂上,行人如织。小镇是沿着东西向的"车路河"一路撒开的,小镇延伸着形成了一道弧形,它的北边三四里远的地方就是墓地。上坟的人从小镇的各个巷口走出来,沿着田间小道向墓地汇集。

初春时节,田埂上的枯草开始泛绿,柳树的枝条也吐出了嫩芽。我们走了约莫一刻钟,前面墓地已经遥遥在望了。那儿是死者的世界,是归宿,而身后是他们曾经生活过的尘世。上坟的人都很少说话,熟人见了也只是点点头。我想着我的爷爷,我相信其他的人也都想着他们死去的亲人。天空是阴沉的,那些死去的灵魂也许早已鸟儿一般从墓地腾空而起,盘旋在田野的上空,在行人中寻找着他们各自的家人。爷爷,你看见我们了吗?

暗红

春节前,父亲分别写信给在青海的叔叔和在省城的我,让我们回来。小镇搞规划,我们家的老屋要拆了。他让我们回来商量。老屋位于小镇的最中心,屋前是小街,屋后是那条贯穿全镇的小河。小河把小镇一分为二,河上有三座桥,中间的一座很久以前叫"中正桥",1949年后改了名,叫"中大桥"。桥上原来有木制的顶棚,是夏天乘凉的好地方,但在我记事后不久就被拆掉了。我们的老屋就在"中大桥"下。

老屋虽说是一座砖楼,但很不气派,它显然要比小街对面成如家的高屋矮很多。老屋临水而建,我小时候经常站在楼上趴在吱吱响的木栏杆上向下面的小河张望,我对东来西往的船上站着的鱼鹰和船尾拴着的狗特别着迷。我觉得划桨的船像鸟儿,而那些橹船后面吱吱呀呀的橹则非常像大鱼的尾巴。我父亲和母亲住在他们工作的中学里,但我每年回去都要在老屋里住上几天。这次春节一回家我就知道,老屋肯定是要拆了。一家人都很伤心,奶奶一说起这个就要掉眼泪,但这是没办法的事。

按规划,小河北边的这一排房子全要拆掉,小河填平,铺成大街。拆迁是从小镇的两端向中间进行的,我亲眼看见推土机把一排房子轰隆隆地推为平地。

我们一家在抑郁的气氛里度过了在老屋里过的最后一个春节。拆迁的最后期限越来越近了。奶奶原来一直住在老屋里,她本以为可以在这里一直住到死,还可以把老屋传给我们。但现在不行了,她最后的栖身之所不久将被夷为平地。老屋拆掉后,镇上将会在镇外的居民区给一块地皮,再补偿一万块钱,可这点钱怎么够造房子呢?但如果不造,地皮就只好荒在那儿,或者把它卖掉,奶奶跟我父母一起住。奶奶无论如何也不同意这样。她总觉得我们在这个小镇上应该有一座房子,一个根。奶奶一流泪,父亲和叔叔都慌了,他们咬咬牙说,那就造吧!

叔叔很小就到了青海,退休以前是不可能调回老家了,他和父亲谈了两个晚上,最后商定父亲和他各出一半的钱把房子造好,房子的产权归我父亲,奶奶住在里面,日常生活由我父母负责照料;他退休后再回来住,但不传给他的孩子。父亲起草了一个协议,他和叔叔都在上面签了字。

我对这个方案没有提出异议。父母都已经老了,退休后他们未必会愿意随我到省城生活,而且我自己也只是一个平庸无能的人,老了以后没准儿还得回到我出生的家乡。我也得为我自己留一条后路。

父亲和叔叔签好协议的第二天晚上,奶奶亲自下厨为儿孙们做了一桌饭菜。天气很冷,叔叔几天后就要起程回到更为寒冷的青海去,这很可能是在老屋里的最后一顿团圆饭了。奶奶显得挺开心,但席间的气氛总是有点黯淡。奶奶说,我们在这个地方扎个根不容易啊!当年造这座房子,受了多少气,吃了多少苦,你们是不记得了!

奶奶一辈子也忘不了四十多年前造老屋时的惨痛经历。奶奶不识字,牙也掉了不少,她讲不清楚。从我成年以后,她一有机会就讲给我听,慢慢地,我心里也就有了个梗概。造屋时父亲已经十多岁,很多事他应该记得,但他对这件事绝口不提,即使奶奶讲的时候他在场,他也从不插话。小街对面,成如家的房子已经翻建了好几次,我们家的房子却越来越破败,作为长子,父亲心里肯定不好受。奶奶还在唠叨,叔叔说,妈,你就别讲了。这次拆迁正好是个机会,我们肯定给你砌一座更好的,上下三层,怎么样?奶奶说,再好也没有我们这块地皮好啊!一辈子住在这儿,说走就走了。还有,你说得倒轻巧,你们哪来那么多钱呢?叔叔说,妈,那你就不用操心了,我们有办法。叔叔讲这话时,声音挺大,但明显底气不足。我们都不是暴发户,几万块钱,谈何容易!但我想每个人都需要一个老家,所以老屋拆了就要重新再盖一个房子。

我们吃完了饭,商量着尽快把老屋的东西搬到我父母单位的房子去,讲好第二天去镇外的居民区看看,争取能挑一块好一些的地皮。这个时候,小街对面成如家的大儿子大龙来了。他寒暄了几句,很快进入了正题。他说,奶奶在这儿,两个叔叔也在这儿,他看了我一眼,说,我爸爸让我来说一下,你们老屋要拆迁,镇上划的那块地皮,还应该带我们家一份哩!我们都愣住了。奶奶急了,她大声说,大龙啊,可不能这样说！这房子都砌了几十年了,怎么现在又讲出这个话呢！大龙说,我爸说原来祖上分家的时候这块地方就有我们家的一条走道,你们当年造屋时我爷爷就不同意,好说歹说,我爷爷看在兄弟的情分上才答应让你们造的。现在要拆迁了,当然要弄清楚。他的口气硬起来。我奶奶一急,结结巴巴地说不清楚了,我听出大意是说,当年为了那条走道,我家已经给了他们五担稻子了。父亲和叔叔一直没有插话,那时他们还小,好多内情并不知道。听奶奶这么一说,叔叔插嘴道,给了五担稻子,那就是买下来了。我说,五担稻子,当时可是值不少钱的。大龙突然站起身,把手一伸,说,谁说给了稻子？有没有字据？奶奶呆了,她说,天地良心,我们哪儿想到要立个字据呢?！不过听老明海说当时是请了马四来圆弯子的,他知道这个事。

  我看见父亲和叔叔的眼睛都亮了一下。大龙冷笑着说,马四早死了,随你们怎么说！父亲显然气急了,他说,大龙啊,你怎么能这样讲呢？那我问你,你说这块地基上有你们家的走道,你们又有什么证据呢？大龙说,我们当然有！

  几个人的目光一齐射向大龙。有？在哪儿？四十年都过去了,大龙的爷爷天忠和他奶奶十年前就死了,当事人大多已经故去,历史早该被掩埋了。大龙胸有成竹地说,我们有叔爷爷亲手立的字据。我们一时都愣了,说不出话。叔叔掏出他的打火机,给大龙递一支烟,点着,说,那我们倒没有听说过,你能不能给我们看一看？我看出叔叔似乎有些紧张。大龙长长地吐出一口烟圈,说,字据我没带来,在我爸爸手上。他说,你们真要看,等双方都请了证人,约个时间再看吧。他撂下这句话就走了,临走时还让我有空去坐坐。

奶奶一直呆呆地坐在那儿,大龙一出门我们就问她,字据到底是怎么一回事,她听说过没有。奶奶突然哭起来。人家八成不是瞎说啊!奶奶流着泪说,怪不得老头子那天晚上躲躲闪闪地到他家去,这个死鬼呀,一回来就喝闷酒,问他什么也不肯说。他肯定是被逼了没办法啦!……奶奶哭哭啼啼说个没完,把大家都弄得心烦意乱。我这时已经完全相信,字据的事不是子虚乌有的。虽然我还没有看到那个字据,但我可以想象出识字不多的爷爷在立那个字据时的那种无奈和绝望。爷爷也是没办法。

叔叔说,刚才我把打火机拿在手上,我就想着只要大龙把字据拿出来,我就一把抢过来烧掉!我们一家人都继承了爷爷的身高,叔叔长得尤其魁梧,真要抢,大龙当然不是他的对手。但父亲说,你想得太简单了,他们能把字据不声不响地在手上捏了四十年,会这么轻易地就拿出来?奶奶还在淌眼泪,她开始咒骂成如一家:你个咬人的狗不叫啊!平时见了面还婶婶、婶婶地喊得挺亲,怎么一下子就翻了脸呢?!老明海被你们欺负了一辈子,死了还捏着他的把柄啊!你们家高堂大屋,一块地皮你们还要劈一刀啊……

我们商量好,尽快找好证人,先看一看究竟是一张什么样的字据。但不管怎么说,第二天挑地皮的事只好先搁一搁了,因为无论挑中哪一块,成如家那蓄谋已久的大手都会拦腰劈过来。这次小镇拆迁,成如家是大大的受益者。我们家的这一排房子拆掉后和小河一起被铺成大街,成如家就成了临街的门面,每月的房租就是一笔可观的收入。可是他还不放过我们。

夜已经很深,我和父亲回中学的家。路上,父亲对我说,成如家可能就是想再敲一笔钱,到时候,我们再想想办法,跟他们砍砍价。父亲说,他要在他手上把这件事清清爽爽地了结掉,不能再留个尾巴。

第三天,我们终于看到了爷爷留下的字据。父亲请了镇文化站的史站长做证人,成如家说他们就不再找证人了,成如自己甚至都没有出面,他直接让大龙把字据带到了我奶奶家,这显得他们既大度又自信。大龙从一个本子里拿出了字据,瞥我们几个一眼,然后把字据递给了史站长。史站长把字据放在我父亲和叔叔面前的桌子上。

这是一张巴掌大的小纸条,纸质粗劣,上面用非常拙劣的毛笔字写着:

兹有朱明海家因造房来与朱天忠家商议。朱明海家堂屋中间有朱天忠家永远走道一条,不得抵赖。立此为据,永无反悔。

朱明海是爷爷的大名。字据后面有两个指印,一个是证人马四的,另一个就是我爷爷的。指印当初也许像血一样的鲜红,但四十年过去了,当它第一次呈现在我们的面前时,它已经变成了暗红色。马四的指印很小,怯怯地靠在我爷爷粗大的指印旁边,我想马四一定是个瘦小的老头,但他是证人,而我爷爷只是一个被人家胁迫和敲诈的可怜人。爷爷肯定是实在没有办法了。

我注意到字据上"朱明海家堂屋中间有朱天忠家永远走道一条"

中的"永远"两个字是字据写好后再加上去的,这两个字的意思是成如家的人永远可以出来找麻烦,只要他们觉得时机成熟。我父亲和叔叔呆呆地看着字据一句话也说不出。我想打人,想破口大骂,我的心里充满了仇恨和辛酸。大龙把字据拿回去,宝贝一样小心翼翼地夹在本子里。他得意地走了,那张字据却一直印在我脑子里,爷爷那暗红色的指印在我脑海里像鲜血一样不断地洇散开来。

这算什么字据啊!是地契?合同?招供状?还是保证书?我遥想爷爷在那个黑沉沉的夜里咬咬牙摁下指印的佝偻身躯,心里一阵刺痛。这是我爷爷四十年前的疼痛穿越了漫长的时空后在我身上激起的回应。

芦苇飘絮

墓地北面临水,其他三面都与田野相接,除了北面的大河,墓地边缘的所有地方都是入口,所有的地方也都能够走出去。奶奶迈着她的"解放脚"走在最前面,我们在墓地里穿行。我们路过了一个个土坟砖坟水泥坟,许多坟墓已经被早来的人整理一新了。不少坟前都有人在忙碌。一堆堆纸钱明亮地燃烧着,青烟挟着纸灰飘向天空,在墓地的上空经久不散。墓地里的路也许是世界上最凌乱的路了,每个坟的周围都有一圈灰白的小路,所有的路都能走通,但没有一条路是直的。我们跟着奶奶向北走了十几分钟,远远地,已经听到了河水拍岸的声音,奶奶停下脚,说,到了。

姑妈把篮子放下来,我帮着她整理碗碟。父亲从篮子里拿出纸钱,找了个土块压在上面,以防被风吹乱。奶奶围着爷爷的坟四下打量着,她的嘴里轻声唠叨着什么,我依稀听见她说,老明海呀,你大孙子看你来了。我心里一酸,但我没有表露出来。爷爷的坟地势是最高的,但很多的坟顶都超过了他的坟。我站在他的坟前四下张望,我看见了各式各样的坟,有的用青砖或水泥砌成;还有很多则十分简陋,因为多年没人照料,已经快被枯萎的荒草湮没了。这儿是小镇唯一的墓地,虽说这些年实行了火葬,但骨灰还是在这里入土。这块死寂的墓地掩埋着无数的恩恩怨怨和悲欢离合。我指着不远处一座高大气派的坟问奶奶,那是谁家的?奶奶说,那就是成如他父亲老天忠的坟啊。奶奶叹口气不再说话。我仇恨地看着那座坟,那座钢筋水泥造的坟,它前面的墓碑都比我爷爷的坟顶要高出好多。

奶奶几天前已经请人给坟培了一次土,但爷爷的坟相比之下还是显得那么破败。坟墓是死者的房子,是飘荡的灵魂的栖息地。我仿佛看见爷爷的目光正酸楚和无奈地看着我。我感到了一股无地自容的羞愧。

姑妈已经在坟前的平地上摆好了酒杯。我蹲下身,端起爷爷的锡酒壶在杯子里斟满了酒。姑妈轻声说,爹,你喝吧。爷爷的坟上那些刚培上去的新土很像是一件旧衣上的补丁,灰色的旧土上已经钻出了嫩黄的草芽。土里的草根每年都会活过来,爷爷在这儿已经躺了快三十年了。

墓地北面的大河哗哗地拍打着河岸,河边刚刚开始发芽的芦苇在浑浊的河水里摇动。这些年,老家的芦苇已经日渐稀少,也许过不了多少年,芦苇也就会像原先这儿随处可见的银杏和苦楝树一样销声匿迹了。家乡的镇名叫"芦舟",很久以前,小镇的周围到处都是浩浩荡荡的芦苇,小镇仿佛是停泊在芦苇荡里的一条小船。

  爷爷出生在镇外的一个破庙里。那是1911年的秋天,辛亥革命就发生在这一年。奶奶没有文化,有很多事她讲不清楚,她的讲述从来都是断断续续甚至前言不搭后语的,但我还是从她那儿了解了这件事的基本脉络。作为一个家族的根,爷爷是离我最为亲近的一个人。1911年的秋天,芦苇枯黄的季节,小镇的天空纷纷扬扬地飘满了白色的芦苇絮,人们忙碌地收割着芦苇,镇里镇外的几乎所有空地上都堆满了小山一样的芦苇堆。一天黄昏,静悄悄的芦苇荡深处传来了一阵嘈杂的马蹄声,一支兵马沿着芦苇夹拥的小路而来。这支队伍衣冠不整,人疲马乏。那时候,芦苇荡里经常有兵匪出没,小镇的人见惯了拿刀拿枪的人,但这支队伍却与众不同。百十人的队伍中有大约一半是骑兵,而且讲的北方话,这说明他们来自遥远而又干旱的北方。他们没有进入小镇,当天晚上,他们就驻扎在镇外的土地庙附近。见过这支兵马的人大多早已过世,十年前我和父亲曾经一一拜访过他们,岁月把他们原本就模糊的记忆冲刷得几乎荡然无存了。但我们拜访的三个人都肯定地说,带领这支队伍的是一个身材高大、满脸络腮胡子的汉子,他骑着一匹高头大马。这个人就是我爷爷的父亲,我的曾祖父。多少次,我仿佛看见我的曾祖父带着那支队伍从芦苇荡深处的小路走来,细碎杂乱的马蹄声在广阔无垠的芦苇的上空拂动。队伍来到小镇的南面,曾祖父勒住了马缰,骏马仰起头一声长嘶,在夕阳的映照下,我似乎可以清晰地看见曾祖父的面庞。我相信他的脸和爷爷的照片一定有几分相似。

曾祖父的队伍只在镇外的土地庙住了一天,第二天中午他们又开拔了。曾祖父的队伍里唯一的女人,就是我的曾祖母,那时候她怀着我爷爷。

曾祖父为了某种我们无法知晓的原因不得不继续前进,他只好把他快临盆的妻子暂时安顿在土地庙里。曾祖父留了一个士兵服侍妻子,然后他跨上他的战马带着队伍向芦苇荡的深处走去。曾祖父这一去如泥牛入海,杳无音讯,再也没有回来。

不久,曾祖母生下了我爷爷。因为生在土地庙里,爷爷的名字就叫明海。可以想见,那段日子肯定极为艰难。爷爷满月后不久,那个留下来的士兵就借去镇上买东西的机会悄悄跑掉了。曾祖母先是变卖随身的东西,后来只好靠给人家缝缝补补糊口。异乡异客,以泪洗面;孤儿寡母,度日如年。

曾祖母带着未满周岁的爷爷在土地庙里住了将近一年,芦苇枯了,芦苇又青了,无边的芦苇淹没了来路,也挡住了去路,天天倚门望归的曾祖母绝望了。破庙断墙,难避风雨。经人撮合,曾祖母当了米铺老板的"补房",这人就是天忠的父亲。

曾祖母总算又有了一个家。但我相信她的内心是愁苦的,事实上,我爷爷四岁多她就撒手西去了,她死时绝对不会超过三十岁。我爷爷终于成了一个没爹没娘的"拖油瓶"。据说天忠的父亲还是厚道的,虽说是粗茶淡饭,但他把我爷爷养大了,并给他成了家。爷爷和天忠分门立户的时候,他为分家动了心思,他在我爷爷的堂屋里给天忠留了一条走道,他大概是希望以此把两个异父异母的兄弟串在一起。

天忠的父亲是个不坏的人。

爷爷继承了曾祖父高大的身材,但他没有见过自己的父亲,他甚至没能继承他父亲的姓氏;后来,他又失去了母亲,长大后,他可能连母亲的面容也逐渐淡忘了。"拖油瓶"是可怜的,他被大他几岁的天忠欺负了一辈子。爷爷刚开口讲话说的就是苏北话,但骨子里他是一个异乡人。也许他曾经以为他在小镇造了一座房子就算是落地生根了,但事实证明这只是一个天真的愿望。很多年过去了,天忠和成如一家从来也没遗忘过爷爷的那个字据;春节过后也已经好些日子,我虽然回到了我客居的省城,但字据上爷爷那个暗红色的指印一直刻在我的脑海里,仿佛一枚冰冷粗糙的印章。

我曾经问过那几个还活着的老人,那支队伍当时穿的什么样的衣服,打的什么旗号,有没有留辫子,几个老人说法不一,我相信他们事实上已经完全没有印象了。芦舟是一个政治气氛非常淡的地方,也许他们当时就没有留心。我也查找过十卷本的《昭阳县志》,试图从中找到一些线索,哪怕只是只言片语也好,最终我还是一无所获。我不知道我的曾祖父从哪里来,又到哪里去;不知道他经过这个小镇是执行任务长途奔袭,还是突围之后的亡命天涯;我也不知道他和他的队伍是属于"革命党",还是属于清朝的军队。我甚至不知道自己到底是汉族人,还是满族人。这一切,我无从查询。

说到底,芦舟是我的出生地,但不是我的祖籍。从我爷爷开始,我们谁都不知道我们的根究竟在哪里。

爷爷死在了异乡,葬在了芦舟的这片墓地。他一世凄苦。临死前爷爷的神志非常清楚。他抬起他无力的手,拍打着床边说,我就这样死了,我就这样死了吗?!他的内心一定非常不甘。命运对他实在是太残酷了。

多年的风雨已经把爷爷的坟冲刷剥蚀得很厉害,我随着父亲在爷爷的坟前深深地磕头,我心里计划着要把爷爷的坟好好地修一修。

枯　　白

这些年,芦舟祭奠死者的仪式有了很大的改进,最明显的变化莫过于在死者坟前焚化的纸钱了。街上不少小店里现在都卖一种印着"冥府银行发行"的纸钱,面值大到几百兆,买回去就可以烧。即使是自己动手做,也省却了不少工序,黄毛纸买回来都不用錾子打后再用手折了,直接把一百圆的钞票在纸上一比画,就算完了。

我们给爷爷烧的纸钱还是采用最原始和传统的方法。我和父亲整整花了一上午时间做好十刀纸钱,父亲用锤錾在纸上凿出花纹,我一张张把它们折好。在叮叮当当的铁器打击声中,我感到了心灵的平静。

清明节这天,天空阴沉沉的,墓地的空气阴冷而潮湿。很多人影在远近晃动,但墓地静悄悄的。磕完头,父亲点着了纸钱,我也蹲在旁边用一根小木棍拨弄着火堆。火光熊熊,我脸和手上的皮肤有一种强烈的灼痛感。今年的清明节,叔叔没有回来,青海实在是太远了。他来信问房子的事现在怎么样了?父亲回信把情况大概讲了一下。

春节后,叔叔回青海前我们曾经商量了一个方案,我们打算请人出来说合,和成如家好好谈一下。一块地皮,时价大概一万,按面积算,一条走道至多占十分之一,我们愿意补偿他们一千元。再不行,多一些也可以。我们以为,局部总不会大于整体,一条走道总不至于要我们一万元吧?商量好方案后,叔叔就走了。我则暂时不回省城,利用寒假的最后一段时间和父亲一起把事情落实下来。这一次请的中间人还是文化站的史站长。我们等着史站长的回话,心里还挺有把握,我想他们大不了狮子大开口吧,顶多把我计划中明年的婚期再推迟一点。地皮拿到后,房子是一定要造的,而且要造得好一点。奶奶已是风烛残年,她需要一个养老送终的地方。这次回家,我明显地感到,父母的身体也大不如前了,小时候,父亲是我的保护神,我没有哥哥,我在外面被别人家的孩子欺负了,如果我确实有理,又被欺得比较惨,都是父亲去和人家讲理。上大学时我假期在家,有一次在街上被一辆自行车撞了,父亲非常激烈地和那个人争吵,虽然我撞得还不算严重。可是终于有一天,我发现父亲老了,他显得特别豁达,但我经常会察觉到里面的一丝无奈。我知道父亲已经到了需要我分担担子,甚至需要我保护的年龄。作为儿子,我应该帮助父母把房子造起来。他们很快就要退休,不能永远住在条件很差的公房里。那座计划中就要建造的房子,对我们整个大家庭来说,都显得很重要。即使我和叔叔客居外地,我们回来探亲也需要一个落脚点吧?不管怎么说爷爷在这儿造起了一座房子,我们的根就在这里。

但史站长的回话让我们大吃一惊。成如说,他们家不是为了钱,只是祖上分下来的家产要有个说法。他们不要钱,只要自己家的地。我们家的新地皮分在哪儿,他们的走道也跟到哪儿。听听,多么的有理啊!这条莫须有的走道,就像附骨之疽,你根本没有办法把它剔除。

史站长传过话以后长叹一口气,我相信内心里他也同情我们,但他表示他不愿再给这件事当中间人了。

但事情总归要解决。父亲又去找了他的几个比较有交情的朋友,但没有人愿意出面调停。别人也知道,成如一家的头不是那么好剃的。芦舟不大,镇上大多数人家拐弯抹角都沾亲带故,只有我们是外乡人。况且人家可能还会想,我和叔叔都在外地工作,我父母亲以后可以跟我过,奶奶日后一去世,我们家在芦舟就再也没有顶门立户的男人了。人家这样想,不能说没有道理,因为这样的结局,几乎已是举目可见了。

爷爷坟前的纸钱烧完了,烟雾悄悄地熏出了我的眼泪。一股风吹过来,在坟前打起了旋儿,仿佛有一只无形的手把纸灰抓起来,扬向天空。我抬起热辣辣的双眼茫然四顾,突然我看见远处天忠的墓那儿,成如和大龙一家也在上坟。他们显然早已发现了我们。那边虽然也是静悄悄的,但我还是能从他们稍带夸张的动作中看出他们的扬扬自得。我恨他们,但我拿他们一点办法也没有。父亲和叔叔在信中商定,尽快向法庭起诉。我知道,这场官司并无胜算。我扭过头,不愿意再看那边。父亲和姑妈已经开始收拾碗碟,准备回家。这时候我听见了一阵奇怪的声音,我下意识地回过头去。我看见大龙从屁股后面抽出了一个大哥大,大龙讲了一阵,又把大哥大递给他父亲讲。因为距离的关系,他们讲话的声音我听不清楚。我恨恨地想,你们总不至于是在向坟墓里的老天忠汇报吧!我难以想象,这一家三代为什么要把事情做得这么绝!我长叹一口气。

我最后绕着爷爷的坟走了一圈。这儿是墓地的尽头。我突然像被火烫了似的哆嗦了一下：我看见爷爷的坟上，一块被剥蚀的地方，有一根小小的枯骨正闪着光。我的头脑里闷雷似的轰响了一下。我呆呆地站在那儿，我什么也说不出，我也不敢对我奶奶他们说什么。我的腿发软，口发干，我五内俱痛，热血奔涌。我悄悄地蹲下身，默默地打量着这根白骨。这是一根指骨，纤细、修长，多年的风霜侵蚀使得龟裂的指骨业已断离脱落，成为依次排列的三节白色小管。指骨无力地躺在灰褐色的坟土上，我忍不住用手轻轻地触摸了一下，我的手近乎麻木，一股难以言说的感觉直逼心头。我抓起一把土，轻轻地撒在了白骨上。我站起身，扭过头去。

这根指骨属于一只长满老茧的操劳终身的手；这只手属于一个被飘忽无定的命运之风吹落到此的可怜人，他就是我的爷爷。

曾经摩挲过我的头发的一双手！

这里是坟的西侧，按照方位判断，这一定是我爷爷右手的指骨。它是什么时候破土而出的呢？

四十年前，这根手指还有血有肉。在昏黄的油灯下，它哆嗦着在一张"字据"上摁下了一个鲜红的指印。爷爷的心颤着、痛着，现在这种疼痛再一次穿越时空，在我的心里激起了回应。我的眼泪流了下来。

爷爷造的房子已经被拆掉，新大街也快铺好了。我的父辈和我大概是很难在芦舟再建起一个家了。我发誓要重修爷爷的坟，它至少要比老天忠的坟高大气派得多。虽然客居他乡的我已经失去了故乡，但爷爷漂泊的灵魂需要一个安息地。奶奶他们站在坟的另一侧，他们刚

才没有注意到我。看见我站起了身,父亲说,

  我们走吧?

  我说,走吧!

七层宝塔

一

鸡叫了三遍,天还没亮。这是个阴天。唐老爹躺在床上愣了会神,穿衣下床了。古人闻鸡起舞,唐老爹是闻鸡起床,大半辈子都这么过来的。鸡是个好伙计,冬天日头短,夏天日头长,鸡按季节调整报晓,比闹钟体贴得多。去年搬家,进城上楼,好些旧家什只能扔掉,唐老爹还是把几只鸡带来了。好在他住在一楼,有个院子。说是二十几个平方米,其实也就是两三厘地,但没有院子哪还像个家呢?院子虽小,但接地气,通四季。搬家的时候,老两口有几分不舍,也有几分欣喜。毕竟是新房子,毕竟进城了,还有个院子。除了鸡,锄头钉耙粪桶扁担之类，不占多大地方，他也带来了。带来是因为有用，院子虽小也可以种种菜。即使用上了抽水马桶，粪桶也能摆在院角，积积鸡粪。

新房子离老宅五六里地，原来是个大土丘子。土丘被挖掉了，造了新城。搬进来的时候是秋天，按理说青菜都还可以种，不想却根本种不好。土太瘦了。开地时他就知道种不好，土黏黏的像橡皮泥，瓦瓷砖石崩得手疼。盘古开天地以来这里就不是庄稼地，菜果然长得怪异，种子撒下去，出倒是出了，却只往上长，什么菜都长得像豆芽。锄掉却也舍不得，偶尔去弄弄，当个景致罢了。

也不能说住新房子哪里都不好。厕所就在家里，方便干净；老宅的厨房在院子里，冬天吃饭，菜端到堂屋就凉了，现在没有这个问题。问题是除了吃和拉，你总还要做别的事。以前唐老爹每天的事排得满满的。种菜，读读《三国演义》《西游记》，写写字，接待街坊，再出去转转拉呱拉呱，一天不闲着。现在客厅倒还是有一个，进了防盗门就是，刚搬来时还有老邻居来串门，现在基本没有了。大概大家感觉差不多，那防盗门像个牢门，串门有点像探监。唐老爹有心去看看乡亲们，但从前村子路和桥都被拆了，大槐树也都被砍掉了，一栋栋房子垒起来，六层，平的变竖的了，他爬不动。爬得动他也找不到，村子打乱了，乡亲们各奔东西，几十栋楼，长得都一样，他犯晕。

早饭还是老三样，馒头稀饭就咸菜，咸菜也一样。几十年下来，就这个合胃。用上新厨房，得济的是老伴，她天天夸，夸了个把月。洗衣机也省事。总之她比唐老爹适应，连广场舞都学会了。唯一让她抱怨的，是吃菜还要去买。以前吃不完还要去卖菜，现在倒要去买菜，而且天天要去。以前是地里有什么吃什么，现在她挑花了眼，不会买菜，而且嫌贵。饭桌靠墙的那一边卷着一叠报纸,上面镇着砚台,现在唐老爹偶尔还会写几张字,但今天却没兴致。吃过饭,他在三个房间来回转转,朝窗户外望望,叹口气,又转回客厅来了。他看到的都是墙,东西两面是自己的墙,南北透过窗户,隔着路,是人家的墙。他自己一下子都说不清,他想看到的是什么。"家徒四壁",头脑里突然冒出个词,也知道用得不对。家里其实满当当的,老立柜,家神柜都带来了。家神柜上烛台香炉也照原样摆放,可客厅到处都是门,只能摆在朝北的房间里,不成体统。好在这房间并不住人,不糟污,想来祖宗也不至于怪罪。

天阴着,一时半会不会下雨,也出不了太阳,不爽快!唐老爹一时不知道做什么。还是躺在床上睡着了好,一伸手,左边还是墙,右边是几十年的老伴,熟悉,安心。起了床,他竟不知道怎么安置自己这个身子。住老宅的时候,他是黎明即起,洒扫庭除,现在这院子,稀稀拉拉的菜地,不说扫,看他都不愿意多看。可是鸡把他叫起来了。现在他人起来了,身子竖起来了,可是村子也竖起来了,他没个去处。老伴听他说要去买菜,喜出望外,一迭声说了几个好。

唐老爹出门的时候,老伴正在院子里喂鸡。出了门洞,唐老爹遇到了住在楼上的阿虎。阿虎正在捣鼓他那辆面包车,扯着透明胶带往车灯上贴。抬头看见唐老爹,他笑嘻嘻地喊了一声"二爹"。按辈分他本该就这么喊,从前也一直这么喊,但今天唐老爹却被他喊得怔了怔。搬到这里不久,这"二爹"就不出口了。他们楼上楼下住得别扭,彼此都不舒坦。唐老爹本以为是他看出阿虎的车原来是个破车,阿虎不好意思才礼貌地同他打招呼,但个把小时候后他回来,就知道不是这个原因。他没想到,就这个把小时,家里就出了事。

出门时他当然不知道会有事。他是去买菜的。难不成老伴不知道怎么买菜,他倒知道?不是的。他也就是借机出来转转。没人晓得他早晨站在窗户前张望,是在看什么。出了小区,一抬头,远处的宝塔遥遥在望。不要动脑子,他的脚自然地就朝那边去了。这时他才清楚,他在窗户前找的就是那座塔。看见宝塔,他才觉得安心。耳边传来了"叮叮当当"的声音,是宝塔顶层八个角上个挂的铜铃在风中响,好听。宝塔叫"宝音塔",西边一箭之地就是他的老宅。老宅已成瓦砾,现在连瓦砾都清掉了,只有宝塔还在。暮鼓晨钟消失了,宝塔还孤零零地立着。这时他突然确认了他夜里睡不实在的原因:铜铃还在这里响,可是新房那边却听不见。

土路,衰草,野风,唐老爹走得有点气喘。宝音寺已经拆掉一半,僧人早就散了伙,不过塔还是老样子。唐老爹在塔底稍一迟疑,爬上去了。风很大,片刻后,他站在了七层,最高处。

他朝老宅那个方位看看,又在塔顶转了一圈。全平了,地似乎矮了下去。光溜溜的大地,已经被大路小道画成了格子,河填的填,挖的挖,像是刀豁出来那么直。这是未来的开发区。朝北边眺望,黄墙红顶,一排排整齐的楼房,那是他现在的家。家具体在哪里,他找不到,也看不见。此刻他满耳的风,心里却空落着,他不会晓得,此刻老伴正在那边又骂又叫。待她找到手机,她的声音才能传到唐老爹这边。

二

唐老爹的步子有点急。他急的不是这件事,是老伴那急火攻心的声音让他不敢怠慢。这么大的岁数了,发这么大的火,至于吗?不就是几只鸡吗?

鸡死了。一公两母,都是腿笔直毛糟乱,死在院子里。那公鸡性子猛,还在唐老爹眼前乱蹬了一阵腿,脖子仰起来挣一挣,彻底不动了。老伴坐在院里的杌子上抹眼泪,嘴里乱骂,哪个天杀的药了她的鸡。唐老爹拍拍她肩膀,在院子里转了一圈,东看看,西瞅瞅,心里有数了。院墙外已经有人看热闹,老伴见来人了,骂得更起劲。唐老爹笑着说:"没事,没事!"见人家没有散去的意思,只好给出答案说:"几只鸡瘟了。"他可不愿意把日子过得像发了案子。他把老伴推进屋里,随手关上通向院子的门。老伴说:"你当我眼瞎啊?鸡瘟是这个样子?"唐老爹说:"那你说是怎么弄的?鸡可是你喂的。"老伴说:"是我喂的我才说!我可没喂过那些碎玉米!"说着就开门要他到院子看。唐老爹摇摇手说不用看,他又不是瞎子:"可你能说得清玉米是哪里来的吗?"老伴手往天花板上一指:"不是他家还有谁?"唐老爹摇摇头说:"不见得,院墙外面也能朝里扔,"他一锤定音,"你不能排除其他方向,就不能一口咬定是楼上干的。"他走到窗前朝院子看看,其实他也心疼,但又接着说:"即便是楼上做的手脚,楼上也不就只有一家,上面五层哩!我们要讲道理。"

他讲了一辈子道理。这句话一点不带虚的。前半辈子他按道理过生活,年过半百后,他在村里辈分渐渐高了,再加上为人端方,断文识字,无形中生出些威望,还常常要给别人讲讲道理。他们村唐姓是大家族,村里但凡有个家长里短,邻里纠纷,都愿意找他说说,评评理。他评理讲的是公道良心,有时比法律还管用。他不是族长,倒常常胜似干部。村干部也尊重他,乐得有个帮手,私下里评价他说,唐老爹虽不懂法律,却懂得人伦民俗。这话传到唐老爹耳朵里,他哈哈一笑,心里说:唐宋元明清,从古走到今,不管你是大唐律大宋律还是大清律,讲的还不就是个天地伦理?他讲了一辈子理,搬进新村子形势却不一样了。找他评理的少归少,也还有,但是大多是新问题,唐老爹断不清是非,说了也不管用。这不,眼下他自己就遇到了新问题。这几只鸡。就是个闹心的事。

刚才在院子里一转,他心里已有了数。早晨出门时阿虎朝他笑眯眯地喊"二爹",其实就不自然。阿虎对院子里的鸡很反感,一是公鸡不好,早晨乱叫,让人没法睡;二是母鸡也不好,下个蛋嚷个没完,还鸡毛乱飞;三是鸡屎鸡食很臭,惹老鼠。老伴很抵触,说鸡养在我院子里,关你什么事?唐老爹也抵触,其原因更是因为阿虎的态度。一个没出五服的孙辈,一下子平起平坐了,说起来还一条一条的。最后阿虎的媳妇连狠话都放出来了,"他不自己杀,有人帮他杀!"这过分了。有明火执仗或者持刀剪径的味道。唐老爹不能服这个软。但现在这个格局,楼上楼下的,人家这三条虽说是几次上门来零碎说全了的,但唐老爹总结一下,觉得也不无道理。其他邻居也有给阿虎帮腔的。唐老爹从善如流,折中一下,决定鸡自己处理,一只一只杀了吃。一次性杀掉吃不了,面子也下不来。这可好,人家等不及了,还是一次性全弄死了。

他心里憋气,于是写字。随手写,不临帖。"三更灯火五更鸡,正是男儿读书时",这是颜真卿的诗;"桑榆郁相望,邑里多鸡鸣。晨鸡鸣邻里,群动从所。"这是唐诗,不记得谁写的,说的是村里有鸡,人各忙各的。现在这里虽然叫新村,但可真不是村了,容不下鸡了。可这下手的也太狠了一点,太阴了一点。唐老爹看着老伴到院子里把死鸡全拎了回来,放在厨房的地上。"你这是干啥?这能吃吗?"老伴眼巴巴地看着他,嘴直哆嗦。唐老爹放下笔,把鸡拎回院子说:"埋了吧!肥田。"

他不愿意老伴揪着这几只鸡闹事。"居家诫争讼,讼则终凶,"古人早有告诫的。他其实刚才就看清了毒玉米的来路。墙角的那棵桂花树,也是老宅移过来的,唐老爹看见桂花的叶子上落了不少碎玉米。玉米粒被碾碎了毒才浸得进去,这说明是故意的;落在墙角的树叶上,这明摆了是楼上而不是院墙外扔下来的。不是阿虎家扔的还有谁?

邻居好赛金宝,唐老爹岂能不知?以前是各家大门进各家,虽也有东家树丫伸到西家,这家的鸡蛋生到那家的事,但远没有现在这么复杂。搬到新村后,几个自然村被打散了,这栋楼只有阿虎家原本就是老邻居,唐老爹还蛮高兴。万万没想到楼上楼下这一住,好些问题接踵而至。阿虎为鸡来提意见,顺带还提出过院子里种菜不好,夏天到了引来很多蚊子。还说楼下那棵老桂花树太高,树枝长到他们家窗台边,老鼠沿着树爬到他们家,把东西都咬坏了。他手一指他家窗户,窗纱还真被咬了个洞。唐老爹无话可说,当即拿把锯子,把几根高枝锯掉了。唐老爹确实讲理,人家说得对他就听。菜地不再弄,除了土太瘦长不好,也考虑到阿虎的意见,索性劝老伴不再折腾。但对几只鸡暗中下手,这让唐老爹吃不消了。从心所欲,不逾矩,阿虎是光从心所欲了,忘了个不逾矩。过分了。

主要还是个面子。好几天过去,鸡埋了,鸡的故事还在新大街上晃荡。遇到熟人,人家还是要跟他扯起鸡的事儿。他有时眯着眼装聋,有时洒脱地一挥手,"鸡瘟,鸡瘟!你扯哪儿去啦?"就躲过去了。说这事有什么意思呢?他这一贯帮人家调解的人,难不成还要旁人帮自己评理?好事不出门,臭事传千里,这一点倒是乡风不改哩。

其实鸡的事只算是鸡毛蒜皮,其他杂七杂八的还有不少,有的事提都不好提。阿虎上门来提意见时,老伴忍不住,也反击了两点:一是晚上他们回来太晚,关单元铁门手也不带一带,"咣一声,就像在我耳边打一下锣";二是晚上看电视太晚,窗户又不关,半夜三更地吵得人睡不着。老伴还有第三,其实她最在乎,唐老爹及时用话岔开。唐老爹补充的第三是请他们晒衣服时尽量挤干些,免得水滴到下面晒的衣服上。他说得很客气,口不出恶言,省得让人难堪。不想老伴不满意,直接指出晒女人内裤尤其要注意,滴水不干净。唐老爹堵住她的第三点,是小两口有点不自重,深更半夜在床上折腾,声响不小,老年人吃不消。这一条她没说出,就顺嘴说起内裤,算是旁道出气。那天阿虎媳妇没有跟着来,否则两个女人肯定是一顿吵。阿虎倒不斗嘴,却针对第三点提出了改进意见。他说有院子好啊,衣服可以晒到院子里,除非下雨什么水都滴不到。还说他很羡慕院子,话锋一转,笑嘻嘻地提出能不能租下这个院子。他说院子开个门就是个门面,做什么生意都是呱呱叫。

唐老爹自然是回绝了。他这院子外面就是路,院子离小区大门不远,开个店还真是好市口。但他钱够用,又不是财迷,还不至于拿清净去换钱。也有点好奇,阿虎到底想做什么生意。自从拆迁迁居后,好些村民摇身一变,猪往前拱,鸡朝后扒,各使各的招数,做起了各种生意,东西南北货,金木水火土,齐全。阿虎年轻闲不住,想找点事做很正常,总比那些吃着拆迁款整天打麻将的败家子强。不过他问阿虎打算做啥,阿虎看出他纯粹是局外人的好奇,并不会改变主意,反问一句:"你关心我啊?"就把唐老爹堵回去了。

两家真正的计较恐怕就是这事开始的。那是去年秋天的事。

三

计较归计较,日子也就这么一天天过。秋分、寒露、霜降、立冬,唐老爹家用的还是老式台历。搬家时因为一年还没过完,扔掉不吉利,就顺手带过来了,现在倒也不是完全没用。早晨起来,唐老爹说:"看,落霜了哩!"老伴说:"都霜降了,还不落霜!"出门的时候唐老爹穿少了,老伴喊住他:"都立冬了,帽子还不戴!"节气基本也就这点用了。他们不再按节气劳作,暂时还按节气生活。江山新村几十栋楼,夜晚看和其他住宅区没什么两样,白天就不同了。广场上晒太阳扎堆闲聊的人,他们说话打招呼的腔调口音,明显有共性。别的地方的人决不会谈论节气,他们只知道节日,但这里的人会庆幸已过大寒却一点不冷,或者抱怨小雪、大雪都过了,一片雪花没见到。说这不是好兆头,来年虫多,庄稼怕是长不好。

抱怨不下雪的就是唐老爹。有人赞成他,也有人说其实是现在路好了,水泥柏油路,不怕雨雪,说他这是盼着欣赏雪景哩。唐老爹被奚落了也不生气,人家说得不是没道理。他呵呵笑笑,往前去了。

他常常是不知不觉就转到了宝塔那边。今天刮风,旷野的风迎面吹来,宝塔遥遥在望了,但他却没听到铃声。走到塔基下面,他侧耳细听,呼呼的风声中确实听不见铃声。他急忙爬上去,气还没喘匀,就看见檐角的铃铛不见了。他转了一圈,八个铃铛都不在,一个不剩。唐老爹蒙了,天空中有鸟儿绕着塔盘旋,翅膀猛一扑棱,不知飞到哪里去了。这里的八个铃铛竟都不翼而飞了!

他一时不晓得怎么办才好。看看塔下面,那一面影壁早就倒了。上面原来写的是:度一切苦厄。现在影壁碎了,散了,看见的只是"度苦厂"三个字。唐老爹头一阵晕。刚才上塔时一圈圈转上来有点急了。他赶紧挪几步,离边上远点。

塔上真冷,他哆嗦起来。下塔时他很小心,寸着脚步一阶一阶地下。到第三层,他无意间朝外面一望,看见了三个人,正从东面过来。这三个人他都认得,居委会的赵主任还有个办事员,可怎么还有个是阿虎?他来这里做什么?

这个问题一下子跳到脑子里,可问是不能问的。你这把年纪腿脚都不方便了还来,人家就不能来?这不讲理嘛。其实还有个问题,那就是阿虎怎么会跟主任一起来,无论是他请主任来还是主任喊他来,都奇怪。不过唐老爹什么都没问。塔下的主任老远看见唐老爹下来,扬手打了个招呼,继续和阿虎说话,他们谈了几句就要走,事后想来这很有点鬼祟的。唐老爹跟上去,说塔顶的铃铛没了,丢了,一定是被人偷了。唐老爹围着塔基东一脚西一脚地走了一圈,当然没有发现有铃铛掉在地上。唐老爹说:"只有一个可能,被人搞走了。"

主任也很气愤。说:"这说明要采取措施啊,不能就这个样子。"又说:"上面文物局不让拆,弄个半拉子。这不留给了收废品的了吗?"还说:"要尽快想办法。"想什么办法,看来需要研究,所以他也就不往下说。阿虎在边上插话说:"除非找人看着,要不连砖头都保不住。"斜眼瞅着唐老爹说,"二爹,守夜你吃不消吧?"

这语气明摆着挤对人。唐老爹说:"那你来!"头一扭,径自走了。

宝塔的铃铛没了,梵音悠扬已一去不回,不久,阿虎老婆在二楼的阳台角上挂了一串风铃。唐老爹当然不能冤枉阿虎把塔上的风铃拿回了家,这是玻璃的,这么小,但他心里不舒坦,耳朵更不舒坦。这声音薄、碎,轻佻,不过唐老爹渐渐也就习惯了。倒是空调的声音更烦人。阿虎两口子会享福,天稍一冷就开空调,外机就装在唐老爹家的窗户上边。嗡嗡嗡,一阵一阵的,弄得窗户像在打摆子。唐老爹和老伴都后悔阿虎家装空调时没有预见这一茬,现在再说,难。老伴也硬着头皮笑嘻嘻地说过一句:"你们家现在就开空调啦?"阿虎走路急急的,回头说:"嘿,这天真冷!"抬脚就走了。你说他,他说天,你能有什么办法?老伴一肚子气回家,迁怒于风铃,拿根竹竿就要去捅风铃。唐老爹好说歹说才拦住。

现在总结起来,很多事你应该有先见之明,要长"前眼",空调的事就是个教训。哪怕你不能提前防备,事后的处理也要有个策略。就像炮仗的事,虽有些波折,却有经验可以吸取。总之,最好不要单打独斗。

去年过年前,街上热闹起来,家家店铺生意都红火了,连居民区的大路上都摆上了许多临时的摊子。大家都在赶"年市"。阿虎也在卖南北货的店铺里匀了个巴掌大的地方,做起了生意。他卖的是炮仗和焰火。这本来没什么,不承想没几天,唐老爹就不得不管了。他没想到,阿虎竟然把他自家当了仓库!他仓库里摆什么?炮仗和焰火!这是在居民楼,是唐老爹家楼上啊。

开始时唐老爹并没有在意,以为阿虎是拎点炮仗回家,自己过年放着玩。后来就不对了,阿虎的面包车每天都要往家里带几捆;更明显的是,不但有进,还有出,他老婆大概是受他电话遥控,时不时地带人来拿货。这明摆着是个仓库,还有物流了。炮仗焰火都是见火就着的东西,是炸弹,是火焰喷射器!城门失火还殃及池鱼呢,这楼上楼下的,岂不是在炸弹下生活?

原来阿虎想租下唐老爹的院子,做的竟是这个生意。幸亏唐老爹有先见之明,拒绝了,不想他拒绝了炸弹进院子,这炸弹绕个圈子,上了楼,倒摆到了他头顶上。唐老爹坐不住了,老伴又气又急,站都站不住了,在家里团团转。鉴于以前跟阿虎打交道的经验,唐老爹交涉前先进行了调查研究,他知道阿虎肯定会说他只是暂时摆摆,实在没地方——这"暂时"两个字是实情,年后,过了正月十五,炮仗生意基本都做不下去。阿虎也一定会说实在是没地方——这也是实话,阿虎匀地方的南北货店逼仄得身子都转不了,确实摆不了多少炮仗,即使摆得下人家也不会让他堆货,人家是连家店,楼上住人哩。这正说明了谁都怕出事。唐老爹住在炮仗下,他明知话不好说也必须要说。他找到阿虎,阿虎果然说出上面两个理由,他做出承诺,保证家里一定小心火烛,一点点火星子都不会落到货上:"我比你还怕死!你的命是命,我的命也是命啊!"阿虎嬉皮笑脸的,也许还想幽默一下,"二爹,我比你怕死啊,我们还比你年轻哩!"你听听,这是什么话呀!不光平起平坐,他的命还更值钱了!

四

交涉以失败告终。你总不能使坏放水把他家淹掉。要淹也只有住三楼的人家才有这个地势。唐老爹对选一楼真是感到后悔了。从前在村子里,他家的位置那个好啊,整个村子在大缓坡上,最高处自然是寺庙和塔,隔一条马路,不多远就是自家的宅子。坐北朝南,前面开阔,后面有靠,是个椅圈的架势。现在居于人下,可不就只有受气的份?跟阿虎交涉之前,为了表示诚意,他还把阿虎带到自己院子里,指着晾衣绳子上自己动手做的灯罩一样的"机关"说,你看,你说老鼠沿着绳子爬到你家,可绳子不挂这么高晒不到太阳,我做了这么个东西串在绳子上,这下老鼠过不去了吧。谁承想阿虎虽点头表示赞许,但说到炮仗,他表示就是两点:临时摆,小心火烛。更可气的是,他说到小心火烛,意思不光他家自己要小心,楼下唐老爹家也一样要小心,那意思好像唐老爹家最好都不要开伙了。

对不讲理的人,其实唐老爹是讲不过人家的。晚上的饭当然要做,不开伙喝西北风去?老伴胡乱下了点面,老两口草草吃了,电视开到夜里,上了床还是睡不着。第二天起来,老伴唠叨得他在家里坐不住,他霍地站起,恶狠狠地说:"我还不信了!我找居委会去,就不信找不到管他的人!"老伴看他硬起来,劲头上来了,说:"我跟你去!"唐老爹手一挥止住她。找政府实属无奈,如果打得过阿虎,他宁愿自己动手,就像最近新村里的一些矛盾那样,用武力解决。既然去讲理,自己去就足够了。他出门时老伴追着说:"你要发动群众!难不成就只有我们怕出事?"唐老爹不理会,出门去了。

事实证明还是老伴更明事理。唐老爹找到居委会赵主任,有条有理地说了半天,嘴角都起了白沫,赵主任好像才有点明白。他表态说这肯定不对,却又要唐老爹体谅邻居,说现在百业不旺,生意不好做,熬过年也就罢了。"以后这里也会禁放,你送他炮仗他都不会要。"还说他们没有执法权,没权力上门没收。当然他也不是毫无作为,他给阿虎打了个电话,责成他立即整改。他放下电话,端起茶杯,意思是他已尽到了责任。唐老爹当然不依了,指着桌上的记事本,要他记下来,或者给个字据,保证不出事。赵主任不傻,落字为证他坚持认为没有必要。正争执间,老伴过来了。她不是一个人来的,还带了两个老太太,一个是隔壁单元也姓唐的,另一个唐老爹不熟悉,只知道是和老伴一起跳广场舞的伙伴。这位不熟悉的老太太更有战斗力,她说她家虽然住在后面那栋楼,但万一爆炸她也没得逃。还说她儿子是武警,消防队的,"你信不信,我叫我儿子带消防车来,把他家泚个水漫金山!"赵主任这下慌了,他最怕的不是泚水,却是唐老爹的老伴。她不是空手来的,她卷了个铺盖扛在肩上,说家里住不得了,她要住在居委会,这里还有空调,还不要电费。

老伴这一招确实狠。赵主任只得把阿虎叫来,勒令他立即把炮仗搬走。"这违反消防法!二十四小时,明天这时候我去现场检查!"赵主任神情严肃，不讲价钱，连阿虎递来的烟都挡开了。阿虎很识时务，他摆出个二皮脸，对唐老爹等人横眉立目，笑嘻嘻地朝赵主任赔着笑脸。阿虎原先和主任不熟，后来却熟到能一起到宝塔下指指点点地谈事，炮仗的事怕只是个开头。当然这是后话。当时问题总算是解决了。阿虎答应把炮仗搬走。赵主任第二天现场检查，下了楼还到唐老爹家里来了一趟，以示管理严格，验收完毕。

其实炮仗是不是真的搬完，唐老爹并没有亲眼看见。可以肯定的是，此后楼上的炮仗是个有出无进的局面。老两口把心放回肚子里，算是过了个安稳年。老两口在路上遇到了阿虎，没有打招呼，这是预料之中的，想来事情过去慢慢就淡了。可没想到，还真是冤家宜解不宜结，鸡突然被毒死，就证明了这一点。好在只是几只鸡，不是人。罢了罢了。

阿虎毕竟是晚辈，唐老爹不同他计较。他是看着阿虎长大的。这小子特别顽皮。半大不小的时候，常常点个炮仗往鸡中间一扔，几只鸡以为来了吃食，争先恐后地围过来，砰的一声，鸡吓得直往树上飞。后来他学会抽烟了，难得也给别人敬个烟。有一次，一个外地打工的人回来了，阿虎递上一根烟，还点上火，热情地和对方寒暄。那人吸一口烟，突然嘴边吱吱冒烟，吓得一抖，手里砰地炸了。也亏他想得出来，在烟里卷了个炮仗。他乐得哈哈大笑，人家不依了，一把揪住他动了手。这事最后也由唐老爹出面调和。他骂了阿虎一顿，阿虎辩解说他算过的，放的是小炮仗，又有个过滤嘴，出不了大事。那人在外地打工，不比阿虎是个坐地虎，也只能算了。现在想起来，阿虎做炮仗生意，倒也不是没有缘由，他就喜欢这些咋咋呼呼的东西。他长成了一个壮汉,但那身子里住的,还是小时候那个鬼精灵。他点子多,也出去打过工,也做过生意,但东一榔头西一棒,未见他发达起来。炮仗焰火果然年后就不做了,阿虎在楼下把剩货一个个点了,噼里啪啦震得各家窗户响。周围邻居都松了口气。老伴双手一拍大腿:"阿弥陀佛!"唐老爹也以为他生活中最大的隐患已经解除,"万象更新春光好,一年巨变喜事多",唐老爹每年要给村民写春联,搬进新村后门对不太好贴了,当然就不再写,但那些老对子他还都记得,"爆竹声中一岁除,春风送暖入屠苏"。这震耳的炮仗预示着良好的开端,唐老爹不再去惦记阿虎还会不会再做生意。事实上,阿虎的生意换个名堂又继续做了,而且,还会和他们有关,还更闹心。

五

人年纪大了,就不怎么会往远处看,不展望。展望了又能如何呢?世事无常也有常,除了能看见自己最后会老,会死,其他的你基本上预见不了。唐老爹就没想到,他祖祖辈辈住的村子会被拆掉,他的房子上还会有别的人家。没人敢去动那宝塔,他巴不得。根据他从小区广场得到的消息,镇上依然有人在打宝塔的主意,说宝塔占据了最好的"网格",其实就是地块,太浪费。只不过上面的文物局还没松口,动不了。

这是"上面"的事,镇上归上面管,也怕"上面",唐老爹对此很有信心。至于"闭口痧"之类,传来传去已成了铁案,应该足以吓住动歪心思的人。可没承想,胆大的人永远都有,唐老爹那天到宝塔去,竟然发现塔上挂的一块匾不见了！匾上四个字，"佛光普照"。太阳明晃晃地照着，可匾确实已经不在。先是铃铛不翼而飞，现在连匾也被偷，唐老爹简直气晕了。这匾跟他颇有渊源，据说当年清兵南下时，塔过火损了，由他的高祖牵头本乡耆老，捐资修缮，匾就是那时挂上的。他喊几个老伙计去了现场，全都十分气愤。恰巧在路上遇到赵主任，大家七嘴八舌反映情况。

赵主任也很生气，说谁这么胆大包天，这简直是太岁头上动土，老虎嘴边拔毛嘛。他说他知道那匾是清代楠木的，现在很值钱，一定是有人相中了抢先动了手。这"抢先"两个字，其实已透了底，但当时没有人在意。赵主任说现在上面有话，这塔谁都不能动。上面不让动，那就不能动。围着塔的老头老太太们你一言我一语，都说这塔灵验，是个神物，宝塔就是气运风水。赵主任这时显得比一般人水平要高，他说这塔是不是文物，现在还没有结论，要由专家鉴定评级，总之不让拆就要保护；怎么保护他会找派出所会商，这是他们的职责。

阿虎当时也来看热闹。他笑嘻嘻地说，那匾是个好东西，人家拿去挂在家里，省得风吹雨打的，家里也吉利。两个老太太盯上他，说："没准就在你家，我们要去看看；就是今天不去，总归我们也能看见。"阿虎说："你们是偷牛的逮不到，抓我这个拔桩的，谁家能挂下那么大个匾啊？"他撇开众人，跟着赵主任，说有事要跟领导请示。大家都有点疑惑，不知他要说的是什么事。阿虎回过头对唐老爹没好气地说："我想开店没门面，要请领导帮忙。你们谁家门面多，想让一间是不是？"他这么一说，众人就都散了。

那段时间，整个新村里不少人都像得了怪病，有事没事注意人家的客厅。那匾要是挂在家神柜上方,虽说大了些,确实很搭配。但唐老爹知道,偷来的鼓擂不得,再傻的人也不会把贼赃挂在墙上。可不知为什么,他总觉得阿虎那天凑热闹,路数有点不对。赵主任应承说一定要保护,但明显很被动,不情不愿的味道。他说"上面不让拆就不拆,他们基层就是要服从大局",这其实话里有话,是个不祥之兆,可哪个又能想到,最后是那么个结局?阿虎当时跟着赵主任,说是要找门面,还真弄得唐老爹脸一红,有点不好意思。自从两家因为炮仗闹矛盾,阿虎跟赵主任成了熟人,唐老爹觉得也正常:你的院子不租,人家找领导帮忙,这再正常不过。

  他不认为宝塔上的匾和以前丢的铃铛,与阿虎有什么关系。阿虎关心的是门面,不是宝塔。因此他有天看见阿虎的面包车后伸出几根长长的木把子,并没有起什么疑心。车上没有那块匾,这一点可以确定。那长把子家什铲头是圆的,从来没见过。这小子,从小躲着锹、连枷和钉耙,碰都不想碰,怎么弄来这么个东西?唐老爹看不懂,问又不能问。他看看也就走过去了。

  事后回想起来,这是个证据。可惜除了那天傍晚看过一眼,那奇怪的家什从此就不见了。自从鸡死了后,唐老爹就抱定了决不多管阿虎闲事的方针。能忍自安。要等宝塔出了事,他心里才又对那家什起了疑心。

六

  那天夜里月黑风高。唐老爹半梦半醒中听见一声闷响,连床都轻轻晃了晃;一大早起来,还没走到广场,路上人已经在传,说宝塔倒了!

好多人跑去看,唐老爹赶忙跟过去。塔倒是没塌掉,但塔基被人掏了个大洞。洞很深,黑乎乎的什么也看不清。有胆大的人举着手机上的手电筒,往里探几步,出来时脸都脱了色,喊道:"不好了!里面有个小房子,东西被偷啦!"有人纠正说,那不是小房子,是地宫。唐老爹长叹一声道:"里面供奉的是佛骨舍利子。说不定还有其他东西,都是宝贝啊!"老辈人说过宝塔底下有地宫,现在这地宫洞口大开了。那一声闷响留下的硝烟还没有全散去,呛人。有人跑回去拿来手电筒,唐老爹弯腰朝里照照,空空如也,除了几块像箱子板的烂木头。

赵主任当然去报案了。他显得很着急,立即指示打字员给上面写报告,还说要去现场拍了照片附上去。唐老爹提醒他注意一下塔身,说塔身已经有点斜了。

新村里人心惶惶,好多老头老太太见了面都咒骂挖地宫的人不得好死。基本的判断是:外地人干的,文物贩子专干这个,他们不怕遭报应。更多的人猜测那地宫里到底藏了些什么。佛骨舍利是无价之宝,不好买卖,肯定是金盆玉碗惹了眼。他们说得活灵活现,几个盆几个碗,珠光宝气,好似亲眼看见一般。唐老爹那些天老是叹气,总是睡不实,早晨起来就在家里发无名火,老伴算是倒了霉。她气不过,说:"你睡不好就会怪我!"手一指院子外说,"我也睡不好呢!他这车停在我家外面,天不亮就轰隆轰隆的。你怎么不叫他停远一点?"唐老爹鼻子里哼一声,坐着不动。看见阿虎的车回来了,他出门迎了过去。

"阿虎啊,我夜里睡不好,被你这车吓得一惊一抽的。"阿虎从车上下来,好像没听清他的话。"我说你这车,"唐老爹大声说,"你天蒙蒙亮开车,为什么要轰轰两下,还又不走?"阿虎应该听懂了,似笑非笑地不搭话。这个样子让唐老爹无名火起,他的话不好听了:"知道你是年轻人,有汽车,你车就停在我院子外面我能不知道啊?不轰那几下行不行?"

阿虎脸板下来了:"我这是个破车,二手的,等换了新车我就不轰。"他还是笑嘻嘻的笃定模样,"二爹,车你是不懂的。不轰说不定出去就要熄火,熄了火你帮我推啊?"

唐老爹说:"那你就不要停这里!"

阿虎说:"凭什么?我停你院子里了吗?"

"你就是不能停我家院子外面!"唐老爹老伴出来了,"你不光轰,还有废气!污染!"

阿虎还没开口,他媳妇下来帮腔了:"我就停这里。这是我家楼下,我不停这里停哪里?你就是现在去买个车,这地方也还是我们的车位。上厕所也讲先来后到的!"

唐老爹气得直哆嗦。老伴说:"你不讲理!"

阿虎说:"她还真不是不讲理,我们最讲理。这个地方是大家的,共用面积你懂吗?不懂我讲给你听。"他飞快地上楼,取了房产证和土地证出来,摊开来说:"图看得懂吧?院子里是你的,道路是共用的。共用就是大家能用我也能用。看明白了吧?"他晃晃手里的证,"这可是法律文书哦!"

唐老爹说:"那你这车吐的废气不要飘到我家。"阿虎媳妇说:"什么废气!废气在哪里?你抓给我看看啊!"老伴说:"好,院子是我的,那我院子里的鸡是怎么死的?"阿虎两口子一愣,阿虎接得快:"那得问你自己。病毒无国界。"他后面这一句老两口好半天才听懂,被噎住了。阿虎媳妇挑着眉说:"声音也无国界。我家地板就是你家天花板,共用。你能顶,我也能踩。以后别在外面乱说。"阿虎嬉皮笑脸地说:"除非你把这楼拆掉,否则我们还是要好好相处,对不?"这倒全是他的理了。

  围了不少人,没几个多话的,顶多是劝阿虎语气好一点。阿虎最后这一句,说还是要好好相处,态度像是好点了,但却是个做结论的架势。唐老爹脑子里蒙蒙的,耳朵里所有声音都像延时了好几秒。不知为什么,他这时突然想起了宝塔。回头望去,楼挡着,他知道那塔虽然歪了,但还在那里。阿虎车上早已不见那些奇怪的长把子家什,唐老爹这时怎么突然想起这个,他自己都搞不清。要等到阿虎有了门面,新店开了业,他才似乎想出点眉目来。

七

  阿虎不久弄到了门面,虽不在大街闹市口,但据说是街道自留的一间办公房,他路子可还真是硬。做的生意也邪乎,在不在闹市无所谓,甚至本就不适合在闹市。他的店叫"一路向西天堂店",专卖丧葬用品。看热闹的人都有点傻眼,但死人的事是经常发生的,奈何桥上蹲无常,这生意找了个偏门,你说不出什么。他店里货色齐全,别墅花圈、家电汽车、美女保姆一应俱全,当然是纸扎的。更多的是大理石墓碑,光溜溜的,等着把人的名字刻上去。这让人心里发瘆。喜气的倒是那些冥币,一百元的看上去跟真的一样,面额大的是几百兆,"0"都数不清。喝!真是有钱了。阿虎要发财了。

这时候有一张告示悄悄贴了出来。等有人看见时,已经被雨打湿,风掀去一半,但那公章还在,是公家的告示。大家连读带猜,突然就明白,宝塔要拆了!理由倒能看出来,说是宝塔不幸被不法分子盗掘,造成塔身歪斜,已危及宝塔安全。为了保护文物,经上级部门同意,将进行"保护性拆除",择地重建——这不说白了就是要拆吗?择地重建,那还不知道猴年马月哩!

围观的人站不住了。不少人气鼓鼓地往南面去。唐老爹腿脚慢,他才走出新村,前面脚快的已经回头了,一边嚷着说:"别去啦,早拆完啦!"唐老爹稳稳神,继续往前走。绕过挡着视线的楼他就停住了:塔不见了,真的拆掉了!他们看见告示的时候就拆掉了。没准告示没贴出来就已经拆完了。毕竟三五里哩,毕竟也不是所有人都关心着这个塔。人家手脚快,终究还是拆掉了。宝塔一去不复返,白云千载空悠悠。直立千年的宝塔没了,唐老爹的腿软了。他站不住,慢慢蹲在地上。

塔已经没了,连老砖老瓦都已被运走。唐老爹想起那个公章,可这时去找赵主任有什么意思?两年前这边搞开发区的时候,看到他们把老河填的填,挖的挖,搞得横平竖直的像地上打了格子,唐老爹就去多了嘴,说水无常形却有常势,天水落地流成河;水自己流成的路叫河,你挖的也就是个沟。可人家说他不懂科学水利,这叫"裁弯取直"。他说了半天等于没说。现在再去说宝塔,更是个白说了。

这天唐老爹是被人扶着回家的。刚看见宝塔变成一片白地,他还只是腿软站不稳,回到家后,他连坐都坐不住了。好像宝塔拆掉,他的脊梁也撑不住了。他这是病了。躺到床上,耳朵里呜呜的,有怪声在啸。合上眼皮,眼睛里却清澈得怕人,一座宝塔,通体透亮,屹立在那里。眼一睁开,什么都模糊的,连老伴凑在面前的脸都看不清。

  第二天唐老爹好些了。腿踩在地上硬实了些。他在家里乱转,嘴里还冷不丁冒两个字:"阿虎!"老伴看得害怕。她自然讨厌阿虎,但不知道最近又是啥事惹着老头子了,也不敢问。院子外汽车从远处响过来,停了。是阿虎的车回来了。唐老爹迷眼瞅着,冷笑,嘴里说:"晦气!"他哆哆嗦嗦找了面小镜子,瞄一下方位,对好车停的方向,把镜子摆在窗台上。这意思老伴是懂的:泰山石敢当,照妖镜辟邪气。她迎合老伴,说明天去买不干胶,镜子就粘在院墙上。看唐老爹这个样子,她实在很心疼。她躲着唐老爹悄悄打了个电话,举报有人在卖假币——说是冥币,其实足够蒙活人。她怕公家不管,加油添醋,说已经有人做生意收到假钱了,不得了啦。她其实只是出出气,为她的鸡报仇,不想公家这次动得快,下午阿虎急匆匆下了楼,半晌又回来了。他铁青着脸,从车上拎下几捆冥币。"哪个要死的撩事,不要以为老子好欺负!"他骂骂咧咧地上楼,不一会他媳妇也下来一起拎冥币。他媳妇嘴更辣火,说谁买不起纸钱就站出来直说!死了我白送,要多少有多少!

  唐老爹见他们把冥币往楼上拿,有心去阻止,但实在提不上力气。他们瞎骂,他并不知道他们是在骂自己。他只是觉得这东西拿上去不吉利,炮仗是明火,这个是阴风,更堵心。他老伴挂着个脸,有苦说不出。唐老爹一开始还以为阿虎是门面突然没有了,店开不成,这才把货往家拉,后来阿虎媳妇骂得清爽了,他这才知道原来卖不成的只是冥币,门面照开。这就对上榫头了。阿虎明摆着跟公家关系很铁,人家能把自留的房子拿出来给阿虎当门面,这简直就像是在奖励有功之臣。阿虎有什么功劳,唐老爹没法说出来。要证据,他一个没有。宝塔要不是先被炸药掏歪了,不见得会拆。那残留的硝烟味,时不时还在唐老爹鼻子前面缭绕。那就是个大炮仗啊。阿虎的功劳莫不是就是点了个大炮仗?

但这说不得,几乎就是瞎扯。宝塔拆掉后他比画着问过一个老伙计,知道了那长把子家什叫洛阳铲,专门用来盗墓的,但这现在也是空口无凭。阿虎媳妇是个臭嘴,几乎骂了一顿饭工夫。临了,还扬言说,不就是拿回来摆两天吗?上面也就是走走过场,扬扬土迷迷眼,别以为真能得逞,过两天还摆着卖!她扯着嗓子叫道:"方便你家做事哩!"

这是在炫耀他们家跟公家关系好,可话太毒了。唐老爹听不下去,很想出去教训她让她积点口德。但老伴眼神闪烁,怕怕的,他也不敢再引火烧身。他真的是累了。

当夜,清风拂面,冷月照影。他在院子里站了好一会儿。宝塔明月交相映,他能准确找到宝塔原先的方位,却再也看不见如此旧景。睡到半夜,他心口疼。像是有手使劲揪他的心。他忍着。头上出虚汗。这时他听见楼上阿虎两口子又在折腾了。忍着疼的唐老爹倒没叫唤,楼上倒叫唤起来了。那么多冥币哦,说不定就摆在他们床前,这是个什么架势啊。唐老爹说不出话,他用力推醒老伴,指指自己心口。

后面就乱了。老伴号起来,使劲拍邻居的门,打电话叫救护车,可救护车迟迟不来。车!这当口车就是命!有人敲阿虎家的门。阿虎披着件衣裳出来了。这时候不能再计较了。老伴双泪齐流,拽着阿虎的衣袖求他帮忙。阿虎大概早已听出出了事,随身带来了车钥匙。车后盖一掀起来,两个邻居就把唐老爹往车上架。唐老爹两腿软软的,可一条腿刚被搬上车,却蹬住,不肯上了。老伴急得哭叫,使劲推他后背。他摇头,不说话。老伴看见车里躺着一块石板,闪着黑光,是墓碑,看不清上面刻了字没有。阿虎已经打着了火,他轰一脚油门,又轰一下。唐老爹耷拉着脑袋,目光正对着墓碑边的几朵纸花,那应该是这车子给人家送货时花圈上脱落下的花。

驴皮记

天是从东到西慢慢黑下来的,路灯一下子就亮成了几道线。从傍晚开始,翔子就在大街上闲逛。他已经在这个城市生活了一年,可对这个城市,他依然只有一个懵懂的印象。区别是明显的,城里人多,道路宽,房子高,可这些与他都没什么关系:人多他不认识,路宽他也只踩两个脚印,房子高呢,就更与他无关了,他在建筑工地上干活,房子造好了,门也就被锁起来了。天将黑的时候,翔子眼看着路灯唰地全亮了,他顿时有了一个想法,可以回去讲给乡亲们听,而且不丢面子。他要告诉他们,乡下的天黑了就不再亮了,可城里的天黑着黑着会突然全亮起来,一直亮到早晨太阳出来接班。城里是没有黑夜的。城市的天空阴天会黑,但是夜不黑。

翔子的脸庞是黑的，头发蓬乱，走在街上，一看就是个乡下人。他穿着一件皮夹克，算是比较值钱的衣服，可你还是能看出他是个乡下人。他逛的这条街叫湖南路，是这个城市著名的商业一条街，两边摆满了各式各样的小摊子，一眼看不到头。湖南路的东面是玄武湖。你看不见湖面，可你能真切地感觉到从那里吹过来的寒风。一件皮夹克，如果里面没有羊毛衫之类的东西，实在也管不了什么大用。街上人很挤，穿皮衣的人也很多，他们都穿得很派头。翔子把领子立起来，这样他就不至于要缩着脖子。他知道，那个样子实在是太难看了。

街两边的树上挂了很多灯泡，灯光下摆着无数的小玩意，书、激光唱片、鞋子、手套、文胸，一家连着一家，杂七杂八。翔子很佩服那些卖东西的，他们嘴里吆喝着，互相开着粗俗的玩笑，但就是不会把各自的东西弄混，这也是一桩本事。翔子这边挤挤，那边看看，仿佛水流里的一条黑鱼。身上的皮夹克到底是皮的，很光滑，在人缝里挤起来很省力。有个女人撞了他一下，翔子吓了一跳，连声道歉。女人不屑地骂了一句什么，朝地上吐了一口唾沫。翔子看到那口唾沫弯弯地飞翔着落到了一个迈着方步的胖男人的脚上，他吓得张大了嘴，以为事情要闹大了，自己也脱不了干系。不想那个男人并没有发现，鞋子上托着唾沫继续四平八稳地走路。女人倒不慌，冲翔子伸了伸舌头，不慌不忙地走了。翔子这时看出那个女人其实年纪很小，顶多还不过二十岁。十几岁的女人就化妆，整天像是在唱戏，这就是城里的女人。她撞在自己身上的那一下，香香的，软软的。翔子的身上有了点感觉，这种感觉把他的心搞得有点乱了。

翔子的皮夹克值两百块钱。开价五百，他只花了两百块。他们三个月开一回工资,他差不多全寄回家去了。现在他的全部家当几乎全在他身上,就是这件皮夹克。他很新鲜,每天收了工他都把皮夹克穿起来,站在马路边的工棚前看西洋景。他不是不爱惜衣服,他是觉得在城里应该穿得好一些,即使皮衣穿得旧一点了,回家过年仍然还是很风光的。在那个小村子,除了牛马猪羊,还有狗,没有谁穿皮衣服。可是没想到,这件皮夹克没让他在工友中神气多久,穿了十几天吧,皮夹克就出了问题了。工友们开始笑话他。有人编出了一段顺口溜:

翔子,翔子,
是个驴子,
穿一身阿胶,
满街跑!

他们都嘲笑他上当了。可是,翔子想,它总是皮做的呀,一件普通的衣服还要几十块呢!它至少比布的耐穿吧。

湖南路离翔子干活的地方不算远,但他以前从来没有好好逛过。那天工地上的料接不上,老板急得跺脚,只好把大家给放了。平时大家总是嚷嚷着要放假,真的放了却也玩不出什么新花样。他们在工棚里扎堆儿打扑克赌钱,翔子玩了一会儿就被小音喊了出去。小音在工地上煮饭,同时还照看着老板五岁的女儿。她问翔子,想不想上街逛逛。翔子红着脸,看得小音脸也红了。阳光很好,小音的手上牵着五岁的小凤。小凤急着想上街,直把小音往路上拽。翔子说,好吧,去就去。他口袋里现在有点钱,赌钱却总是输,还不如到街上花上几块钱。他们三个是走路去的。小凤一会儿就不肯走了,翔子只好背着她。小凤在他背上很舒服,乐得直唱歌。翔子得意地说,他这是背水泥背出来的功夫,小凤比水泥袋轻多了。这话被一个老头听见了,呵呵直朝他们笑。翔子和小音的脸都红了。翔子想,他们这样太像是一家人了,可是他们不是。工地上早有传言,说小音偷偷做着老板的"小",翔子半信半疑。他很想问问小音,老板有没有跟她一起逛过街,但话到了嘴边还是忍了下去。不管怎么说小音对自己很好,每次给他打饭都装得多多的。还有看他时的那种眼神,连工友们都看出来了。他们老是拿他开玩笑,但翔子不敢往深处想。他不敢喜欢小音,只敢在心里偷偷地讨厌老板。

他们在湖南路的西头买了两串糖葫芦——对,就是前面那个地方。小音和小凤津津有味地吃着。翔子尝了一个,酸得他牙疼。现在那个卖糖葫芦的老头还在,可他显然认不出翔子了。老头的身后就是那家卖皮夹克的小店铺,现在有两个大喇叭摆在门口轰隆隆地吵着,里面卖的是音像制品。那天是小音要进去的。她身上穿着一件棕色的皮夹克。翔子本不想进去,小音说想她看看自己身上的这件皮衣到底值多少钱。翔子心里咯噔一下:皮夹克真不是她自己买的吗?脱口问道:你怎么会不知道多少钱?小音连忙说,不是,不是,她是想看看它现在还值多少,是不是降价了。

翔子从此绝口不再提她那件衣服。小音自己在那儿看女式皮衣,后来看上了一件男式的黑夹克,让翔子试试。皮夹克标价五百块。翔子穿上,在镜子前照照,觉得很神气。卖衣服的女老板冷漠地看着他们,并不热情。不知怎么的,翔子突然就决定把它买下来。他想了想,一口就还了个价,"两百块!"女老板愣了愣,马上就答应了。也许她压根就不相信翔子会真买。小音也不相信,直到翔子掏出钱来她还张大着嘴。

翔子索性穿着皮夹克上了街。他跟女老板要了个袋子,把旧衣服装在里面提在手上。翔子和小音都穿着皮衣服,小凤怪怪地看着他们说:你们真好看。翔子问:有你爸爸好看吗?小凤歪头想了想说:我爸爸的衣服有毛领子。

翔子今天没有到那家店里去。去了也白去。前不久他就来找过,那个女老板早就走人了。他穿了十几天就开始掉色。晚上脱下来,衬衣领子的外面比里面还要黑。有一天淋了一点雨,雨水流到裤子上,把裤子都染黑了,像是小时候上学不小心撒上了墨水。翔子慌了。工友们也围过来,有人把鼻子凑上去一闻说,一股臭味!他们嚷起来:这哪儿是羊皮夹克啊?这是马皮!又有人说:什么马皮呀,八成是驴皮!驴子的皮!你上当了!翔子被他们嚷得头发晕,他恶狠狠地骂道:这关你什么事?他一把把皮夹克夺过来说:我上什么当?我说过它是羊皮夹克吗?我说过吗?你管它什么皮,反正它是皮夹克!他凶巴巴的,像要吃人,没有人敢来惹他了。

翔子装出满不在乎的样子,其实他肉疼得一夜没睡好。两百块钱,差不多是他半个月的工钱。他要扛多少水泥包,要抬多少砖头呢,这其实是算不清的。反正他每天都耗完了力气才挨到收工,这件皮夹克实际上就是他十几天的力气。他想那个女老板也许专等着他这类人上钩,他一走女老板的嘴巴都笑歪了。他决定第二天就去找她算账,而且瞒着小音去。他准备先求女老板把钱退给他,扣点折旧费也行,如果说不通,那就打一架;好男不跟女斗,他当然不能跟女人动手,最好女老板的丈夫正好也在那儿,可以挨揍。可是,他没想到,他到了那家商店,女老板已经不在了,店里卖的也不再是皮衣。他耐着性子跟卖音像制品的小老板套了好一阵子话,想证明这个小老板就是那个女老板的丈夫,然后好揪着他不放。他绕了半天,最后只好明讲,他是买了假货,上当了。小老板一听,忍不住哈哈大笑道:嘿,你怎么不早几天来?她早退租走了。实话告诉你,你是第五个了!

这会儿翔子在音像店门口迟疑了一下,没有进去。只有得手的骗子才有资格向人吹嘘他的手段,上了当的人倒常常像做了亏心事。翔子不想被那个小老板认出来。沿着湖南路他继续往前走。离玄武湖越近,寒风越猛。翔子倒走得有点发热。身上的衣服毕竟是皮的。羊呀马呀驴子呀冬天不就仗着一层皮吗?羊身上还有长长的毛,驴子身上却是光秃秃的,这说明驴皮的保暖性能比羊皮还要强。再说,驴皮能滋阴补血,是一味名贵中药,穿在身上说不定还能长精神哩。这样讲起来驴皮夹克没准还比羊皮的还要好。话虽这么说,花两百块钱买了身驴皮穿在身上,翔子还是觉得女老板可恨。他突然想起那段嬉皮笑脸的顺口溜,走着走着,自己在嘴里念叨起来。

翔子左右看看,没有人注意到他。他又轻声念了一遍:翔子,翔子,是个驴子,穿一身阿胶,满街跑!满街跑!他拖腔拖调,长长短短。自己品品,觉得还是没人家说得有味。这些人,不用再打工,可以去唱戏了!

你是第五个了。翔子想起了那个小老板的话。他不知道那四个上了当的人现在在哪儿,是不是也在这条街上。翔子好像看见了一小队人穿着整齐的驴皮夹克,迈着正步走了过来。好多人站在两边看。翔子也挤在围观的人群里。有人拍着手念起了顺口溜……

翔子扑哧笑了出来。

笑着笑着翔子的脸凝固了。因为他在那一小队人中看见了他自己。

街上的人是真多,把老家村子里所有的人全都喊来,怕是也站不满这条路上的一家商场。满街的人,穿着各式各样的衣服,只有翔子在注意别人,没有人朝穿着驴皮夹克的翔子多看一眼。城里的人都忙着呢,没有谁会留意某个人穿的究竟是羊皮还是驴皮,大冷天的,只要你不光着身子露出一身人皮,就没有谁会去注意你。这很好,至少在现在,翔子不希望别人来关心他的衣服。

湖南路约莫有三里路长。翔子走到图书发行大厦那儿,拐上了肚带营。这是一条小街,翔子一直弄不懂它为什么要叫这个怪名字。这儿以前是做肚带的吗?可肚带又是什么东西?看上去大概是女人用的什么玩意儿,可是翔子只知道有胸罩,不知道有肚带。城里的地名就是这么怪。翔子想着,哧哧笑了起来。他身上有点发热。

小街两旁有不少洗头房。每家门口那种一圈圈转着的东西弄得人眼发花。翔子听工友们鬼鬼祟祟地说过,那里面有名堂。他知道什么是名堂。翔子走过一家洗头房,他朝里面望了一眼,他看见两个女人正躺在沙发上打盹。其中一个看见有人,马上站起来,拉开了门。

"洗头还是敲背?"她满脸是笑。

"我不洗头。"翔子心里发慌,就像是做了贼。

"那你敲背?"

"我也不敲背。"

"那你进来嘛,进来再说,你想干什么?"女人伸手把翔子往里面拉。

翔子的工友曾理直气壮地在工棚里嚷:你们笑什么?洗头又不犯法!翔子当然知道洗头不犯法,他本来还真打算进去的。马上就要回家过年了,让女人洗个头也不枉来城里一趟。可是,他怔怔地看了看拉他的女人,甩开膀子坚决地走开了,急匆匆的样子像是在逃跑。他知道自己头上不干净,满是水泥灰。他的工友去洗头以前都要在工棚前打上几盆清水把头先洗上一洗,再到洗头房去。翔子今天没有先洗头。他不想被人取笑。而且——翔子呆呆地站在路边——他觉得那个拉他的女人和小音长得很像。如果不是知道小音没有姊妹,他真要以为那是她的妹妹了。

翔子知道小音不会在这种地方。她就要到更南的南方去了。老板说他在那边又接到了一个工程,他要到那边去过年。小音也要跟着去。

小音后来还是知道了翔子买的是一件假羊皮夹克。她找到翔子,要和他一起去退货。翔子告诉她,自己已经去过,那个店已经不在了。小音过意不去,不知道说什么才好。翔子故作轻松地说,他回忆了一下,衣服的标签上写的就是"皮夹克",人家并没有说一定是羊皮的。突然,他想起了工地上的那些传闻,心中一痛,他盯着小音问:"你身上的皮夹克多少钱?你说说,两百块钱能买到羊皮夹克吗?"

小音的脸红得像要渗血。翔子也觉得自己有些过分。自己是小音的什么人，又怎么能管到小音是老板的什么人？这不是管到外国去了吗？一时间两人都不再说话。半响，小音从皮衣服的口袋里摸出了两百块钱，递给翔子，说："是我让你买这件衣服的，钱应该我出！"

翔子两手插在口袋里，不去接钱："衣服穿在我身上，怎么能要你付钱？"

"就算我送你的，不行吗？"

翔子说："不行！你又不是老板，怎么能送衣服给别人？"说到这里，他的脸先红了，"我嘴笨，小音，你别生气！"

小音突然哭起来，狠狠地扯着身上的皮衣说："你损吧！你骂吧！我马上就要走了，今天就让你骂个够！"她一下子扑到翔子怀里。

翔子也想哭，但是他忍住了。这是在食堂后面，天很黑，翔子担心被别人听见。他当然不能要小音的钱，小音把钱递给他时他就想好了，如果拿了小音的钱，上当的就成了小音，自己就成了骗子的中介。他不能那么做。心里是这么想的，可是话一出嘴却长了刺，把小音惹哭了。翔子拍着小音的背说："我嘴笨，不会说话，你别怪我。我是翔子，不是骗子。你还是让我做我的翔子吧！"

小音哭得更厉害了。

不知不觉翔子就走到了玄武湖。高大巍峨的玄武门伫立在湖南路的尽头，红红绿绿的电灯把它巨大的轮廓勾勒在天幕上。翔子在路边找张长椅，坐了下来。那天晚上，翔子和小音走到这儿。他们没有进公园，在长椅上坐了很久。

小音已经不哭了。泪水被寒风吹干了,绷在脸上有点发紧。翔子的心能触摸到这种感觉,但是他没有再碰小音一下。他们就一直这么坐着。

小音就要到南边去了。那个地方很远,很暖和。也许她今后的某一天还会再来到玄武门前面,还会坐到这张长椅上,但是翔子一定不会再同时坐在她身边了。翔子心里很痛。小音坐得很近,而且越靠越近,灯光下远远看过去,他们是一对穿着皮衣的情人,但其实不是这么回事。一件是羊皮夹克,另一件却是驴皮的。如同有一层坚固的牛皮隔在他们中间,翔子戳不破。

小音后来告诉翔子,老板这么急匆匆地要走,不光是因为那边的工程,工程没有这么急。他是因为他女儿。他不喜欢这个地方,小凤出的事对他打击太大了。说到这里,小音又轻声哭了起来。

翔子知道那件事。有一天小音在工地上做好晚饭,发现小凤不见了,找了个遍也没有看见这孩子。老板急了,抓着大哥大四处打电话托人出去找。他直着嗓子对工友们喊:你们都帮我出去找,找到了有奖!我奖两千块!工友们三五成群地上了街。小音披散着头发吓得蹲在地上直哭。翔子想去安慰她,看到老板气急败坏的样子又不敢,也到街上去找了。

七八天以后小凤找到了。派出所打电话让老板去领人。小凤呆呆地躺在派出所的长椅上,身上盖了一件军大衣。看到小音和爸爸她不说话,像个傻子。小音哭着把小凤抱回了工地。孩子身上臭烘烘的,脏得吓人。问她这几天去哪儿了,她什么也说不清。

翔子现在独自坐在冰冷的长椅上。身边没有小音,周围也没有别人。远处的湖南路已是灯火阑珊,小贩们已经收拾摊子准备回家。这些人吆喝忙碌了一晚上,他们有没有赚到钱,翔子并不去关心;他们是城里人,总归比他有钱些。翔子明天就要回家过年了,他本来是打算买点东西回家的,现在他什么也没有买;城里人会用驴皮骗人,也会用其他小玩意儿骗人的。洗头房他也没有进去,他把钱省下了。他相信他的爹娘更愿意儿子把钱省下来带回去。他们是老实巴交的乡下人,那些花花绿绿的东西,他的从土里刨食的爹娘用不上,也舍不得用。

翔子从长椅上站起来。他摸了摸他屁股坐过的地方,温温的,那是一个看不见的温暖痕迹,很快就会冷。他想他以后再也不会到这个地方来了。他跺了跺发麻的双脚,沿着原路走了。

在这个城市的最后一夜,翔子半夜醒来突然想起了小音。他忘了给她买一件礼物。他不知道第二天再见到她时说什么才好。翔子打定主意,天不亮就走。草场门车站有民工专车,随时可以上车。

天刚蒙蒙亮,翔子就挤上了车。车上人很多,翔子一个也不认识,但是他觉得他们很熟悉。满车都是黑红的脸,乱蓬蓬的头发。令翔子暗自得意的是,他只看到了一个穿皮夹克的人,而且翔子一眼就看出,那人穿的只不过是一件仿皮的货色。

路是越开越窄,越来越颠。天擦黑的时候,汽车到了县城。翔子背着行李又走了二十里路,到家时已是伸手不见五指。翔子以为家里人肯定已经睡了。

院子里挂着一盏电灯,明晃晃的。翔子感到有点奇怪。电灯照耀下的家跟以前似乎不一样了。他刚一喊门爹就来开了门。爹把他身上的行李接下来,亮着嗓子把翔子的娘喊了出来。

　　娘刚才显然正在屋里忙着什么,她在围裙上擦擦手,拉着翔子的手打量着儿子。儿子似乎壮实了一些,身上还穿着皮夹克。翔子看见,爹老了,娘也老了。

大案

一

岔路口派出所门前的空地上,一辆警车远远驶来,嘎一声停住了。民警小赵跳下驾驶室,一把拉开车门,冲里面说:"你出来!"一个三十多岁的汉子磨磨蹭蹭地下车。他还没出来,车上却先蹿出了一条狗。那狗瘦干干的,拖着绳子在地上乱嗅。小赵对那汉子道:"把狗牵上!"走进了派出所。

穿过户籍接待室,再穿过一条过道,就是一道高大的铁门,小赵把卡往门禁上一抹,门就开了。铁门里是一个大天井,几棵小树,边上是一排讯问室。小赵刚把狗在香樟树上拴好,孙队长过来了:"这什么情况?"小赵说:"偷狗的!喏,这是赃物!呵呵,这小子嘴馋了!"那汉子显然被冤枉了,他争辩道:"俄不是的!"

"俄不是的,那你做啥的呢?"小赵在那汉子背后一推,"你进去说!"

讯问室里很简单,一张桌子,几把凳椅。窗户上装的防盗栏很结实,防盗还在其次,主要是为了方便铐犯罪嫌疑人。但这种偷鸡摸狗的案子,用不上手铐。

案子虽小,却也要例行公事。这汉子衣着寒酸,头发蓬乱,看上去倒也老实。几句话一问,就清楚了:姓名叫周长根,年龄三十岁,×省×县×镇×乡×村人,收废品的。但他口音实在太重,土得掉渣,"俄叫周长根""俄三十",小赵听得吃力,皱着眉头道:"你不要'俄俄'地打马虎眼,讲普通话!怎么到这个地方来啦?"

"你叫我来的。"周长根当然会说普通话,要不怎么在城里做生意?"你那么凶干什么?我没做啥!"

"你不老实!"小赵声色俱厉,"说吧,为什么到这里来?你以为我们吃饱了撑的吗?"

……

外面"汪汪"传来两声狗叫。周长根不吱声。小赵一指外面说:"它都在提示你了!"周长根嘟囔道:"狗。"

"狗怎么啦?"

"我捡的。"

"捡的?据我们所知,这狗是你偷的。"这案子小得鸡零狗碎。要不是有人不依不饶地打电话来举报,他肯定不会出警。"说吧,狗是从哪儿偷的?"

"不是我偷的,真是捡的。它自己跟着我的。"

周长根一口咬死,再怎么问,就是这话。小赵一时问不下去。他扭头看看门外,见那狗老老实实地蹲在树下,东张张,西望望,突然抬起腿,撒起尿来。路过的民警哧哧直笑。"捡的,嗯,你捡了一只狗?"小赵突然道,"你从哪里捡的?"

"流浪犬收容站。"话一出口周长根就后悔,但说出去就收不回,再问是哪里的收容站,他只能照实说了。小赵讥诮地道:"收容站的狗也是破烂吗?可以当废品捡?既然你不承认是偷,那就先在这儿待着吧!"

外面的狗被谁撩了一下,"汪汪"吼了起来。它丑归丑,却叫声洪亮,还带胸腔共鸣,难怪周长根的邻居吃不消。那家的老人一经过周长根家门口,狗就隔着门狂叫,门板被扑得快要倒。老人是个盲人,猝不及防,实在吃不消这种突袭,于是周长根就倒了霉,小赵也就多了件事。这案子虽提不上筷子,但也得走个程序才能了结。

"流浪犬收容站"这几个字雕在一根一面刨平的大松木上。它原先是一棵大树,就料子做门,正好当一边的门框。松木上还留着几根枝丫,旁逸斜出,十分别致。小赵作为管片民警,这个地方也来过。收容站主人是个女的,姓李,可不是一般人。这块地就是她家的。她老公是个房地产大老板,拿的地多,外面的头绪也多,难得回家却也已无余勇可贾,李女士难免寂寞。她是个富有爱心的人,看到家里那两条吃得膘肥毛亮的爱犬,不由得想起街上的那些野狗,决定办一个流浪犬收容站。她手一指,一棵老松树立地变成门框;手一圈,栅栏就开始打桩。栅栏里全是狗,各式各样的狗。

小赵先用电话联系过,但李女士没空去派出所,小赵只好登门拜访。离收容站还有老远,狗就开始狂叫。等李女士过来开门,狗们简直要跟着冲出来。小赵有点怵,他强作镇定地说明来意,还俏皮地冲狗们"汪"了一声,以示友善。

李女士衣着考究,正托着狗食逗狗。她关上木门,喝住了身后的狗。"我是丢了一条狗,"她看着小赵手机上的照片说,"就是这只!"又看看小赵手上的身份信息,"这个人我好像见过。是个收破烂的吧?"

"对!"

女士皱着眉头道:"这种人,他偷我的狗干什么?"

"不知道!说不定他是想吃狗肉吧,呵呵!"

"啊!他要死啊!你们要好好办他,这种人,不能纵容!"

"嗯!"

狗们隔着栅栏眼巴巴地看着他们,渐渐不耐烦了,一起直着嗓子叫起来。李女士朝里面扔了几块狗食,问:"就你一个人来的?"

"怎么……"

"你应该直接把狗带来,还给我。"

"快了!办过手续我们就通知你。"小赵拿出张单子来,请李女士签字,随口道,"你这里狗可真多啊!"

"那当然。不过多归多,每条狗我都很当事的。"她笑道,"你知道那条狗叫什么名字吗?它叫滚滚,就是滚蛋的滚。"李女士很满意自己的幽默,解释道,"它又瘦又丑又脏,我不喜欢它,老叫它滚,它倒习惯了。"说着,把纸包里的狗食一起扔了进去。

李女士接过单子,按在门框上签了名。小赵发现她的字比边上"流浪犬"那三个字差得远了。他不知道,"流浪犬收容站"那几个字,出自给"蓝岛山庄""山枫雅地"等豪华楼盘题名的书法家之手,这怎么好比呢?

二

周长根待在派出所没人理。他不想跑,跑也跑不掉。没想到一条狗就把他牵进了派出所。正愣着神,一个狗头悄悄从门外探进来,扑哧朝他喷了个响鼻。这狗不知什么时候挣脱了拴在树上的绳子,在天井里晃荡,逛到讯问室门口来了。狗脸木木的,不急不躁,一副无所谓的样子。周长根突然有些恼火,斥道:"滚,滚滚!"那狗迟疑一下,竟然过来了。周长根想:"到底算是我的狗,还听话哩。"伸出手想摸狗头,狗突然"汪"一声,蹿到门外,还回头冲他龇龇牙。

这狗真丑,大概是老天爷太省料,皮肉包不住牙齿,是个龅牙;黄色的毛乱糟糟的,瘦长身子,短腿,还没有老家满世界乱窜的土狗好看。脾气也不好,整天苦着一张丑脸,不哼不哈,突然叫起来又吓人一跳。周长根原本看上的不是它。那收容站里狗多的是,他怎么会弄条最丑的? 他每天骑着三轮车收破烂,城里的狗是见得多了。周长根本人并不喜欢狗,是小翠要狗。小翠先是说:"我跟了你这么久,你还没送过我一样东西。"又说,"贵的你也买不起,我就要个狗。我老家就养了只狗。"还说,"我属狗。就是喜欢狗。"周长根没往心里去,想你一个餐馆择菜端盘子的,养什么狗啊。小翠见他一直没动静,动了气了,说:"我跟你又不能明媒正娶生娃娃,养个狗还不行啊?有个狗才像个家的样子。无狗不成家!"说着说着还伤心了,眼泪鼻涕全下来了。周长根这下慌了神,忙不迭地答应下来。但到哪里去弄只狗呢?买是不现实的,买不起;偷也不行。城里的狗常常把他当贼,难不成还真当一回小偷?那可不行。城里人养狗很上心,他听说狗吃饼干,狗穿衣服,狗还用香波洗澡。他还在报上看见城里人登广告,找同种的狗配种,有照片有条件,还开出价码给钱!他觉得好笑。这像征婚哩,比他们那儿找媳妇还正规。乡下的狗配窠多自由,满村子乱跑,看上了就直接上!

不过城里也有一桩好,就是没人管闲事。以前他到饭馆收泔水的时候,和小翠认识了,一来二去就好了。他们在老家都有家,这算是露水夫妻,但城里没人多嘴。小翠也不是天天来,她饭馆有宿舍,隔三岔五地来住住。她发了话,要是有只狗,她就天天"回家",还是那句话:无狗不成家!见他弄不来狗,小翠已经好几天不来,来了一回也赌气不让他碰。这可不成。他们虽然不提婚嫁的话,但石头焐热了也暖手。就是为了小翠,他才咬牙租了个小房,正在努力升级转型,准备从收废品向修油烟机的方向发展:这样干净,收入也高些。小翠比他小十岁,很好看,打扮起来比城里姑娘也不差。周长根喜欢她这样,也有点怕。她要养狗,难道是要向贵妇的方向发展吗?这好像有点难,但她要是起了这个心,第一件事恐怕就是甩掉他!他和小翠商量能不能养只猫,小翠鼻子哼一声,扭身就走,连电话也不接了。这下他彻底慌神了。

这是个难题。那天也是合该有事。他到老拔子那里交废品,说起这事不免唉声叹气。老拔子骂他:"你小子是蠢驴!"一句话就给他指了路,"城东那边有个地方,狗,你要多少有多少!流浪犬收容站,知道不?流浪的,没人要的,你去领条狗,人家没准还给你钱哩!"

瞧瞧,老拔子说的是"领狗"。人家到底是"上头"做大生意的,就是牛气。

周长根可没他那么牛气。他只能去试试看。他骑着三轮车拐到那里,爬一个坡,就离收容站不远了。那天他穿得齐整,西装是洗油烟机的时候人家送的,绝对合身。他把三轮车停在远处,自己走过去。没想到刚跳下车,那边栅栏里已经炸了营。无数只狗,威武的、嘶哑的、狼嚎的、奶声奶气的,走得越近,叫声越凶。几条身量大的直往栅栏上蹿,简直要扑出来。他腿有些发软。猛一回头,却看见一个女的拎着食桶站在他身后。她粗手大脚,一看就是个工人。她扔下手里的食桶,问:"你干啥的?"

"我、我想要个狗!"

"这里面哪个是你的狗?"

"没有没有!我想领一个,自己养!"

"要填表!"

"嗯!"

"还要交捐助费!"

女工说着,并没有去拿表的意思。她抬眼看看他停在远处的三轮车,上面竖着一个小牌子,写着收废品的价目,里面还扔了个喇叭。她脸上露出讥诮来:"我们这里还有个规矩,要写保证,不许虐待,不许遗弃!"她上下打量着他精瘦的身板,"更不许杀了吃!"这时候木房子那边有人喊:"你在那儿干什么?狗闹翻天了看不见吗?"只有老板才这么说话。女工应了一声,一扭身走了。不许,不许,更不许,她说话很有条理,大概是照着条文说的。她拎着桶,身子一拧一扭,腰身也扭得很有条理。狗们只安静了片刻,这时瞧出他不被待见,又一齐大叫起来。周长根垂头丧气地跨上三轮车,一松刹,车子轰隆隆直蹿下坡,喇叭咣当掉到地上。可别摔坏了! 他使劲刹住车,捡起喇叭,凑到嘴边试一下:"汪汪汪汪!"

三

养狗其实也有讲究。收容站有一套制度,晚上要基本喂饱,中午这一顿少喂一点。李女士眯眼看着栅栏里正在开饭的狗,心里很润帖。她喜欢那么多狗围着她讨好。她打量着栅栏里的狗,大的、小的、黑的、黄的,还有些不好概括,是花的。它们各有各的脾气,各有各的喜好,品种也是五花八门,有纯种的洋狗,更多的是杂种,要不怎么会流浪呢? 这些狗来路不一,大部分是热心人捡了送来的,宠物医院也会送些没人要的狗过来。每一只狗她都很在乎。她巡视着自己的领地,突然就念起了那只狗,那只被偷走的丑狗。她打个电话到派出所,找到那个姓赵的警察,问为什么还不把狗送过来。赵警官说,这件事还没有了结哩,那小子咬死说他没有偷,是狗自己跑出去的。李女士大怒道:"你信他的? 我的狗个个都很恋家,会自己跑出去让他吃肉?

你们快点处理!"赵警官见她发火了,笑着表态说:"请你放心,很快就会处理好。"又说,"我们不会赖你这只狗的,你要是有黑背我们倒是想要一条。"

李女士放下电话,气呼呼地愣神。突然想起那条狗的名字,滚滚,扑哧笑了出来。那是条怪狗。以前狗少的时候,李女士给每只狗都取了名字:佳佳、花花、点点、笨蛋、老流氓、臭小子、王八蛋。或者直接叫它们的品种,沙皮、吉娃、泰迪、黑背等等,后来她的心思就不够用了。狗多了,而且不断地迎来送往,她就不耐烦了,不取名字,喊它们过来,就叫"统统过来"!叫它们走,就喊"全给我走"!后来连喊都懒得喊了,改吹哨子。这么多狗,就那个滚滚是自己认的名字。狗有时也会讨厌,李女士就没好气地骂:"滚!滚!"别的狗就会知趣地走开,只那个滚滚,你一喊"滚滚"它就会屁颠屁颠地跑过来,蹲在地上朝你看。它从不抢食,人家吃过了它再吃,像个绅士。但它的样子实在是难看,皮癞毛秃的。不但丑,还怪,整天蹲在靠山坡的栅栏边,等着耗子出洞。山坡上有好多耗子窝,大白天钻进来偷食。别的狗视而不见,只有它好像和耗子结了仇,呼地蹿过去,常常一爪子就把耗子按住。有时按不住,就追着耗子满栅栏跑,直到耗子钻出栅栏溜掉。他抓了耗子并不吃,左爪拨拨,右爪弄弄,一口叼起来甩出老远。它也不是乱甩,基本朝着李女士脚下甩。耗子甩过去,身子蹲下来,尾巴摇得像个钟摆。李女士开始常被吓得一蹦老高,觉得这狗很促狭,奸猾,以吓人为乐,后来才知道它其实是在讨好。它这是在学猫哩,连爪子拨耗子的样子都像猫,但是它却讨厌猫。它跟耗子结了仇,跟耗子的天敌猫也是不共戴天。李女士对所有的狗都一视同仁,并不偏心,但是它既抓耗子又咬猫这一点,却使它从众狗当中脱颖而出。收容站难免有野猫钻进来,滚滚只要一发现,立即四爪抓地,体毛奓立,嗖的一声扑上去。猫比它灵活,急拐弯,猛回头,滚滚穷追不舍,十有八九无功而退。猫还有个必杀技,那就是钻缝出栏。它钻出栅栏,蹿上山坡,冲这边示威嚎叫。可怜的滚滚只能气呼呼地沿着栅栏狂跑,却无计可施。

这狗非同一般,李女士看出它心野,绝不想安居于此。每次有来人认领狗,其他狗都无所谓,有些笨狗连原来的主人都不再认得,滚滚却每次都很期待。它眼巴巴地看着来人,可人家就是不要它。前几天,李女士的一个朋友来要狗,滚滚在木门里焦躁地转来转去,终于绝望了,突然大吼一声,冲远处一只偷吃的野猫追了过去。猫身子一拧就钻出去了。朋友笑呵呵地说:"它在嫉妒,你知不知道?"李女士不解。朋友说:"它嫉妒猫,猫能自由出入,可它出不去。"李女士笑道:"你们谁都看不上它,我只能自己养着啰!"她推销似的说,"它还会抓耗子,抓了就上交。""哦!"朋友大奇,他是个教授,很会总结,"它这是在出风头,想借此上位。哈哈⋯⋯"他拍着手里挑中的一只京巴,看着滚滚说,"可惜你太丑,要不我还真想要了你。"滚滚当然听不懂人话,但它似乎也明白这回又没走成,还是剩狗,蔫蔫的,提不起精神。

一夜过去,天刚蒙蒙亮,女工还没起床,栅栏里就有了动静。大狗叫,小狗也叫,丑狗一声不吭保持静默,机警地朝着栅栏外看。它看见了一个模糊的人影,举着手在栅栏上晃。他手里香喷喷的不知道是什么,狗们全往上拥;他另一只手上拎着根绳子,是个圈套,狗们见了又往后退。狗全被惹火了,几个块头大的家伙纵起身子直朝他扑过去。那人退下去,狗们不依不饶地狂吼。滚滚不与它们为伍,它悄悄跑到栅栏另一边,找到野猫经常出入的小洞,用力一顶,头出去了,再一拱,身子也出去了,四腿扒地一使劲,屁股就不成问题了。它站在栅栏外,抖抖身子,忍不住叫两声以示庆祝。汪,汪,谢谢野猫。等女工被吵醒跑出木房,一切早已结束了。滚滚在那人身后叫了一声,反身跑上土路。那人愣一下,立即跟了过去。所以周长根说狗是自己跟他走的,也不完全是撒谎。

四

"有两条路:一条是拘留,一条是罚款。你自己看着办!"小赵放下李女士的电话,走到讯问室,着手了结案子了。这种事一般也就警告警告,但话不能说得那么轻描淡写。

"我没钱。"

"那就拘留十五天。"

"我没干啥啊!"

"嗬嗬,那么它是自己跑到你家里去的了?"那丑狗正在天井里拨弄着一个一次性饭盒,左一爪,右一爪,抬眼朝这边看看。

"它就是自己跑出来的。"

"你要明白,怎么处理要看你的态度。狗的事我们已经很清楚了。说吧,你还干过什么事?不要以为我们是吃干饭的。你说!"

"我没干啥!"问到还干过什么事,周长根底气倒粗了,他确实是清白的,除了这只狗,"我收废品,修油烟机,没干过啥坏事!"

说话间那狗跑过来了,叼着破饭盒,一屁股坐在门口。小赵对狗手一挥:"去去!"突然觉得没劲头。这狗看来十分聪明,但它再精,也和天下所有畜生一样,不会开口说话。小赵突然觉得这个周长根蛮笨的——你索性别说什么收容站啊!就是捡的,街上捡的,那岂不省事?小赵断定,这还是个老实人,一根筋。他正色道:"我们要通知你的家属,叫她来办手续。说吧,电话号码。"一般而言嫖客最怕通知家属,小偷次之,打架斗殴的最胆大,通知家属等于是帮他喊来帮手。没想到周长根很干脆,道:"我没老婆!"小赵道:"我们查过了,你已婚!我们这里全国联网。"周长根道:"我们那里穷,家里没电话。"小赵冷笑道:"家里没电话,那我们就通过村委会转。嘿嘿,我们是全国一盘棋。"这话显然击中了要害,周长根心念一转,翻翻眼,说出了一个手机号码。反正躲不过,他就报了小翠的。狗是小翠要的,让她知道自己在为她受罪,可以增进感情,即使罚款也算是钱花在了明处。小赵问:"这是你什么人?"周长根吞吞吐吐。正在这时,天井里有人过来了。

来的是记者。小赵也是打惯了交道的。他们消息灵通,无孔不入,一有大案他们往往闻风而至。谁承想,那个扛摄像机的一进来就拉开架势对着天井里的狗拍起来。拿话筒的女记者姓周,她走过来:"赵警官,又麻烦你了——里面那个就是偷狗的?"小赵走出来,把讯问室的门带上,皱着眉头道:"这种事你们也感兴趣?我看你们应该报道报道我们所里,表扬一下!"

"可以啊!"周记者俏皮地道,"不过——为什么呢?"

"因为我们治安工作大见成效,你们都没案子报道了,这才关注这种鸡毛蒜皮的事。"

周记者认真地道:"偷东西的我们见过,偷狗的没见过,偷流浪犬收容站的狗,我们更没见过。这跟'人咬狗'差不多。"

小赵一愣,手朝讯问室一摊:"那你们自己去拍吧!"

说是这样说,问话还得他来。摄像机对好,话筒伸过去,周长根立即紧张了。他坐立不安,身子局促得不停地动。问他姓名不肯说,问他职业不肯说,住址那是更不讲。问他犯的是什么事,他结结巴巴地说不出话。突然被逼出一串土话来,又侉又急,简直完全听不懂。"你慢点说!没人和你抢话讲!"周长根话是慢了些,但土得扬灰,那些"灰"就是"嗯、哈、吵、哩"一类的语气词,能听明白的就一句:"我没偷,是它自己跟着我的哎!"这句关键的话他不土。扛摄像机的放下机器,朝搭档看看。周记者拉拉小赵,退出了讯问室,对小赵道:"他说的这是哪地方的话?他故意的吧?我们回去字幕都配不起来。我们台可是上星的!"周记者身姿曼妙,十分敬业。早晨她从栏目编导那里得到一个信息,有个女的打电话来爆料,说有人偷了流浪犬收容站的一只狗,被抓到派出所了,叫他们快去。周记者觉得这事有意思,不过她并不知道内情:那个爆料的,爆的是她自己"老公"的料。小翠好几天没回"家",那天估摸着周长根已经出门,就去拿几件换洗衣服,她听小区的清洁工在议论这事,转手就报给了电视台,这样就能拿一百五十块新闻信息费——这个其实也挺有意思,可惜周记者不了解。即便这样,她也已感到这条信息很有价值。她准备了简单的脚本,譬如为什么偷,偷了做什么,知不知道狗也是财产,偷狗也算偷,等等,可没想到这人是滚刀肉,一刀下去四面滑,一点都不好弄。周记者回到讯问室,恼火地说:"你说普通话!"周长根耷拉着眼皮,不吱声。

警察肯定更有权威,但小赵似笑非笑地瞧着,并不介入。这么个偷鸡摸狗的案子也上电视,只会损害人民警察的形象,这节目做不成才好。他摊摊手,表示无能为力。那摄像的关掉电源,啪地合上了镜头盖。他径自出门,慢慢靠近天井里那只狗,突然抬腿踢去:"这狗东西!"狗尖叫一声,一蹿老远。周记者歪头看看他,暧昧地笑了笑。这事她虽然还心有不甘,但也无善策,正打算走人,却看见刑侦队的孙队长过来了。

五

都是老相识。大家寒暄几句,女记者伶牙俐齿,声音清脆,叮叮当当就把事情说清楚了。孙队长呵呵一笑,请他们到办公室坐坐,小赵当然还得陪着。孙队长年纪不大,却是一位名声赫赫的侦探,可称战绩卓著。他善于从细微的线索中抓住要害,最大的本领是从看似微不足道的小案中牵出大案。当然他也有灵活性,某些案子他也会适可而止,息事宁人。据传他不久将要升任所长,在所里极有威信。"这案子,呵呵,"孙队长眼睛扫着桌上的讯问笔录,"我们的记者都大驾光临了。嗯,案子这么小,你不嫌丢人啊?"

后面这句话是对小赵说的。小赵刚要辩解,周记者连忙说:"不是你们所通知我们的,我们是自己来的。"

孙队长微微一笑:"记者是喉舌,我们要守护一方平安,都算是重任在肩。这样,是芝麻是西瓜,总不能让你们空手。"他挥挥手,示意他们跟过来。他走进讯问室,待摄像机对好,威严地瞪着周长根,突然一声断喝:"你坐好!"周长根身子一震,立即坐正了。

"听说你拿土话唬人,是吧?告诉你,你必须配合,躲到土话里也没用!"他指着话筒上的台标道,"给你介绍一下,这个节目可以只在本市播,也可能在全国播放。到底怎么播,播不播,要看你的态度!"周长根目瞪口呆。"你成心说土话,是不是怕老家的乡亲们文化低,普通话听不顺耳,专门讲给他们听啊?!我劝你一句,你不要丢脸专门往老家的人面前丢啊!"周长根顿时萎了,脑袋耷拉了下来。"我、我、我只是弄了一只狗。"他变成普通话了。再问到姓名、年龄、住址,他都答得流利。这棒槌似的话筒伸在嘴边,黑洞洞的镜头对着他,这时候说普通话,怎么着也有点拿腔拿调。他感到浑身不自在,有点像演戏,像做梦。忽然有些不服气,觉得太窝囊,等问到职业,他脖子一梗道:"我资源回收!有资源回收证,政府发的。"

"好,你资源回收。那这只狗是怎么回事?"

周长根语塞。

"你不光回收,你还偷。你至少偷了这只狗。"孙队长侃侃道,"你偷的是流浪犬。你以为流浪犬是没主的,可我告诉你,有动物保护法!这严重了!"他顿一顿,又道,"你还撒谎说狗是自己跟你的,难道,它会自己跟着你一路到家?那好,我可以告诉你,这狗是退役警犬,它功夫还在,它跟踪追击,跟着可疑气味一路追踪到你家了——你说吧,你还作过什么大案?!"

周长根被问蒙了,放在双膝上的手在抖。周记者敬佩地看着孙队长。镜头转了过来,对准孙队长。一个特写。他言辞犀利,正气凛然。他照顾着镜头,话锋一转:"这个案子说小不小,说大也不大。狗毕竟是个癞皮狗,你态度好,也没多大事。"

他撂下这句话,起身出去了。临出门他对周记者说:"你们只管问,保证他竹筒倒豆子,全招!"

周记者咯咯笑着说谢谢。孙队长摆摆手,走到天井里点上一根烟。外国有个探案节目,叫《死人会说话》,咱中国警察也不怕你活人说土话。他蹲下身,朝那只狗招招手,那狗身子一抖跑过来,蹲在几步开外,皮笑肉不笑的样子。它身上臭烘烘的,嘴上还沾着稀饭,真是只癞皮狗。孙队长吃不消它那味儿,喝道:"滚!滚!"那狗应声而起,竟然跑到了孙队长面前。它摇着尾巴,这不要紧,却又猛一摇脑袋,两只耳朵甩得啪啪一阵响。这下孙队长可遭了殃,无数馊饭烂叶伴着口水,霰弹一样直射而来!孙队长差点要憋过去。孙队长大怒,正要动点刑罚,却发现这狗舌头很奇怪,竟然是蓝的,像蓝黑墨水。它满不在乎,舌头拐弯舔着嘴边的口水,露出了黑色的牙龈。孙队长是个有探索精神的人,他还从来没有见识过这样的动物。不过这时他还没想深究,是讯问室里传来的话激发了他的斗志。那周长根在里面说:"不就是条狗吗?我们老家满地都是,多哩!"孙队长扔掉半截烟,一个箭步踩住地上的狗绳,冲讯问室那边道:"你们先忙着。我有点事,去去就来。"

那狗乖得很,一牵就走。孙队长出了派出所,拉开车门,狗非常主动地身子一纵,自己跳上了车。孙队长发动车子,绝尘而去。

他这一去,时间可真不短,记者就先收工走了,这一走致使他们错失了一些精彩的镜头,事后大为懊恼。他们走后约莫一小时,孙队长回来了。那丑狗跑在他前面,神气活现,简直有警犬的派头。孙队长撒了狗绳走到讯问室,冲周长根一笑,掏出腰间的手铐,"咔嚓,咔嚓"把他铐了起来。周长根大惊失色:"我咋啦?我咋啦?"他挣扎起来。"你的事大了!"孙队长伸手一按他的肩膀,"这狗是洋种,名贵得很!价值十几万!"

"啊!十几万?!"周长根直着脖子喊,"咋能值十几万?你们诓人呢!"立即觉得自己态度不好,软了,"我承认狗是我偷的。我就是偷了吃肉。我嘴馋,我该死!不过……"他哀求道,"这狗也就是个吃货,十几斤肉,一斤狗肉十块钱,这么算还不行啊?"

孙队长冷笑,不理他。周长根呆了,如坠梦中。

好几个警察围过来看。小赵也闻声过来了。孙队长道:"你马上办手续,送看守所。我到农学院动物系查过了,这狗叫拉卡什么——"他皱皱眉,从口袋里摸出一张纸来,"这是教授的鉴定证明,你收好了!"又问,"那两个记者走啦?你抽空告诉他们案子的进展。他们识货。"

小赵接过证明,看看周长根,看看天井里的狗,再看看同事,大家面面相觑。孙队长的注意力还在狗身上,他笑眯眯地说:"我今天还真是长见识了。"他指指那摇头摆尾的狗道,"这狗舌头上还有几个小斑点,粉色的,教授说,那是胎记。胎记长在舌头上,呵呵!"那狗正好伸了一下舌头,果然奇怪,像一片蓝花布。孙队长刚拿下一桩大案,却不骄不矜,平静淡定,真是难能可贵,很不简单。不过几天以后,这件案子还是让他乐活了一把。狗那时已还给收容站的李女士,当天就被一户富贵人家领养了。李女士十分开心,她不顾孙队长的再三推辞,亲自送来了一面锦旗,上书八个大字:"火眼金睛,除妖降魔"。这像是在表扬孙悟空啊,队长正好姓孙,大家恍然大悟,全都笑得肚子痛。

小赵办好手续回到所里,那只狗正在大家的围观下,拖着绳子绕着香樟树跑圈,跑得不亦乐乎,其乐无穷。这丑狗一直也没看出有多么了不起,至此,所有人都不得不对它刮目相看了。小赵认识到,他要学的东西确实还很多。

周长根被带了出来。夏日的太阳已经偏西,但依然晃眼。他头发晕。走到大铁门那里,他回头眯眼朝狗看看,狗也停下脚步朝他望望。它咧咧嘴,挤挤眼,似乎朝他笑了一笑。

变脸

我们的身边究竟是何时出现了这个会变脸的人,现在去考证已经没什么意义了。他姓何,叫何雨,是前年从外地的一所大学分配来的。刚来的时候他很正常,只是长得不好看,有点苦相。说起来他的五官一无特点,既非獐头鼠目,又不是浓眉大眼,总之,十分平常,不幸的是这些部件一齐搭配在他的脸上,就显得颇为愁苦。而且他不太会来事儿,成天苦着一张脸,不讨喜——我们见过不少这样的人,不是吗?他是庸常人群中的一个,只不过看上去很阴郁,一副心事重重的模样。作为一个很平常的人,何雨分到我们单位后做的是最平常的工作,没有谁需要去巴结他,当然也就没有多少人会去注意他。我们相信,他的变脸技艺是在到我们单位后的某一天才突然掌握的(也许是长期练习,突然领悟),因为你很难设想,一个早就具备了某种绝技的人能够一直不露声色。总之有一天我们突然发现,我们身边出现了一个会变脸的人,这着实令我们感到无比兴奋。

  在这个人才辈出、群星荟萃的时代,所有人都感到眼花缭乱,目迷五色,我们的视听器官都差不多麻木了。但这种麻木是相对的,一旦一个异常人物真正出现在我们的身边,我们还是抑制不住内心的激动。何雨的本领是异乎寻常的,他的变脸绝对不是我们通常所见的化装或是整容,那种玩意不值一提,和何雨的变脸无法相比。何雨变脸既不需外人帮助,也不要借助任何工具。你看他,凝神屏息,正襟危坐,待四座安静,众目注视后,他沉稳地伸出双手(抖一抖袖子),开始飞快地调理他脸上的五官和肌肉。他的手摸到哪里,他的脸就改到哪里,一时间,你只能听到一连串轻微的手指和肌肉接触的声音。在一系列令人眼花缭乱的动作后,何雨长长地叹出一口气,双手垂下,一张迥异于他本相的脸展现在众人面前。观者目瞪口呆,突然间掌声雷动!

  这是何雨第一次向大家展示他的变脸技艺。他是如何掌握这项技术的呢?是天生禀赋而后自我修炼?还是机缘垂青得异人传授?抑或是某一日突然间福至心灵?我们问他,他不肯说,总是顾左右而言他,我们也猜不出个所以然。我说不上是他的朋友(他本来就没朋友),但我和他同在一个办公室,平时接触稍多,据我观察,何雨一直比较喜欢看漫画,对用简单的线条勾勒出人的喜怒哀乐肯定颇有心得,这很可能就是他变脸技艺的基础之一。当然,他脸上的肌肉肯定也与众不同,要不然,拥有这项技艺的人肯定不是何雨,而首先应该是那些画家、雕塑家,或者是什么"泥人张"的传人了。要知道,即使是川剧里的变脸艺术,跟何雨的变脸也是不可同日而语的。

　　细想起来也有迹可循。就是说,何雨变脸技艺的形成大概也是个渐进的过程。先是,他阴郁的脸变得活络了些,在别人不注意时,眉毛、眼睛、鼻子、嘴巴常常上下左右地调动;后来,偶尔冲大家做做鬼脸。终于有一天,他一时兴起,给我们表演了他的全套活计。这我在上文已经描述过,在后面你还将有所领略。

　　还要声明一点,我并不想在这篇小说里奚落或是嘲弄何雨。在这个八仙过海的年代里,猪往前拱,鸡向后刨,一个人拥有了某项人所不及的本事,应该不是一件坏事。都说,人一阔,脸就变,何雨是人还没阔,先有了变脸的技艺。祸耶?福耶?

　　单位里着实热闹了好些天,从上到下,从单位的头儿,到我们这些普通同事,人人都对何雨的绝技产生了浓厚的兴趣。工间操被自动取消了,成了何雨表演变脸的专用时间。何雨端坐当中,众人围成一团,点菜一般地观赏表演。——来个哭相!这当然是小菜一碟,话音刚落,我们的面前出现了一张泪眼欲滴的苦脸,于是掌声一片。——来个得意扬扬!这也不难,几秒钟的工夫,何雨就变了一张脸,好一副春风得意的模样。气氛被喧起来了,难度也逐渐加大。——变个道貌岸然!何雨略愣一下,抬起双手,在脸上搓了两下,他的脸又换了。谁没有见过道貌岸然呢?他学得确实很像。看来这难不住他,有人又说:学个×××吧。何雨怔住了,看上去有点为难。×××是我们这个城市的最高领导,几乎每天我们都能在电视上见到他。我们都看着何雨,看他能不能弄出来。那个提议的家伙说:看来你还是不行,只能弄点小儿科。他嘿嘿笑着说:黔驴技穷!这话把何雨激起来了,他梗着脖子说:我不行?你等着!抬起双手在脸上做开了。这一次难度不小,他的手仿佛捏面人似的在脸上拽、点、拉、捏,间或默想片刻,挤挤眉,弄弄眼,两手接着又忙活开了。忙了十来分钟,他的双手张开,捂在脸上,然后,两手缓缓移动,宛如舞台上的帷幕那样分开……我们都呆住了,所有的目光都集中在他的脸上。何雨说:拿面镜子过来!他连语气都学得惟妙惟肖。我们都说:像!像!不要拿镜子了!大家齐声叫好,掌声再次响了起来。

类似的情形持续了好多天,直到我们渐渐弄清了何雨技能的限制,大家的兴奋点才逐渐分散。说起来,何雨的脸也并非万能,就表情而言他几乎是说来就来,但要说学人,也就是说,要他具体模仿某一个人,他有时就不能随心所欲了。想一想,道理也很简单:何雨的脸毕竟不是一团橡皮泥,里面是有骨头的。说到底,他只能模仿和他骨相类似的那一类人。但即使这样,何雨的变脸也算得上是一项绝技了,不是吗?

何雨并不是那种得志猖狂的小人,况且他也还没有得志,但他上班时已不像以前那样唯唯诺诺、诚惶诚恐了。他的脸色比以前开朗了许多,至少原先的晦气已一扫而光。现在何雨脸上五官的位置有了些调整,而且是良性调整,也就是说,他把每天来上班时的脸改良了,这当然是得益于他的变脸技艺。我觉得这样看上去顺眼多了。但有些人不这么看,他们觉得看不习惯。其实这些人自己才令人费解,难道他们愿意整天跟一张愁苦的脸打交道吗?我对何雨的变化表示理解——一个人又添了一套好衣服,你要求人家还继续穿着以前的那套破衣服不换,这不是太不通情理了吗?何况何雨也还是何雨,他并没有翘尾巴,他自己的工作只比以前做得更好,还常常帮帮别人的忙(这在以前是不可想象的)。以前单位的电话响了半天大家也懒得去接,现在何雨接得很及时;单位的报纸大家看得不亦乐乎,就是没人愿意往架上夹,现在好了,何雨把它们分门别类夹得好好的。何雨现在变成了一个上进而朝气蓬勃的年轻人了,他改掉了爱睡懒觉的习惯(我们都知道这有多么难!),天天提前十分钟上班,我们上班时,他连开水都打好了。我们头儿的水平毕竟比那些普通群众要高一点,他在一次例会上表扬何雨说:大家都注意到,何雨同志现在的精神面貌相比以前是大不一样了。底下有人哧哧窃笑,头儿咳嗽一声说:我说的不是脸!底下全放肆地笑了出来。头儿在轰笑声中继续说:我们希望他继续保持,发扬光大!有人在我身后接了一句:洗心革面!底下笑得更厉害了。我不满地朝身后瞪了一眼。我真诚地希望何雨能以此为契机,改变自己的形象,但愿好运气也能接踵而来。

经过最初的适应过程之后,大家对何雨的改变已经习以为常了。何雨也不是每天都变一张脸,就是说,他并不是每天都换一套行头。他每天来上班的模样都是固定的,看上去也很正常,和我们差不多。如果你是个不了解原委的人,决不会朝他多看一眼。作为一个身怀变脸绝技的人,我相信他难免会时常技痒,但他考虑再三后,终于优选出这样一套模样来面对我们这些同事。开始,大家还有兴趣对他的这套行头评头论脸,后来也就习惯了。好的效果也确实开始产生,至少,大家不再随意支使他了,而且,头儿不是也表扬他了吗?

何雨的变脸技艺如果只运用在改变他的寻常形象上,那确实是屈才了。别忘了,他只要简单地运用他的变脸本领,就可以随时随地地变换表情,喜怒哀乐,威严或是卑微,他说来就来,随心所欲。何雨很恰当地运用着他的技艺。在不同的场合和不同的对象面前,他会准确地把握自己所应处的位置,恰如其分地做出相应的表情。如果说何雨正常的表情是一条水平线,那他在聆听头儿的指示时姿态就往下低一低,而当外面来了客人,而且这个客人是有求于我们单位的,他的姿态又会适当地抬一抬,处于水平线以上。一段时期以来,何雨把他的技艺运用得恰到好处。如果我们把他的这种变化像剪胶片似的各自剪开来看,就会发现,每一段胶片都恰如其分,何雨既不僭越倨傲,又不低三下四。这种变化对何雨说来游刃有余,但要是把各段胶片接好,连起来放,别人就有点眼花缭乱了。有人对此颇有微词,说何雨的脸像夏天的天气,说变就变,但我注意到何雨实际上很有分寸,他表现得相当得体。他对同事们很有礼貌,说到底,他得罪过你我吗?谁要是把何雨说成个反复无常品行鄙下的小人,我首先要站出来反对。一个人生活在这个世界上,要生存要发展,不容易!而且,你能理直气壮地说,你在领导和群众面前心理就完全一样吗?我不敢这么说。就我而言,我也想变化,有时也变上一变,只不过我做得没么顺溜、没那么得心应手罢了。总而言之,我认为对何雨的非议从根子上说都是缘于一种"酸葡萄"心理。设想一下:如果你运气好,也掌握了这项技艺,你就没想过可以模仿某个工资高的去冒领他一回工资吗?不管怎么说,反正我理解何雨。

再往深处说,何雨在某一个时刻所呈现的脸谱,和他当时的心情是不是就完全一致呢?我看不见得——不,不是不见得,简直就是不可能！——心里不服气,脸上却要彻底服气,没有架子,却要端上临时准备的架子,这有时也是一种折磨。事实上,何雨也还没有修炼到家,他的真情实感有时还是会从他的面具里透露出来,不过现在我没有说到这个,这是后话。

要说何雨在单位的地位,看上去并没有多大的变化。譬如单位分东西,他拿的还是最差的那一份。就说分水果吧,烂得最多的那一筐也还是归他。这倒不是因为他傻,看不出来——筐底都淌水了,他能看不出吗？他现在是心甘情愿去拿烂水果,这跟以前的情况不太一样。以前大家是把最差的东西剩给他,他拿了嘴里也会嘀咕;现在呢,他即使是第一个拿,也会主动去拿最坏的。这一来,那些贪小便宜的人很是满意。要说变化,何雨的人缘是比从前好多了。他不再计较这些小事,但我相信,他内心的想法绝不比以前少,也许还更多了。

有一天,何雨上班时一直喜滋滋的。我们陆续到单位时,他不光把开水烧好了,连地也拖得干干净净。开始大家还没太在意,因为这早已成了他的日常工作。但慢慢大家就觉得,何雨今天有些反常,那种发自内心的喜悦是装不出来的。虽然他平时上班也是带的这张脸,但这张脸今天仿佛着了色,特别是眉毛那儿,可以说是喜上眉梢。他那天工作格外卖力,嘴里还断断续续地哼着歌。他这是怎么了？我们都在猜度,互相交换眼色,但都没有出言询问。快下班时,何雨一直在看表,后来他终于忍不住了,说要先走一步。但他并不马上就走,总在那儿理桌子。我问他:究竟有什么好事？是不是交女朋友了？何雨嘴里说:哪儿啊！哪儿啊！脸上却是承认了。大家都来了劲,一起围上来关心他。何雨的脸涨得通红,只说,才认识,八字还没一撇哩。我们问:漂亮吗?何雨说还可以吧,就不肯再说了。大家都嚷着要吃糖,何雨不肯,说等成了请大家喝喜酒。最后头儿拍了板,让何雨掏出二十块钱来,才让他走了。

我们都知道何雨谈恋爱了。看得出他心情很好。每天上班我们都要"拷问"他一番,让他谈谈最新情况。前一段时间进展是顺利的,我虽然没有亲见他和那个女孩会面的场面,但我可以想得出,他去见那个女孩时的面容肯定是他最体面的一张脸。这是何雨的专长。这一点其实大家都想到了,私下里也在议论。那天上班何雨破天荒地迟到了,想来是昨晚谈得太迟了。大家兴致都很高,好奇心陡涨,直截了当地要求何雨给我们做一做他谈恋爱时的那张脸。何雨不肯,说:还不就是现在这个样子吗?话音刚落,有人就戳破:不可能!你行头多,怎么可能穿工作服去谈恋爱?大家轰地笑了。何雨推辞不过,只好给我们做了一下。他只用手在脸上稍一整理,脸挤了几下就做好了,想来是天天运用,已经熟极而流。这张脸只是在上班的脸上做了一点调整,但这种调整极具成效。在这张脸面前,你一下子很难找出他以前那张苦脸的痕迹。何雨还是何雨,但他现在的脸面看上去不光体面、优雅,还略带幽默,简直人见人爱!何雨微笑着,他的脸上甚至还带有一丝含情脉脉的表情。我们这些观众都齐声叫好。

转眼间何雨的脸色沉了下来。他担心地说:她是个演员,这种人经历丰富,我怕她没有真心。

她再丰富还能丰富过你呀?马上有人说,演员才好,跟你天生一对!

大家全笑了起来。

万万没想到,何雨的恋爱很快就结束了。具体情况我们不知道,事后的传闻是这样的:

那个演员确实已动了真心,据说已经开始跟何雨商量结婚的事了。不想何雨一高兴却出了事。那天晚上他们在五星城啤酒屋见面,开头一切正常,两人喝着茶聊着天,笑语盈盈。后来一高兴,那女孩提出要些酒来喝。何雨开始不肯,说自己不会喝。那女孩说:不会喝酒的男人还像个男人吗?要不练练,结婚那天怎么办?何雨经不起这一激,说:喝就喝!几杯酒下肚,何雨脸也红了,舌头也短了。他原本不善喝酒(这我们都知道),单位聚会时他几乎滴酒不沾,但情绪一上来,又面对女朋友那张含情带嗔的俏脸,不知不觉就过了量,最后连脑袋都耷拉下来了。那女孩并没有在意,她去了趟洗手间,回来一看,何雨已经趴在桌子上了。她推推何雨,喊:喂,喂!何雨迷迷糊糊抬起头,把她吓了一跳——这人穿着何雨的衣服,但他不是何雨。女孩问:你是谁?你坐错了地方吧?何雨还没有醒过来,他舌头打卷说:我就是何雨,你来啦?女孩上上下下地打量着他,疑惑地问:你是何雨?你的脸——何雨一激灵,酒顿时醒了。他猛地捂住自己的脸,嘴里说,没什么,没什么,手忙脚乱。再抬起头来时,他的脸又恢复了。女孩怔怔地盯着他,吓得拎起自己的包就跑了。

那天何雨弄得很窝囊。几个保安围住他,反复地盘问,最后还差一点把他弄到派出所去。听说何雨第二天又去找了那个女孩,坦诚地向她解释了自己的情况。女孩对他表示理解和同情,但决不愿意恢复旧好。事已至此,何雨也只好拉倒了。几个月后,那女孩和别人结了婚,何雨还去出席了婚礼。他那天憋了一股劲,不光打扮得衣冠楚楚,还做出了他有史以来最为派头的一张脸。宾客们都以为来了个显贵,请他坐了某一席的上座。

  恋爱失败的何雨那一阵的情绪相当低落。他神情忧郁,不大搭理人。接近年底,单位里的气氛更加活跃了。一个周末,我们单位到郊外活动,全体人员乘一辆大客车到栖霞山游山。正是深秋时分,天高气爽,阳光灿烂,大家兴致勃勃,满车都是欢声笑语。上了山,大家爬山、采叶、登塔,玩得十分尽兴,只有何雨一个人沉着一张脸,看上去满腹心思。那天的一项主要安排是游览栖霞寺,我们一行沿着迤逦的山道往寺庙走去。

  在寺庙时,何雨遇到了素不相识的老相士,与他说了很久。此后他神色萎靡,精神不振。我注意到,他又开始大大咧咧,不修边幅了。那个老相士不知跟他说了什么。他上班前肯定还要把脸整一整,但已不像以前那么用功。转眼到了年终,单位的事多了起来。总结、评优、发年货,何雨也跟着忙了好一阵。年终小结的那天,何雨的劲头又高涨了些——谁不想拿一等奖呢?他的个人总结做得格外认真,光从字数看就比别人多了一倍;读得也认真,还不时抬头看大家一眼。我心中很有些恻然。

  个人小结过后是无记名投票。计票的结果是:何雨只有两票。我投了他一票,大概还有他自己一票。何雨还是三等奖。领奖金的时候,我看到何雨嘻嘻哈哈,脸上显得满不在乎,但透过脸看到他心中凄然。以后的一段时间,何雨的情绪达到了最低点。他很少搭理人,总坐在桌子前发呆。他似乎已懒得再花精力去修饰他的脸了,大概和我们上班前草草地抹一把脸就来上班差不多,他稍稍做一下脸就出门了。这一来,他的脸就漫不经心地多了些变化,就是说,不像以前那样固定,有点乱了。

有一天下午,天气很好,冬日的阳光明晃晃地照进窗户,办公室里正好就我和他两个人。我在看报,何雨突然对我说,我知道,就你投了我一票,谢谢你!

我一时不知说什么好。

何雨说:真的,谢谢你!

我说:其实你还是注意一下仪表比较好……话一出口,我又觉得不妥。

何雨长叹一口气说:我管不了那么多了。说真的,我真不知道究竟该怎样面对这个世界了。

我没说话。沿着阳光看过去,何雨只呈现一个逆光的背影。

几天后,单位举行联欢活动。头儿想出了个新花样:搞个假面舞会,面具自备。有人跟何雨开玩笑,说他最方便,不必花钱了。何雨狠狠地瞪了他一眼。晚上的舞会很热闹,孙悟空猪八戒,牛头马面全都登了场。我有事去迟了一点,舞会已经开始了。进了门,乍一看,好像走进了一个幻境,一时不见一个熟人,五花八门的面具把他们全隐蔽起来了。灯光又暗,即使仔细辨认我也看不出究竟谁是谁。突然间我想看看何雨,看看他今天到底是个什么样子。奇怪的是,我只在场上稍稍一扫就发现了他。他戴着一个猪八戒面具,正在那儿跳舞。他跳得不熟练,颇有些僵硬,影影绰绰的灯光下,我只能看见一个晃动的影子,但我坚信,我没有弄错。一曲终了,顶灯亮了,所有的人都摘下了面具,我终于看清,那确实就是他,是何雨。我有点迷惑,还有些恍惚,我也弄不清我是从哪儿把他认出来的,究竟是什么提醒了我。你说说,这到底是怎么回事儿?难道说,我比栖霞山上的那个老相士还要厉害吗?——这么说,连我自己都不相信。

第二天单位聚餐。菜肴很丰盛,酒也足,酒过数巡,大家都有些酒意。何雨酒量最小,当然第一个醉。喝到后来,何雨的脸撑不住,松了下来,还是原先的苦相。有人提议,让何雨变个脸,给大家助兴。何雨这次倒没有推辞,他打了个饱嗝,醉意蒙眬地说:变个脸?——你说变什么?头儿也醉了,他站起来,手往自己脸上一戳,说:就变我!

好!大家全都赞成。

好,你们等着!说时何雨站起了身。

确实喝多了,何雨的手显得迟缓,还有点颤抖。但片刻工夫也就变成了——实在是像!大概他们原本就骨相类似,只是何雨的脸看上去要稍瘦了一点,但乍一看去,神形兼备,几可乱真。

何雨看看大家,又直直地盯着头儿,斜着眼说:怎么样?

大家热烈鼓掌。何雨端起一杯酒,学着头儿的腔调说:同志们辛苦了一年,现在我敬大家一杯!他仰着头正要喝,突然愣住了。我们发现,头儿的脸色正急剧阴沉,仿佛山雨欲来。我们还没明白怎么回事,啪!一个耳光已经结结实实打在何雨的脸上!何雨手里的杯子掉在地上,摔得粉碎。我们都呆了。

何雨呆立在那儿,捂着自己的脸。他双手使劲揉搓着,像是想把那张脸揉碎。突然他捂着自己的脸喊道：天哪！我的脸死了！它变不回去了！

他的泪水流了下来，但那张脸，是真的变不回去了。

聚餐当然是不欢而散。后来头儿当着大家的面向何雨做了自我批评，说自己酒后失态，实在不应该，还让他到医院去看看。何雨去了，但医生也束手无策，何雨的脸只能就此固定了。你可以想象，我们单位从此有多么滑稽！——一个头儿，两张脸！虽说我们不会经常弄错，但这是多么的尴尬！这样的情形持续了个把月，终于有一天，何雨给头儿留了张条子，悄悄离开了我们单位。他辞职了。

我们至今没有得到何雨的确切消息。听说他的脸后来治好了，又恢复了他的变脸功能，现在正在南方一家杂技团里当演员，专门表演他的变脸技艺，收入颇丰；还有人说，他其实是去了北方，在一家电影厂担任了特型演员。我虽然一直注意，但至今也还没有看到他出演的影片。

青花大瓶和我的手

　　李崎山发了一笔大财。他早就开始做古董和字画生意,钱当然没少赚,但也算不上怎么发达。可他最近交了好运,只那么一把就发起来了。刘律师告诉我,李崎山在三牌楼小区租了一栋七层楼房,五十年期限,租金三百万元,把他的全部家底都顶上去,还借了不少债。手续办好不久,运气就找上门来了:工商银行要开一个城北办事处,看上了他一楼的房子。两下一谈,银行开出了一千万元的价码。两家还在洽谈阶段,剩下的二到七层也陆续租出了,算起来租金总共也有四百万元出头,足足把他整栋楼的租金都付掉。这样一来,李崎山一下子就净赚了一千多万元。这可不是一笔小钱啊。

　　李崎山发财并不令人感到意外。早在十几年前,同学们还在读书的时候,他就琢磨着怎样做生意。说起来他也走过一段弯路。他先是在校园里摆个小摊子,印一些信纸信封卖给学生,小有进项,每学期的一头一尾生意还很红火,不想学校突然改了校名,一下子从"学院"升格成了"大学",领导还给学校题了校名。这下他的信纸信封一个也卖不出去了,只好全当废纸卖掉。他垂头丧气了好一阵,到底还是不服气,按新的格式又印了一批,再拿出去卖。不料想这一次寿命更短,十天不到,邮电部发布通知,从某年某月开始,邮政部门一律只收寄"符合规定"的信封。李崎山的生意一下子又全砸了。这一下他彻底破产,最后他连骑三轮车到废品收购站的劲头都没有了。

一般人遭此挫折很可能早就金盆洗手了,但李崎山就是李崎山,他没有放弃。他闷在宿舍里思谋了两天,终于从信纸信封的事情中悟出了做生意的关窍。用他的话来说,那就是:信息和政策是生意的生命。信息是根绳子,拽准了你才可能不落空;政策是根擀面杖,要你圆你就圆,要你方你就得方!这话说白了一钱不值,生意人谁不知道?但是,又有谁能说他比李崎山的体会更深刻呢?

但理论到实践还有一段距离。李崎山并没有立即就兴旺发达。他三年级时又在外面弄了个咖啡馆,可好景不长就被几个好像是从香港录像里走出的汉子打得一塌糊涂。有一段时间,他突然从学校失踪了。我们几个好不着急。刘律师更是急得火烧火燎,他借了不少钱给李崎山当本钱,现在人没了,他几乎连饭都吃不上了。有天晚上他来找我,一是借点饭菜票,二来叫我帮他参详参详,李崎山到底去哪儿了。我推测了我所知道的他可能去的所有地方,都被刘律师一一否定了。这些地方他全去找过了。最后我说:"难不成他会跑到哪个原始森林里去？西双版纳，要么大兴安岭？"

"有可能。"刘律师苦着脸点头说，"他说不定一时想不开，就此了断残生了！"

一句话说得我心中恻然。突然他又一拍大腿说："不可能！如果他真的到了森林里，一看见到处都是可以变钱的木材，他肯定立即就会想起做木材生意的！你信不信？他很快就会回来！"

我信。我当然信。事实证明我们猜得大致不差。李崎山虽没有到森林去，但他确实很快就回来了。他是到郑州去了。那个地方当时正流行着一句话，"要致富，挖古墓"。李崎山从此就开始做古董和字画生意。而且他一回来就把刘律师等人的钱全还清了。

我们那时还没料到李崎山会发财，发大财，只是觉得这家伙特别具备商业头脑；而且我们断定，他的大学是念不完了，他已经没时间，也没心思看书了。

李崎山发财后买了两套房子。一二楼各一大套，上下打通，做了个豪华气派的楼梯。楼下的院子不算大，但足可停一辆小汽车。光从这一点看，李崎山就比一般的生意人要聪明得多：他只花了七十万元，稍加改造，就得到了一套别墅。地段那么好，和城外的那些什么"城"什么"苑"自是不可同日而语。整栋住宅有八九个房间，在我这种住单间房子的人眼里简直阔绰得可以开旅馆。他家里人不多，连他只有三个。他经常把我们喊过去，让我们欣赏他刚刚弄到手的"好东西"。他拉开这扇房门，取一件什么玉佩来，又拉开那间房间，拿出一件某某大师的字或者是画。我看过去，他好像是拉着中药房里摆药的抽屉。

他有一次神秘兮兮地拿出样东西来,我一看,原来是一个小册页,画的全是男男女女在干那事儿。我看得心跳耳热,装作见多识广地说:"这就是人家说的春宫画儿吧?"李崎山说:"一点也不错!你看看这是什么年代的?""是唐朝的吧?"我很没把握地说,"要么是明朝的?明朝人喜欢玩这个。"李崎山说:"错了!是民国的。你看这头发,不是小分头吗?"我一看,果不其然。我说:"民国的东西,值不了几个钱吧?"李崎山说:"我哪会去卖,我是把玩把玩!"我嘿嘿地笑起来。

你可不要误会,李崎山此人绝不好色。他和他妻子是总角之交,青梅竹马,至今恩爱如初,在这方面他无懈可击。他对朋友也很不错,差不多能算得上仗义疏财。我和刘律师都是他的同学,他经常让我们帮点忙,从来也没亏待过我们。说起来我们有时心里也颇为不平。我是历史学博士,刘律师好歹也是个硕士,还有块律师的招牌,而李崎山才大学肄业,可我们都只能给他打打工。他当年和我同班,可如今……你说说这事儿!我们只能说是李崎山的学问不多不少,正好够用。我算是被学问给害苦了。李崎山发财发得有理,不服气不行。你想想,就算是一注大财从天上落下来,正好落到他租的那栋房子上,可他怎么就未卜先知地挑了那栋房子呢?要知道,那儿的开发商因为房子推不出去早已急得双唇起泡了。

好了,再说这些我就有些饶舌了。下面的故事才是正题。说起来它真是一件有意思的事情。

噢,对了,还得说一句,李崎山之所以经常叫我去帮忙,不是因为别的,只是因为我有一项手艺。具体地说,是因为我会配制一种胶水。那是家传秘方。

还有,我的手也特别灵巧。我一直认为我的父母遗传给我的最好的就是一个还不算笨的脑袋,还有就是一双特别灵活精巧的手。我认为我的手比大脑还管事。儿子出世以后,我给他的最实惠的玩具就是我的手。我经常在手背上画上一个鬼脸,或者在大拇指上画上一个小狗头,然后慢慢从指缝里戳出来,逗得他咯咯直笑。我觉得我的聪明大多数都集中到我的手上了。我的手比我的脸更具有表现力,也更管用。我给李崎山打工,靠的就是我的手,还有那个家传秘方。

现在言归正传。

那天李崎山打电话给我,让我尽快到他家去一趟。十万火急!我知道,生意又上门了。一般来说,他如果是让我去开眼界长见识,只会说,你来吧,没空就算了。"十万火急!"——只有要我帮忙了,他才会如此措辞。我带上我用家传秘方配制的胶水,骑上车,直奔他家。那是个雪后的阴天,寒风刺骨,我的手戴着手套还是冻得生疼。

我一进门,就看见他家客厅的升降灯正低低地压在桌子上方。明亮的光线下,一大堆破瓷片摊在桌子上。瓷片有十几块,在明亮的灯光下发着釉光。几个脑袋正围成一圈,盯着它们发愣。

一共是三个人:李崎山,刘律师,还有老庄。老庄是个台湾人,男性,五十岁左右,留了一条马尾巴,看上去很像个艺术家,但他自称胸无点墨。我原本不信,初次见面时还试探了一下,结果发现他连老聃加庄周合称老庄都一无所知,可见他确实并非自谦。他没文化,但他会倒腾文化,还因此发了大财。三个人都是熟人,不必客套,我开门见山,问道:"弄了堆碎东西,要我把它们粘起来是不是?"

老庄说:"哪儿是什么碎东西,老李兴奋过度,把它搞碎了!"语气里颇有抱怨。

李崎山说:"你别急呀,我这不是把高手请来了吗!这是麦城第一修复大师,半个小时后保你恢复原样!"

刘律师插言道:"这话不该你来说。朱辉说了才管用,对不对?"

我说:"我得先看看东西。还有——"钱的事已到了嘴边,但我没好意思说出口,"我得估一下要花多大工夫。"

老庄说:"你先看看能不能弄起来再说别的。"

我拿起一片碎瓷端详着。李崎山见我有些不快,连忙说:"一千块,怎么样?"

这个价码已经大大高出了我的估计。我第一个反应就是,这堆破东西到底能值多少?但我没有问,这是我们的行规。我不想多费口舌,默认了这个价钱。我开始干活。

我挑了最大的一块瓷片,拿起桌上的放大镜,仔细观察断口的纹理。断口很干净,没有旧泥,而且一尘不染,显然是新口,这就不需要我再清洗了。这原先是一个完整的青花大瓶,胎体厚重,十分致密。灯光下的碎瓷看上去釉质细腻,温润如玉。我拿的这一片上有一些石榴和佛手的青花弦纹,只从这一片我就可以断定,这是明代江西的东西,说不定还是"官窑"制品。至于它原来是干什么的,我一时还拿不准。我问李崎山道:"这是个什么东西,你们弄明白没有?"

老庄说:"你管那干吗?你粘起来就是!"

我说:"那可不一样。如果是个唾盂什么的,我立即就去洗手。我嫌脏!"

李崎山急了,他着急地说:"你看你,又不是不懂行!天下哪有这么大的唾盂?"

我说:"那是什么?"

李崎山说:"实话告诉你,这是明朝浙江超尘禅师的骨殖瓶,我们弄到手时骨殖早就被洗掉了。这是装舍利子的东西,大吉大利,发大财!"

我说:"骨殖瓶又算是什么好东西了?况且发大财的是你们。"

老庄说:"得,再加两百怎么样?"

我说:"那就随你们了。"

我正式开始干活。我从包里把在家配好的胶水拿出来,双手随意拨弄着桌上的碎瓷。碎瓷上有一些破碎的铭文,记述的大概是禅师的行实,有"宣佛法,活人命"等字样。我闭上眼睛,一言不发,想象着青花大瓶未破时的模样。这是一种仪式,我从不马虎。我看见在明亮的灯光下,青花大瓶白瓷润泽,青花明快,亭亭玉立。整个瓶体呈口小体大状,估计瓶口大概有手腕粗细,我正好可以从这儿下手。我两手搓搓,往空调口靠靠,烘了一会儿,手发热发红了。

好了,可以开始了。

气氛立时轻松下来。他们三个开始聊天。老庄说:"你有把握吗?可别手一碰又塌下来。"

刘律师道:"他又不是第一次干这个。到时候肯定摔都摔不破。"

这时我已在左手腕上把瓶口粘成个小圈,手在里面托着,一片片往上粘。我忙里偷闲对刘律师道:"你可别给我瞎吹,摔是摔得破的,只是有一条,要是再破了,肯定不是我粘的这些缝。"

李崎山说:"那当然,你这是家传秘方嘛!"他笑着问,"能不能把秘方透露透露?价钱好商量。"

我说:"你想得美!秘方一告诉你,你立即过桥抽板,那我可不就完啦?"

李崎山说:"哪能呢!你这双手还不是长在你胳膊上?"他得意地看一眼刘律师,"我用的就是律师的嘴巴和你的手!"

这话多少让我有些不快。但我一干上活就沉醉其中,一时无暇计较。我有条不紊地忙着,上胶,贴片。说话间我手里已经嵌上了最后一片碎瓷,一时间瓶子完整如初。我的手疲惫不堪,酸痛得不行。我舒了舒瓶里的左手,攥成个拳头,顶着瓶子道:"怎么样?完好如初!"他们三个的眼睛全亮了。

李崎山说:"要不要再等它干一点?"

"完全没必要。"我说,"它现在差不多已经达到最大强度了。"我用右手指在瓶子上一敲,瓶声清亮,宛如钟磬。

"别,别!你快把它放下来吧!"老庄说。

"好了,一手交钱一手交货。"李崎山从口袋里往外掏钱。我用右手扶着清花大瓶,左手往外一拔,糟了,手太大了,瓶口太小,出不来!

"怎么啦?"

"有点不对,我的手出不来了!"

他们三人霎时间变了脸色。李崎山说:"你可别吓我们!"

我苦着脸说:"我吓你们干吗?我真弄不出来了!"我使劲地拽着,脸都涨红了。他们三个一齐围上来,看见我的手腕处已经开始出血。老庄说:"你可别玩什么玄的!要钱我再加。"

"钱,你就是钱!你把我的手弄出来!"

李崎山说:"朱辉,这就是你的不对了,你倒反过来怪我们?"

"不怪你们怪谁?"我左手平举,仿佛戴着一个硕大的拳击手套,"这东西就是晦气!"

刘律师说:"好了,还是想个办法吧!"

四个人一起坐在沙发上,你看我我看你,苦思良策。最后还是我先站起来,说:"用肥皂!"

他们三个立即忙起来,一会儿一盆稠稠的肥皂水就泡好了。我把肥皂水从手腕处倒到瓶子里,晃晃,把手弄滑,然后往外拽手。手被拽得生疼,还是拽不出来。我垂头丧气地一屁股又坐到沙发上。

后来他们又提出弄香油来试一下,结果还是不行。四个人坐在沙发上,无计可施。我的手在这些滑腻腻的东西里泡得时间长了,很不好受。我说过的,我的聪明可能是大部分都集中到我的手上了,也就是说,手就是我,我就是手。手在里面憋着,我头发昏;手闷气,我的胸口也开始发闷。

老庄开始发毛,他说:"你看着办吧,反正你把瓶子还给我就行!"

我也火了。我顶道:"反正我把瓶子粘好了,你给钱吧!"

"你把手拔出来呀!你把手拿出来我要赖你一分钱我就是王八蛋!"

我说:"你把钱给我,我用右手拿。"

老庄斗鸡似的一蹦老高:"你还我瓶子!"

我回敬:"不是你瓶子我的手也没事,你还我的手!"我扬起瓶子,作势要砸他。刘律师伸手打圆场说:"你可别砸,这可是文化!"这事跟他并无干系,所以他还有心思说俏皮话。

一时间我觉得特别没意思,只在嘴里嘟哝道:"反正我的活干完了,随你们吧!"

李崎山说:"看来我们只有请律师来解决了。老刘你看看,这事怎么了结?"

刘律师挠头道:"这事很尴尬,很难说!进不得,退不得;不砸不行,砸了也不行……"

李崎山说:"你就别绕了,你说怎么办吧!"

"怎么办?"刘律师说,"要说吧,朱辉确实把瓶子粘好了,按约定,他该拿钱。"

我说:"就是!"

"可是呢,按我们约定俗成的理解,你干活全过程的最后一个动作应该是把瓶子交给雇主,这个动作完成了你才能拿到酬金。可手一拿出来瓶子又要碎,你约定的工作又没有完成,你怎么把手拔出来呢?"

李崎山和老庄一齐道:"就是嘛!"

我脑袋一闪,把右手一伸说:"那好办。我把瓶子给你们,你们把手还给我!"

李庄二人大惊失色,一齐道:"这倒成了我们的事儿啦?!"

三个人吵成了一锅粥。

好了,我的故事讲完了。你肯定关心最后的结果。好,我不再卖关子,告诉你。最后青花大瓶当然是重新打破了,我的手由此解放;钱他们当然是一分未付,我知道也要不到。我还要帮他们把瓶子再粘好。但因为增加了无数的新裂痕,据说那个青花大瓶很可能就此身价大减,李庄二人哭丧着脸说,十有八九连本钱都收不回了。我反正是管不了那么多了。我已经够倒霉的了。

还有,我那个家传秘方说白了一钱不值,但我目前还不想说。现在可以先行透露的是,其中相当于"药引子"的东西,其实就是一撮纸灰。父亲传我的时候叮嘱再三,一定要用古旧书籍的纸灰,年代越久越好。可这成本太高。那么现在的纸张能不能用呢?我总想试一下,但一直没敢。

放生记

一

马老师供职的大学位于玄武区。玄武区因玄武湖而得名。玄武什么样,一般人说不清,据说是龟或甲鱼的身形,却长着蛇一般的脖子,总之是所谓瑞兽。瑞兽寻常看不见,蛇龟和甲鱼却是凡物。蛇和龟基本已成为宠物,而甲鱼从来都是给人吃的,滋阴培元,营养丰富,属滋补品。某日,马老师家里就来了一只甲鱼。

学生甲某,送来礼物数样,其中有一只甲鱼。甲鱼很大,如小锅盖,四五斤,被网兜勒着,很老实。

甲鱼摆在厨房的地上,安静地待在网兜里,并不挣扎,随遇而安。

马老师拿脚碰碰,它头往外伸一下,斜眼看看又缩回去,显得狡猾,也有点可怜。马老师感到心烦。她想不是自己要补身体,倒是某甲应该补考。她不批卷子就知道,如果手下不留情,某甲肯定要挂科。

总之这甲鱼最好不收。她怪丈夫,丈夫叫屈。他说这小孩送礼分了两步,先送东西再打电话,我没拦住他丢下东西,可你也没在电话里拒绝他。还说你可以叫他再拿回去,实事求是,该给他多少分就多少分。

先生一贯有点孩子气。他的话其实是瞎扯。这事看起来她说了能算,但生杀予夺的另有其人。

于是甲鱼就在厨房待着了。从地上挪到了一个大盆子里。网兜解掉,给它松绑,防止它被勒死。盆子是早年的洗衣盆,足够容纳锅盖般的甲鱼。只不过洗衣盆太大了,摆在厨房里碍手碍脚。甲鱼舒服了,人却局促,但暂时也只能如此。马老师没有心思管它。最近她正忙着申报职称,光是填表就很费心,更不要说后面还要请评委们帮助。那么多教授,还不知道谁会被抽签当评委,想想都头疼的,哪里顾得上个甲鱼?一晃十几天过去,马老师很疲劳,她面容憔悴,手脚无力,真的需要补补了。马老师是副教授,前年就可以申报教授,但首次申报失利。她又苦了两年,带研究生,搞科研,攒了两年新成果,今年再次冲击,其实也是个补考的意思。先生看在眼里,疼在心上,于是说:"明天我把它杀了,炖了给你吃!"马老师抬起眼睛,一时还回不过神来。他说的当然是甲鱼。甲鱼趴在水里,头缩着,简直像个死的。马老师用脚碰碰盆子:"你会杀吗?它一定不肯伸出头来。"先生笑道:"小事一桩!我用根筷子撩它,它咬住了就不肯丢。我踩住它的壳,拽着筷子扯它的头,手起刀落,咔嚓!完事!"他笑吟吟地比画着,"我一个人就干了,你就等着大补吧!"

当天夜里,他们被奇怪的声音闹醒了。咯吱咯吱,有动物抓挠的声音。停停歇歇,不屈不挠,抓的就是卧室门。开门一看,甲鱼黑黢黢地趴在门外,一见门开了,挪起身子就往里爬。先生睡眼惺忪,打起精神,绕到后面一把抓住甲鱼,重又放回盆里。他找个脸盆罩住甲鱼,又把厨房的拉门关好,这算是设置了两道防线。可他刚睡着不久,却又被推醒了。眼一睁,马老师赫然站在床前,吓了他一跳。原来马老师再次被闹醒了,独自去厨房却束手无策。他拉开厨房门一看,大盆上的脸盆早被掀在一边,甲鱼扒开了厨房的地漏,头伸进去,四个爪子唰啦唰啦用力扒地,妄图从地漏钻出去。这下声称会杀甲鱼的人也手足无措了。幸亏装甲鱼的网兜还在,两个人齐心协力把甲鱼重新装回去,紧紧扎好放回盆里,这才又上床睡了一会儿。

第二天,两人都面露倦色,哈欠连天。马老师带着她那一堆申报材料去学校前,气鼓鼓的,对甲鱼视而不见,提都不提。傍晚回家,马老师突然说:"放了吧!"先生一愣,立即点头:"我同意!"马上又申明,他并不是怕杀、不会杀,他是觉得在报职称的关口,杀这个甲鱼不合适。马老师说:"我觉得它成精了。它似乎听得懂人话。杀了不好!"先生说:"是啊,养了这么多天,一直安安稳稳的,一说要杀了,它就造反,太奇怪了!"他这话此后几天又得到了某种验证。网兜那天夜里就被甲鱼蹬裂了,后来就这么放在盆里,可自从说过不杀,它从此消停,再不闹事,甚至还吃过几条从菜场要来的小鱼。这说明它放心了。先生提议和马老师一起去把它放掉,马老师略一沉吟,说她来安排,叫学生去放。

马老师的专业是水生态。这是一个极好的难得的教育学生的机会。

二

小亿高个,比较瘦;小炳胖乎乎的。

他们都是马老师的研究生。研二,课不多,大部分时间跟着马老师搞科研。马老师说:"这么大的甲鱼,两点四千克。野生的,很难得啊。你们去把它放生吧!"她看着学生惊诧的眼睛说,"甲鱼是俗称,学名鳖。如果你们是有心人,就应该知道,鳖属爬行纲龟鳖目鳖科,变温动物,水陆两栖,用肺呼吸;比较喜欢吃鱼、虾、贝、昆虫及动物内脏和尸体等等,是杂食性动物。鳖已经被列入国家林业局2000年版的《国家保护的有益的或者有重要经济、科学研究价值的陆生野生动物名录》。这是一只中华鳖,虽然还不是保护动物,但也是生态链条的重要一环啊!"她指指办公室地上网兜里的甲鱼,"尤其是野生的,真不该去吃。口腹之欲,有时是很不科学的。"

甲鱼身上的网兜是新买的,比以前的大些。小亿和小炳凑过去观察。甲鱼头缩着,四肢伸出扒拉几下,告诉人它还是活的。突然小炳惊叫起来,原来网兜里多了个东西,圆的,白的,是个蛋!小亿大叫:"这是王八蛋啊!"两个学生又惊又喜,乐不可支。马老师也笑了,她也是第一次见到鳖蛋,她说:"看看,它在补充我刚才的话了,我忘了说它是卵生动物。呵呵,它很聪明。你们把它放到玄武湖吧!"她叮嘱道,

"找个僻静的、水深的地方,悄悄放掉。你们要知道,这是我们应该做的一件小事,不要张扬。去吧,它需要玄武湖,玄武湖更需要它!"

小亿问:"那,蛋呢?"马老师说:"蛋留下,放在我们研究室,算个标本吧!"马老师安排好,心情愉快,她笑道,"这东西还真有点灵性。听说要放它,昨天夜里大闹天宫,在厨房里乱爬。它急不可待啦!"

小亿和小炳领命放生。他们找个会议纸袋套在网兜外面,往玄武湖而去。

玄武湖距此约莫两公里,步行最合适。初春时节,树木泛绿,百鸟啁啾。两个小伙子走在马路上,越走越开心。这事轻松,而且好玩。走到市民广场,小亿手上的甲鱼有点不老实,在纸袋里动起来。他指指脚下的甲鱼说:"这么大个甲鱼,岁数不小了,是个老家伙。你说,它会不会真懂人话,就像马老师说的?"小炳说:"它听得懂?我可不信。"广场上阳光灿烂,人不少。有几个年轻人在发广告,见他们坐着,也塞两张过来,是卖保健品的。他们随手就扔了。小亿俏皮地指指不远处的几个老人说:"你们应该到那里发,他们需要。"这些发广告的年轻人肯定是刚毕业暂时还没找到工作的,老人们则已经工作了一辈子,现在歇下来了。工作是人生的腰眼,决定了你能不能直起身子来。小炳的工作还没着落;小亿的工作已经定了,但他另有烦恼,他谈了个女朋友,本市的,但女朋友家还不认可。两人各怀心思。小亿站起身,突然叫起来:"啊!你还想跑啊!"原来那甲鱼钻出了纸袋,正悄悄往前爬。小亿要去捉,小炳说别动,指着说:"你看它很会辨别方向。它没乱爬,它的前方就是玄武湖。"小亿骂他鬼扯,要不是有网兜,它早就钻进下水道了。两个人手忙脚乱地把甲鱼捉住装好。小炳拎着袋子说:"走?"小亿说:"不走你还能咋的?你还敢吃了它?"小炳说:"我不需要。你还真需要王八汤补补。"小亿踢他一脚。两人继续往前去了。

　　从学校到玄武湖依次要经过鼓楼、鸡鸣寺,然后才是玄武门。鼓楼是个大山包,一路向上,走起来还真有点费劲。他们有点后悔没有打车,反正老师会报销。但这会儿连个起步里程都不到,也只能一条道往前走了。小亿笑道:"我怎么觉得我们这个样子有点怪怪的,不像是贩鱼的,倒像是送礼的。"小炳道:"本来都不是嘛,我们是放生的。"这话一点不可笑,两个人却扑哧笑起来。小亿停住脚,上下打量拎着纸袋的小炳说:"你就是个送礼的。可别说,这东西要是送给老人,一定很讨喜!"小炳不理他,继续走。小亿说:"我是说这甲鱼很难得,要是送给我丈母娘,她一定欢喜!"小炳说:"丈母娘,哼!"他的意思是八字还没一撇。小亿说:"你走那么快干吗?"小炳夸张地加快步伐说:"我带甲鱼逃命啊!如果今天你一个人来,我肯定,你一定直接到你丈母娘家去了。"

　　说话间过了鼓楼,一段下坡路后又是一个向上的缓坡,再往前就是鸡鸣寺。远远可见碧瓦黄墙,环绕的柳树已经泛绿,渺如云烟。两人身上都有些微汗。甲鱼有点不安分,在纸袋里乱动。小炳停住脚步,把纸袋拎高了,端详着。纸袋忽大忽小,形状变化不定。小炳说:"快了,快到了!"他看看小亿说,"叫你吃你又不敢,送丈母娘你也不敢,那就这么放了?"小亿说:"谁说我不敢?但我送了,你的领导怎么办?"小炳道:"你怕我心里摆不平,说出去?"小亿承认:"是!"小炳道:"我倒有个办法,就怕你不肯。"小亿问什么办法。小炳道:"我们找个菜市场,再去买一个差不多的,一人一只,不就解决问题了吗?"小亿惊呼道:"好思路啊!还是你厉害!"

三

这就算说定了。他们撇开去鸡鸣寺的路,往右一拐,沿着小路去找菜市场。钱他们身上都有些,马老师刚发了助研费,就是不知道够不够。不一会儿他们就知道了远远不够。他们跑了两家菜市场,看了好几个鱼摊,要买这么大的甲鱼他们的钱还差一半;如果要野生的,一是现在没有,二是他们的钱差得更远。他们面面相觑,知道这所谓的好思路其实难以落实。他们心里难免抱怨,助研费太少了,远配不上他们付出的劳动。平时就有感觉,但现在感觉更为强烈,因为钱到用时更恨少。他们垂头丧气地出了菜场,苦无良策,都有点无力感。甲鱼很贵,钱不够;心很大,天地却很小。两人一前一后走出菜市场,相对苦笑。

菜市场周围很嘈杂,店铺多,行人也不少。小炳道:"你说这野生甲鱼和家养的,有什么区别?"小亿说:"不知道。我又不是甲鱼专家。恐怕一眼就能看出来吧。"小炳说:"我看不见得。"

分甲鱼难题,就此有解。两人找到银行取了钱,重回到菜市场。鱼摊的老板是个中年人,正坐着抽烟,他老婆蹲在地上用刀剖着河蚌,手脚麻利。见两个小伙子拎着袋子又来了,老板站起身来。他们去而复回,当然显得奇怪,不过小亿不怯场:"哎,你刚才说会有人送货过来,货到了没有?"他一开口就带点质问的口气,先声夺人,是为即将开始的讨价还价打底。老板说:"才这一会儿哪就来啦?喏,还是那些。"他指指身后的那个大网兜。他们也不多说,小炳把纸袋递给小亿,蹲下来开始挑甲鱼。十几只甲鱼,有大有小,可不承想到,刚才看见的那只最大的已经不见了。只有最大的那一只跟纸袋里的大小相仿,送礼才拿得出手。一问老板,说是刚才卖掉了。老板说:"你们不是要野生的吗?还带了个样品来比着买,现在连家养的也没了。"正遗憾着,小亿手上感到了异样。他惊呼一声,手里的纸袋子突然脱了底,网兜掉到了地上!那甲鱼大概是感觉到同类的存在,顶着网兜拼命往鱼摊的大网兜那里爬。小炳和小亿赶紧去捉,老板呵呵一笑,抬脚就把甲鱼踩住了。"我有数,不会踩伤的。"老板抓起甲鱼说,"野生的性子足,皮实着呢,摔都摔不死。"他把甲鱼连着网兜举起来,往小炳面前一送说道,"看看,网兜被它撕破了,厉害吧?"

网兜破了一个大洞,而且被撕了几个小洞。现在的情况是:相当大小的甲鱼没找着,网兜却不能再用。这有点鸡飞蛋打的意思。小亿问老板能不能送个网兜。老板说这本来是小事一桩,可他的网兜是一只甲鱼身上套一个,再摆在大网兜里卖,而且他这种小网兜肯定也吃不消这只野甲鱼。老板娘插话说:"不如你们再去前面肚带营菜场看看,那边摊子多。这甲鱼就先放我们这里。"老板道:"这倒可以。我这大网兜结实,我负责保管。"老板娘道:"你们去那边看看,买到没买到,回来顺便把它带走。"老板说:"你们要买野生的,只能再去肚带营,我这里今天就是有人送货也是家养的,本来就不是一个渠道。"老板娘说:"我倒奇怪了,你们为什么一定要买野生的啊?还要大的。"小亿正要说话,小炳接话道:"是的。"就两个字,不置可否。他虽然被他们说得头晕,但还知道不应多说。老板道:"摆不摆这儿随你。告诉你们诀窍:野生的和家养的看起来差不多,其实不一样,说破了简单得很。"他指点着甲鱼现场讲解,颜色、形状、性子,头头是道,最后却又说不需要扯这么多,这么大的甲鱼根本就没有家养的,"谁有耐心把甲鱼养这么大啊,没有六七年不可能。"老板娘笑道:"你们拎个甲鱼去买甲鱼,让人家看笑话。"老板把手里的甲鱼往小亿面前一送说道:"随你们。"甲鱼在他手里张牙舞爪,还嘶嘶地呼气。小亿吓得后退一步。老板说:"那就先放我这儿啦。"小炳点了点头。老板把甲鱼放进大网兜,扎好,又用力拽了一下,让他们放心。

出得菜场,小亿和小炳沉默不语。半晌,小亿说:"没事的,跑得了和尚跑不了庙。"小炳嗯了一声,心想刚才应该拍个视频,留作证据。他们用手机百度一下,肚带营看似不远,却也要坐车。可是他们在肚带营也没有找到合适的甲鱼。野生的没有;人工养殖像这么大的,可能正如那老板所说,市场上压根就不存在。两人都没了主意,快快不乐。回到先前的菜场,他们心里还存了一点希望,因为那老板说过,会有人送货,没准柳暗花明呢?野生的是不指望了,但没准来个大小差不太多的呢?可是现实马上打破了他们的希望:老板的摊子送货的倒是来过了,可他们寄存的甲鱼却不见了。

四

他们怒火中烧,急赤白脸地质问。老板开始时说甲鱼肯定在哩,检查一下又大惊失色说怕是跑了,再后来急乎乎喊他老婆。老板娘远远地应道:"怎么啦怎么啦?"从拐角处跑了过来。面对丈夫的质问,她很不好意思地承认,刚才他不在,有人看上了,她挨不过缠,就卖了。

她拿出一沓钱来:"喏,钱都在这儿。"老板大骂他老婆。把钱接过来,在手上抖一抖,满脸歉意赔着笑。

小亿和小炳傻了眼。老板把钱递过来,两人不要。老板娘说:"一张不少。"老板说:"手续费我们也不收了。我们白卖。"小亿呛他道:"你白卖!不是你的东西你卖!"老板娘说:"我帮你们卖了个好价钱。你们拿了钱就不算白卖?"小炳道:"问题是我们没想卖。"旁边的摊主上来打圆场,说算了算了,其实野生的家养的,差不多的,没那么玄乎。老板说:"就是嘛。野生的贵,家养的便宜,就这个区别,其他一样。"他满面堆笑地又把钱递过来。小亿看看小炳,小炳看看小亿,伸手把钱接了过来。这些人都是老江湖,关键是,再怎么着,那甲鱼也不可能再爬回来。小亿转身就要走,小炳却不动,指着大网兜里刚添的货说:"你拿个给我,差不多大的。大小不离谱就行。"老板问:"就一只?"小炳冷着脸点头。小亿不解。老板动作麻利地拎一只最大的出来,过称,收钱。小亿懵里懵懂地跟着小炳出了菜场。

买了一只甲鱼,小炳手上还有钱。出了门,等小亿过来,小炳甩甩手里的钱道:"哼,这就是野生的和家养的区别,货币化的区别。"小亿问:"可你为什么不买两只?"小炳道:"你还想送礼?家养的只这个价钱,送得出手吗?我那个领导肯定吃得多了,没准一眼就看穿不是野生的。"小亿想起鬼精鬼精的丈母娘,那个难说话呀,说不定当场就把他打出门去,也苦笑着。

至此,送礼的计划放弃,倒多出了一笔钱。这钱本不在他们的计划之中,是意外之财,理应两人平分,二一添作五。可如果一人一半还得找零,小炳就先把钱放进了自己口袋暂存。如果把这次放生视作生态科研的一环,这钱也可以称作助研费,通俗的说法,就是跑腿费。现在他们显然应该继续跑腿,完成任务。虽然走了不少弯路,但大方向他们一点没有迷失。向北,然后拐向西,他们就将路过鸡鸣寺,再穿过玄武门就到了。

太阳明晃晃地照着。春风熏得游人醉,热烘烘的,他们解开了外衣。鸡鸣寺建在小山上,石阶上游人穿梭,山下的大路边摆了许多摊子,卖的都是香烛经书之类。算命打卦的也不少,坐在"文王神课""指点凶吉"之类的招牌后,有的还戴着墨镜,以示他们是个盲人。小亿、小炳的任务已近完成,心情愉快,步履轻松。他们东看看,西望望,小亿笑道:"这里应该改名叫'算命一条街'。"小炳道:"文王神课。'文王'是什么意思?"小亿答不出。小炳指指前面的一个招牌道:"你以为戴墨镜的真的就是瞎子吗?"边上一个戴墨镜的插话说:"不瞎是瞎,瞎是不瞎。"他的大墨镜瞪着他们两个,"来来来,我告诉你们,我是半瞎不瞎,不过能帮你们看见前程。"两个小伙子顿时僵住,你看我,我看你,就是不敢看那人的墨镜。他的视线不光黑乎乎,还粗大,仿佛两根黑棍子,随时准备拨弄他们的未来。"你们这袋子里是甲鱼吧?你们去放生,好!放它一命,胜造七级浮屠。不过你们还是过来,听我说说比较好。"两人想走,却迈不动步子。周围行人香客来往,一个小男孩跑过来,调皮地用指头戳戳装甲鱼的塑料袋。鸡鸣寺那里传来了唱经声,婉转悠扬,伴随着鱼木阵阵,袅袅不绝。那戴墨镜的凑过来,手里拿了两本书。他指着书道:"文王神课,文王就是周文王。这个我可以送你们。你们现在都遇到了一些难题。"他停住不说了,这是且听下回分解的意思。小炳看看他手上的书,封面上有不少黑体字,很大。他摆摆手,对同伴使了个眼色,快步走了。

小亿跟上来说:"他那墨镜很瘆人,摘下来生意肯定好点。"小炳不吱声。他看清了那封面上写着一条人生指南,写的是:"人生四大戒:一不杀生,二不偷盗,三不邪淫,四不妄语。"他边走边道:"那个鱼贩子,'老甲鱼'!""老甲鱼"是他的家乡话,就是老奸巨猾的意思。小亿一时不懂,眨巴着眼睛。小炳说:"人生四大戒,那卖甲鱼的至少犯了两条。偷盗,妄语。"小亿道:"你说他肯定蒙了我们的钱?"小炳说:"那不明摆着?他卖了不属于他的东西,钱肯定也少给我们了。""那你当时怎么不说?应该揪住他!"话一出口,他自己也觉得是白说。他们当时稀里糊涂的,真闹起来也斗不过"老甲鱼"。他好奇地问:"我刚才没看清,人生哪四大戒?"小炳复述一遍。小亿笑道:"他哪里只犯了两戒呀?杀生,杀生啊!他每天要杀多少生命啊?"小炳也笑了,说这个他还真没想起来,可他没想起这个也是有道理的,他说:"那个不能算。那是他的生计。我们不能要求太高对不对?就像你谈了女朋友,时不时还要亲热一下,这个就不能算邪淫对吧?"他嬉皮笑脸的,小亿朝他的胖腰捅了一拳:"你个八戒!"

小亿所说的"算命一条街"不一会儿就过去了。抬眼一看,高大巍峨的玄武门已遥遥在望。游人如织,城门下更是摩肩接踵。穿过城门,一条大道中分湖面。好大的湖!水面浩渺,烟波如画。风一阵一阵吹来,竟有点凛冽,他们简直像是完成了一次季节的穿越。他们都把衣服扣好,信马由缰地往东边走去。那里明显人少些,看起来水也更深。马老师曾说:甲鱼需要玄武湖,玄武湖更需要甲鱼。玄武湖是不是需要甲鱼那是理论,甲鱼需要玄武湖他们立即就证实了,那甲鱼一直很安生的,这会儿大概是闻到水气,骚动起来,在塑料袋里东抓西拱。两人不由得加快了步伐。他们沿着城墙又往东走了好一段,看中了水边的一块礁石,贴着岸线突兀地立着。就是这里了。

这里位于城墙的阴影里,更冷。他们快步走到水边。小亿边走边把塑料袋扯掉。解网兜的时候,他手有点抖,生怕这甲鱼临走还要咬他一口。他嘴里念叨:"我们这是在放生,放你走。我们行善积德,不是送你下汤锅。你可不要恩将仇报啊。"他絮絮叨叨,笨手笨脚,小炳说:"我来吧!"他走过去,双手捧起甲鱼跳到礁石上,站稳了,蹲下来,按着,回头对小亿道:"你拍视频啊!"小亿一怔,连忙掏出手机。小炳喊道:"你走远点,这里太近了!"小亿不解,也不问为什么,他后退几步,调好了,对准。

这甲鱼虽不是野生的,却也十分生猛。它的头已经伸出网兜口,使劲往前伸,长得不能再长;四脚扒地,力气可真不小。小炳双手松开,又一把按住网兜尾巴,在甲鱼臀部拍一下。那甲鱼使劲一拱,出去了;四脚连动,飞快地爬到水边,头一低,下去了。小炳站起身,挥挥手道:"拜拜了!少吃荤多吃素,消灭蓝藻!玄武湖水生态,拜托啰!"甲鱼甫一入水,大概暂时还不适应,趴在水草上,不动了。小亿大叫:"去!给人家看见你又没命啦!去啊!"他把嘴靠近手机,配音道:"某年某月某日,上午十点半,玄武湖,奉师命,放生甲鱼一只!"甲鱼头往这边勾勾,算是道个别,四脚一划拉,看不见了。

五

至此,任务完成。两人手上都黏糊糊的。他们到湖边洗了手,凑着脑袋检查一下视频。小亿说:"确实应该离远点。不能有特写。"小炳道:"这还用说！此甲鱼非彼甲鱼,马老师过目不忘哩!"小亿说:"那老甲鱼杀生,我们放生——这人跟人,区别咋就这么大呢？"他拿腔拿调,哈哈大笑。他已经学会了小炳的土话,老甲鱼指的当然是那个卖甲鱼的,小炳听到这话,自然就想起了自己口袋里赚来的钱。他甩甩手上的水,去掏口袋。

上衣左边没有;右边,也没有;上衣里面的夹袋没有,裤子口袋里也没有！两人脸色大变。小炳把各个口袋全部翻过来,还是不见那钱。小亿在自己身上找,也没有——事实摆在这儿,他们两个其他的都没丢,两只甲鱼的差价确实不见了。两人目瞪口呆,气咻咻地开始回忆。脑子全都乱了,甚至连当时钱是谁收起来的都有了疑问。还好,他们是师出同门的师兄弟,情同手足,并没有因此争执。他们坐在城墙下初春的草坪上,垂头丧气,呆若木鸡。这是怎么回事？到底是哪里出了问题？他们面对城墙,嘴里嘀嘀咕咕。这城墙已经屹立六百年,至今无语。

他们是打的回学校的。一来有点累,二来他们实在不愿意再路过那条"算命一条街"了。校园真好,连空气都是他们熟悉的。马老师很高兴,知道他们还记得拍个视频,夸奖他们有进步,不枉带了他们两年。她把门下十多个弟子招来,大家一起欣赏了视频。马老师说:"我现在才悟过来,玄武湖原本就是鸡鸣寺天然的放生池啊。"她叮嘱小亿把视频转到自己手机上。马老师最近正酝酿一篇论文,探讨中国历代环保制度的演进。趁此机会,她顺势召开了一个"seminar"(讨论会),主题就是她论文的立意。她纵横古今,旁征博引。她说《荀子·王制》里谈的是为王之道,治国之理,却特别强调了环保:"草木荣华滋硕之时,则斧斤不入山林,不夭其生,不绝其长也。"夏商时期,也有"夏三月,川泽不入网罟,以成鱼鳖之长"的规定。又拿出一张照片,是一块碑,上面布满阴刻的文字:"道旁之树,先人栽植,以为永远歇凉之古树,众生不许剪伐,故勒石刊碑。"小亿笑道:"字写得真好。"小炳道:"宋体。"马老师追问:"这个'勒石'什么意思?"小亿语塞。小炳道:"是不是雕刻的意思?"马老师瞪小亿一眼道:"对!"其他学生哧哧笑起来,说自己也不知道,还是小炳有学问。

讨论会的气氛融洽热烈,学生们颇有进益。小亿被老师批评了,倒也不往心里去。老师让他们放生一只甲鱼,他们完成了任务,有视频为证;那笔不翼而飞的钱原本就不是他们的,他们自己的钱分文未少,可以说没丢掉任何东西。他时不时地看一眼马老师桌上玻璃杯里的甲鱼蛋,心想,生出这个蛋的那只甲鱼,现在大概已经出了汤锅,进了口腹。小炳注意到他的目光。他想那只野生甲鱼性子野,闹得凶,却难逃一死,而那家养的本就是给人吃的,却能逃出生天,这真有点怪异。小亿小炳相视一笑,立即把目光移开了。

马老师当然不知道这些。她兴致勃勃地把放生视频发到微信上,引来点赞一片。她在朋友圈的附言是:"劝君不捕三月鱼,万千鱼子在腹中。劝君不打三春鸟,子在巢中待母归。"朋友留言道:"好老师!身体力行!""善哉善哉!"

鸡蛋，石头，军大衣

车站里乱哄哄的。黑压压的人群拥在检票口，等待着火车进站。后面的人往前面挤，前面人往后面顶，铁栏杆被挤得嘎嘎直响。

突然一道白光掠过，火车哐当哐当进了站，栏杆猛地开了，人群哗啦啦上了站台。

桑阳冲在最前面。他一手抚着被栏杆挤疼的前胸，手拎着小包，直冲火车的尾部。凭经验他知道，那儿最有可能还有空座位。这是一个雪后的冬日。刺骨的寒气冻得人脸上生疼。桑阳穿着一件军大衣，他磕磕绊绊，跑起来很不利索。幸好没有多少人朝他这个地方跑，他终于还是第一个挤上了车厢的尾部。

还好，靠近厕所的地方还有一个座位。桑阳赶紧走过去，把自己安顿了下来。

这是三十年前的一个冬夜。三十年前的桑阳挤上了三十年前的那趟火车。那时他才二十来岁。他们这届大学生只在学校读了一年,就提前分配了工作,走上了社会。他在单位干得很红火,这一次领导对他委以重任,派他去 N 市出差外调。任务很急,他只稍稍做了点准备,就星夜起程了。

车厢里空气污浊。满眼都是当年北方的冬天常见的装束,土灰色棉袄,黑棉裤,不少人还戴着棉军帽。比起外面,车厢里很闷,桑阳把军大衣脱下来搭在腿上,随意打量着周围的乘客。靠近车窗的是两个中年汉子,看模样像是工人。他们面对面坐着,用方言聊着天。坐在桑阳对面的是一个老头,有五十多岁。他两鬓花白,穿着一件黑色对襟棉袄,正倚在车座上打盹。桑阳看见他,微微愣了一下:他觉得好像在哪里见过这个人。老头穿着很普通、很土气,彻底的农民装束。但桑阳注意到,他的鼻梁处有两个深深的暗红色凹印,很像是常年戴眼镜留下的痕迹。究竟在哪儿见过他呢?——也许,是在大学里?然而短暂的大学生活早已在桑阳的头脑里淡若云烟了。

桑阳想跟老头搭搭话。他似乎是无意中碰到了老头的腿,他咳嗽了一声,准备开口道歉。老头睁眼看看他,立即就把眼闭上了。桑阳解嘲地冲两个中年汉子笑了笑。一个汉子朝桑阳递来一根烟,桑阳摆摆手谢绝了。他不会吸烟。

两个汉子不再客气,他们抽着烟继续海阔天空地聊天。桑阳坐在那儿,有一句没一句地听着。他们说的话有点侉,桑阳听不太懂,而且对他们的话题他也没什么兴趣。火车轻微地晃动着,桑阳慢慢合上了眼睛。迷糊中,他仿佛觉得有人在黑暗中窥视着自己,他想睁开眼睛,但就是醒不过来。只觉得车身猛地一震,他惊醒了过来。

火车停在一个小站上。两个汉子正用力开着车窗。对面的老头仍然倚在那儿睡觉,连姿势都没有什么变化。经过一番讨价还价,两个汉子买了几个鸡蛋,桑阳也挤过去买了一只烧鸡。

买来的东西摆了一茶几。他们互相客气了一下,桑田先拿起了他们的鸡蛋,他们也一人拿起一只鸡爪啃了起来。真正的经历正是从这时开始的。他们闲聊了几句,桑阳知道了他们是表兄弟,这次是一起到老家看一个长辈;桑阳也告诉他们,自己是出差,是去"外调"的。两个汉子对视一下,话就有些少了。桑阳觉得有些寡淡,也有些困了,就指指茶几上的烧鸡请他们随意,自己闭上了眼睛。多年以后,他只要想起此后的那场争论,总是觉得有点恍惚。

显然是邻座传来的声音把他吵醒的。他们两个大声地谈论着什么"鸡和蛋"的问题。看见桑阳醒了,他们两个声音更大了,而且开始操起了半生不熟的普通话,好像很愿意桑阳参加他们的讨论。他们抽着烟感叹着,世界上的事有时是很难说清楚的——你说是先有鸡还是先有蛋?你倒是说说?一个汉子问。

是啊是啊,说不清楚,说不清楚。另一个汉子叹道。

看来他们已经争了好一会儿,在这点上已经达成了共识。桑阳感到身上很冷,有股冷风直往腿里钻,头脑倒是清醒了。他把大衣裹裹好,按捺不住地插话说:怎么说不清楚呢?说得清楚的。

对面的汉子说:那你倒是说说,先有鸡还是先有蛋?

桑阳说:如果你说我们这茶几上,我说是先有蛋,后有鸡。因为你们先买了蛋,我后买了鸡。

对面的汉子说:我们不是跟你说这个!身边的汉子也说:就是。

桑阳笑笑说:我知道你们的意思了。我是说,要讨论问题,首先要给出一个前提。

身边的汉子说:我们知道你有文化。那你说,这世上到底是先有鸡还是先有蛋?

桑阳说:当然是先有鸡。没有鸡,就无所谓鸡蛋。

两个汉子一齐不服道:那鸡是从哪儿来的呢?桑阳含笑道:这很简单啊,鸡是从原始的鸟类进化而来的啊!

两个汉子一时语塞。但是他们并不服气。这个,你说不定有理,一个汉子说,但是世界上还有很多事情你是一下子讲不清楚的。

另一个汉子说:远的不讲,这个鸡跟蛋说不定你就搞错了。

桑阳不客气地说:那我就跟你们没法说了。

这场争论差不多算是不欢而散。两个汉子嘴里嘟哝着兀自不服,桑阳也不再搭话。他注意到,他对面的那个老头一直闭眼窝在座位上,一言不发。他似乎睡得很沉。但他紧锁的眉头不时轻微地耸动几下,显示他并没有睡着。然而他自始至终没有睁一下眼。

大家都累了。车厢完全陷入了沉寂。只有从车底传来的有节奏的金属撞击声还在提醒他们,这是在旅途上。大家萍水相逢,何必呢?桑阳裹裹身上的军大衣,闭上了眼睛。他睡着了。

很多年以后,桑阳娶妻生子。儿子六岁的时候,有一天,他跑过来说:爸爸,问你个问题。

桑阳说:好啊!

儿子说:一个石头,一个蛋,你说哪个先烂?桑阳一愣,满脸狐疑,反问:你怎么想起来问这个的?

你不知道吧?儿子认为难住了爸爸,很是得意:告诉你,爸爸,是石头先烂。石头变成了沙子,蛋能变成化石哩!

桑阳眼睛睁得老大。

那个寒冷的冬夜,滴水成冰。桑阳是被冻醒的。他揉揉自己被冻得麻木的面颊,站起来,稍稍舒展了一下四肢。乘客们全都蜷缩在各自的棉衣里,姿态各异地酣睡着。这时候,桑阳听到了对面那个老头沙哑的咳嗽声。昏黄的灯光下,老头在睡梦中吸溜着鼻子,一道清鼻涕滑了下来。又是一阵嘶哑的咳嗽,老头缩得更小了。

我真的见过他吗?桑阳摇了摇头。他看了看表,已经是夜里四点,他不打算再睡了,迟疑了一下,他把身上的军大衣脱下来,轻轻地披在老头的身上。老头动也没动,毫无察觉。

车窗外是白雪皑皑的原野。天还很黑,看不见远处。

远处的景物逐渐显出了轮廓,天色渐亮,桑阳此行的目的地 N 市快到了。桑阳到水房擦了把脸,开始收拾自己的东西。那个老头在他的大衣里睡得很香,桑阳有点为难。火车开始减速的时候,他把老头推醒了。

老同志,我要下车,大衣给我吧!老头很不情愿地睁开眼睛,把大衣往身上裹裹紧,咕哝道:什么大衣？开什么玩笑？

桑阳说:夜里我看你冷,把我的大衣给你披上了。你忘了？

你说什么？我身上的大衣是你的？老头冷笑道,好像面对的是天下最滑稽的事情。你们大家听听,这人说我身上的大衣是他的！

周围的乘客哄笑起来。桑阳简直气得发疯,他想找人作证,但靠窗座位上的那两个汉子早就不见踪影,茶几上摆着桑阳的半只鸡和他们吃剩下的蛋。

上车站派出所吧,有人提议。老头马上站起了身,除此之外似乎别无良策,桑阳只好拎上他的小包跟老头下了车。

你们都别争了！警察说,你们谁能说出大衣的准确特征,大衣就是谁的。

老头客气地说:他先讲,他先讲！

桑阳沮丧地说:大衣是我从单位值班室借的,我昨天下午才穿上身。他讥讽地说,大衣不是你的吗？那你说啊！

老头说:我的大衣右下摆有个洞,是烟头烧的。他扬了扬他焦黄的手指里的半截烟头。

桑阳蒙了,他愤怒地叫道:这洞谁都可以烧出来,没人相信你的鬼话！

警察说:我就相信他的话。他一手攥着老头的手,一手拉着桑阳白净的手,比一比,说:你总不会说这洞是你烧出来的吧！

警察冲老头一挥手,让他带上大衣走了。他把桑阳好好教训了一顿。最后说:年纪轻轻,不学好事！念你是个国家干部——你走吧！

桑阳满腔悲愤,他神思恍惚地走出了派出所的值班室。回想此前的经历,他觉得处处疑云。太阳已经出来了,冷冷清清,一片明澈。走出派出所大门时,一个看大门的中年人喊住了他。

你等等!

桑阳站住脚,冷漠地看着他。

这件大衣是你的吧?看门人把披在自己身上的军大衣脱下来,往桑阳手上一塞说,一个老头让我交给你的。

桑阳木然接过大衣,目光茫然投向远处空落落的站台。他翻看着大衣,他看到了那个焦黄的洞。他的手下意识地往大衣口袋里一掏,他的指尖触到了一张纸条。

纸条是一个破烟壳。上面写的是:年轻人,这件大衣确实是你的——但你一时说不清楚。又:留两块钱赔烟头烧的洞。对不起了。下面的署名是:一个老人。

钱在大衣口袋里。桑阳掏出那两块钱,想把它捋捋平。钱皱巴巴的,散发出一股浓烈的烟草味。烟草的气味弥漫开来,包围着他,让他觉得肚子饿得很。

他站在车站前的广场上。三十年前的车站广场上,是一片被踩得翻了浆的黑雪。

吞吐记

　　夫妻吵架，那是常事。锅哪有不碰勺子的？舌头和牙齿还要打架哩。但吵归吵，这里头却也有个计较：谁是舌头？谁是牙齿？这是夫妻的重要问题。牙齿绝对强势，受伤的永远是舌头。不幸的是，徐岛就是一条舌头。他做舌头，已经做了三年半了。

　　他脾气好，姿态高，作为一条舌头，自愈能力极强。锅和勺子那是硬碰硬，弄不好就倒勺砸锅散了伙，只有牙齿和舌头才能兼容，一来二去，不知不觉中他就成了舌头。做丈夫是难的，做舌头更难，但不做舌头，就可能连丈夫也做不成。他们磕磕碰碰过了三年多，平心而论，架没少吵，但大部分时间也还是风和日丽，平平淡淡的。说起来真正的大吵只有两次，除了眼下这次，上一次是三个月前。三年两大吵，说多不多,但都伤了筋动了骨。目前这一次正在冷战当中,孟佳决然回了娘家,后续如何发展,尚不可测。"这日子没法过了,我们离婚!"两次大吵,孟佳都说出了这句话。这是撒手锏,是快刀斩乱麻的那把刀。再深入研究一下,撒手锏和刀还不一样:亮出撒手锏,相当于亮出牙齿,其实不可怕,舌头让得快,身段再柔软些,那就伤不到婚姻;刀却意味着一刀两断。但无论如何,这句话是极值,是顶峰,是夫妻吵架的最强音,三个月前,孟佳说出这句话时,脸上就满是挥刀的表情。这就严重了,她动真的了。"我们没孩子,简单。钱、股票,一人一半,房子归你,"她冷笑道,"反正也是租的。我回我妈家。"话已至此,徐岛张口结舌。舌头成死肉了。

那次吵架的起因其实为了鸡毛蒜皮的事,徐岛简直想不起来,想得起来他也不愿再提。总而言之,先是风起云涌,慢慢就电闪雷鸣,渐渐就暴风骤雨,昏天黑地起来,竟有了地震的征兆。说到底还是因为舌头也有血管和神经,还特别能够分辨酸甜苦辣咸,一不留神它还要乱动。你来我往,你一言我一语,虽说徐岛的话软和一些,不那么"结骨",但毕竟还是在回嘴。这在战略上就是个敌进我退,敌驻我扰的格局,未能完全执行不抵抗主义,待孟佳抛出吵架的最强音,基本就很难收拾了。

当时徐岛委屈求和,但孟佳心意已决。陈芝麻烂谷子全倒出来了。讲师当了七年,评不上副教授;臭袜子乱扔,不配对的有一打。徐岛却说臭袜子乱扔其实不是问题,全买一样的袜子就可以随便配对。这一来孟佳更上了火,说你是随便配对,我是瞎眼配错了人,所以这婚是离定了!

徐岛虽说是大学讲师，其实有点木讷。但离婚当头，不得不摇唇鼓舌。毕竟是教师，真动起嘴来还是颇有水准。孟佳说她是"瞎眼配错了人"，话一入耳，徐岛立即就分析出这个句子的结构："瞎眼"说的是遇人不淑，识人不准；"配错了人"表达的是结果；整个句子里饱含怨尤、后悔，更多的是指责，指责他辜负了她。徐岛找到缝隙，立即以柔情渗入。他说你没有瞎眼啊，整个商场那么多人，你就挑中了我，这是缘分，缘分啊！说起来他们的相识很浪漫。不是一般的浪漫，是相当浪漫，简直富有传奇色彩。

那年换季时节，他想起自己还缺衣服，就到商场看看。其时他已相亲多次，正处于将剩而未剩的关口，和商场的打折衣服其实颇为类似。但他当时并没有自艾自怜的感觉，只想挑一件得体的衣服，买了走人。他在一个柜台前看中了一件栗色夹克，出样在模特身上，配着米色裤子，十分中意。于是他开始还价。他是学地理的，下知地质水文，上晓日月星辰，但对这上下之间的人间俗事却不擅长，还价只知道拦腰一刀，再步步退让。可这套衣服不让还价，卖法也十分诡异：这男模特身边还有个女模特，米黄上衣配栗色裙装——是情侣装，一起买六折，单卖就原价。徐岛犯了难。那女营业员笑吟吟地看着他，说这个活动效果极佳，至今没有单卖过一件。这对单身前来的徐岛简直是嘲讽，是奚落。徐岛悻悻然，愤愤然，又有点恋恋不舍。这时候孟佳出现了，这是他们第一次相遇。她已经注意他很久，饶有兴味地看他发窘。这时她走上前去，果断指着女模特身上的衣服说："我要这一套。"营业员说："原价。"孟佳说："我们一起买。"营业员斜眼看看她，看看他，说："这个当然可以。不过……"徐岛立即点头，表示可以。

但好事多磨,买个衣服竟也一波三折。先是找不到合适的尺码,徐岛的衣服只能从模特身上扒下来。模特是不穿内衣的,看着模特被脱得精光,徐岛觉得身上冷。这他也忍了。那营业员却又有话:"你们不试试衣服吗?不试你们还是不能买。"原来这活动十分促狭,为了证明双方真是情侣,必须两人一起到试衣间换衣服!徐岛刚想说那就不买了,孟佳却羞涩地看着他,满眼期待。"试试吧,又不是内衣。"她这基本是出言相求了。羞涩是动人的,信任是可贵的,你只有拿勇气去回报。徐岛涨红了脸,拎着衣服就进了试衣间。孟佳跟了进去。

这就是开始。他们认识了、恋爱了、结婚了,后来闹离婚,那也是后话。当时,营业员们在外面挤眉弄眼,哧哧地笑。她们竖起耳朵,盯着板壁,等待着发生事故。事故当然没有发生,发生的是故事。徐岛在试衣间里老实得很,差不多像是孟佳带进来的一具木质模特……回忆他们浪漫的初恋,是徐岛解决吵架拌嘴的必杀技,常常是他开个头,孟佳的机关枪射速就慢了,连发变成了点射,继而哑火沉默,徐岛再往下说,她忍不住就要纠正他的记忆错误——这些错误基本是故意的,是诱敌深入的那个口子。孟佳说他其实不老实,在试衣间里喘气喘得像干什么似的,这说明他心怀不轨。徐岛说我怎么心怀不轨啊,我站得笔直,非礼勿视,连动都没敢动。我衣服都没试就买走了,那也算是豁出去了。孟佳说,什么豁出去啊,我眼力好,一眼就看出你肯定合身的。徐岛连忙插话,说你的眼力绝对好,要不怎么找到我啊……总而言之,三绕两绕,就峰回路转了。

不过回忆往事这个必杀技也已过时了。上次大吵前就过时了。天下没有永远的必杀技。以前屡试不爽,但孟佳上次就已不吃这一套了。说到买的那两套衣服,徐岛以动作代替语言,马上找出来,试穿一下。上衣勉强可以,穿到裤子可就狼狈了。他肚子收紧,裤腰却还不肯配合。这不是自找麻烦吗,他连忙想褪下来,孟佳话又来了。"你看看你自己那个样,我们都不是从前了!"她从小包里拿出离婚协议书,往徐岛面前一扔说:"我字签过了,你不要往后躲!"

所以说,民政局迄今为止他们已去过两次,一次是结婚,一次是上次闹离婚。徐岛可不想再去。所幸他在大学工作,自由时间比较多,有足够的时间自我反省。有一本软性杂志,上面有一碗"心灵鸡汤",说:我们要学习舌头,它柔韧而坚强,牙齿掉光了,舌头至死尚存。徐岛先是好笑,觉得这是典型的巧舌如簧,"言伪而辩",突然一惊,这才明白自己自结婚以来,一直就是一条舌头。以前是不自觉的,因为成家不易,因为怕折腾,也因为孟佳持家过日子并无大错,他自然而然地成了舌头。都说唇亡齿寒,其实牙齿更重要。牙齿要是脱了岗,嘴就不成个模样了。嘴是什么?嘴就是家庭。补牙当然也可以,但不管是烤瓷的还是金牙,都亮得刺眼,闪耀着替补或小三的光泽。这个很难看。因此原配的牙齿是珍贵的,不能崩掉,唯一的办法就是继续做一条舌头,做一条自觉的舌头。上次闹离婚实际上是一场临界核爆,就是说一切都准备好了,按程序滚滚向前,却在最后一刻戛然而止。蘑菇云没有升起,但数据到手了,这数据就是:离婚很伤人,伤心、伤神、伤身体。

眼下这次吵架的起因倒很清楚,和他们的初识一样历历在目。相识带有点玫瑰色,这一次却直接由玫瑰引起。自从有心做一条自觉的舌头后,徐岛悄悄自律了。他变得更富有弹性,这种弹性符合他所揣摩的孟佳的心意。他更少出去和当年的朋友、同学聚会,绝迹于娱乐场合,几乎成了一个宅男。舌头完全被牙齿封闭,他更顾家了。他也努力制造一点浪漫。情人节那天,他乔痴装傻,到晚上老婆终于忍不住,气哼哼地说:"你完全不把我放在心上!今天是什么日子?"徐岛说:"我本想给你送花,但今天花太贵。要不这样,我手机里有玫瑰花存着,我给你发一朵。""可你没有发!""是啊,我本来想发的,后来想到一条彩信要五毛,这不符合你的治家理念,我决定用更好的办法来表达心意。"孟佳疑惑地看着他。他摸出手机,调出玫瑰花,往她眼前一举道:"你看吧!你看看就好了。我们何必舍近求远?"孟佳一愣,继而咯咯大笑。这个结果徐岛很满意。他们至今在为房子的首付而奋斗,这样的浪漫十分实惠,但这种实惠其实隐藏着他们的艰辛和寒酸。不几天,天气逐渐转暖,大地回春,城里随处可见春花烂漫,但孟佳倒开始常常脸色阴沉,时不时地抱怨发难。再提起那朵玫瑰花,她的评语是:我们过的这是什么日子!徐岛只得开阔胸襟,尽力调节。他回家常常说点趣事。说,他给一个"文凭班"上课,班上基本不是老板就是领导。这天他一进课堂就觉着不对,多了许多年轻的面孔,原来的老学员不见了。下课时一问才知道,原来年轻人都是秘书。秘书代领导上课。秘书们嘻嘻哈哈给他递烟,还说以后领导基本上就不再亲自上课了,请他包涵。徐岛把这事说给她听,她说你那班上不是有证券公司的老总吗?为什么不问问行情走向?徐岛说我问也问过的,可他说了比没说还害人,你也不是不知道。徐岛混得不好,职称上不去,钱挣不到,不多的钱买了股票原以为能多变出几平方米,没想到他们可怜的钱一丢进去,就把股市砸下去了,一蹶不振。他混得不好,家就过不好。结婚几年还没有自己的房子就是证明。

他们租了个两室一厅,稍作装修先住着。徐岛在学校原本也算个人才,也有一笔安家费,但很可怜,首付都不够。他家里把他培养出来,已无余力;孟佳虽是独女,但父母是工人,母亲退休,父亲离世,也指望不上。他们房子虽不是自己的,但人气倒很旺。房子在二楼,楼下是一家证券公司。证券公司的大厅里熙熙攘攘,无数的人盯着那个大屏幕,间或还传出叫好声,鼓掌声,有的时候当场号啕大哭,还有的人突然倒下去就没活过来。行情就在他家楼下,在饭桌下,在床底下。幸亏他们吃饭睡觉时已经闭市,否则那真是波澜壮阔了。股市是他们家邻居,股票却和他们不亲,这真是没办法的事。徐岛认了,就当那笔钱不存在,就当他们家没有一楼,是个空中楼阁。股市比季节要顽固的多,四季轮回,股市绝不回暖,仿佛绝情的情人,捂是捂不热的。孟佳也不管了。他们对股市视而不见。但她有个爱好,那是徐岛的巨大负担:她喜欢看装修杂志,逛装饰城。徐岛是能躲则躲。对他来说,这绝对是煎熬。

这次吵架的缘起是一个过程,由手机玫瑰花开始,后来又是什么"文凭班",在房子上稍作停留,最后又绕到了他的职称上。如果他的文章不送给别人,何至于两次评不上?如果他多写两篇,即使送给领导,也不至于被别人比下来。这里面酸甜苦辣一应俱全,舌头终于吃不消了。打掉了牙可以往肚子里咽,可舌头受了伤咽都没法咽的。舌头不听控制了。他开始回嘴。他说我们现在是困难一点,但现在年轻人除了靠父母的,谁不困难?你又不是不知道我,我什么都没有隐瞒过,我学历算高,但个子不高;我智商不低,但情商很低;我老家亲戚不少,但有用的社会关系基本没有;我现在是混得不怎么样,但职称待遇慢慢也是会上的……他这是展示前景,本意也是劝慰,不想一展示前景却不是劝慰了,是撩拨。孟佳立即打断说:"慢慢会上,我看你就是个蜗牛。我老公是个蜗牛!还不如蜗牛还带房子呢!"徐岛说:"我们现在还没有孩子,这个房子也不是不能住。人家外国年轻人百分之八十都是租房住的,人家也很幸福。"孟佳火气大了:"没有孩子那是你养不起!人家幸福可是我不幸福!"

话到了这个份上徐岛无话可说。广厦千万间,没他什么事。他累了,孟佳也累了,两人中场休息。休息就是上床。孟佳饭也不吃,躺到了床上。她用被子蒙着头,表示一句话也不说,什么也不想听。他们的床是靠墙摆的,她躺在床边,明摆着是要将徐岛挤到沙发上。徐岛决不妥协,他歪在床边上,身子轻轻往里挤。楼下的股市早已闭市,家里一片安静。孟佳背朝外侧着身子,显出一条好看的曲线。徐岛悄悄把手搭在孟佳身上,又轻轻往她屁股上游移。孟佳打掉他的手,片刻间,手又过来了。啪地一下,手再次被打掉。徐岛明白女人要哄,光靠语言是不够的。他起身打开了电视。这是他们亲热的第一个程序。这房子隔音不好,动静大点那就成了音箱。他躺下来,电视里的声音很欢快。是电视剧。一个女人生了个男孩,她老公得意地大叫:"儿子!儿子!你可是个原始股啊!"徐岛轻轻把身子朝她屁股上挺一挺,没反应。他嘴里说:"我是潜力股。"身子又一挺,继而一纵一送,挺出节奏来了。孟佳突然叫道:"你还原始股!你是原始人的屁股!"她猛地坐起来,呼地站起,跨过他,下床去了。徐岛吓了一跳,直瞪瞪看着她。她以前多次拍着他的屁股说:"你虽说盘子大了点,但还真是个潜力股。"今天这一招不灵了。孟佳开始收拾衣物,临走撂下一句话:"你垃圾股!"

这次吵架徐岛失之于因循守旧。世界在变,吵架也该与时俱进。以前大吵小吵,他抚今追昔,展望前景,再适时运用身体语言,基本都能拨乱反正,柳暗花明。但这里头有个教训,已逐渐凸显,那就是决不能再着力于空洞的前景。提到前景那是火上浇油。这次徐岛在做好一条舌头的前提下,已十分戒惧。但难就难在没有前景的夫妻,岂不注定是不到头的夫妻?有的时候现状预示着前景,你不提前景,前景也扑面而来。他一不留神提到房子,被孟佳判定为蜗牛;虽已到了床上,却没干成正事,顺嘴又提到了什么潜力股,这下好了,垃圾股岂不就只能等着被割肉?

孟佳跑到娘家,不接电话,不开门。她母亲传出话来,她铁了心要离婚。这话如果是孟佳说出来也许尚可挽回,她母亲当传声筒,则意味着丈母娘已在思想上保持一致。她家就两个人,团结一心了。上一次她母亲居中调停,还是闹到了民政局,这一回眼看是凶多吉少了。

徐岛孤零零地待在家里。他口干舌燥,心烦意乱。除了上班,他不出门。牙齿咬死了,舌头完全被关住。他嘴里发苦。细想起来,孟佳和他只能算是平常的夫妻,和这万家灯火中的千万对夫妻大同小异。不过稍一回想,他们两次大吵,却有个细微的区别。上一次是暴风雨,孟佳眼泪没少流,说到伤心处简直是泪飞如雨;这一次不一样了:是沙尘暴。孟佳没有一滴眼泪,但飞沙走石,字字着肉,徐岛被打得脸生疼。沙尘暴是突如其来的,昏天黑地。能见度极低,你看不见前面的路。

　　上次他们就闹到离婚了。他们去了民政局,但是没有离成。孟佳的决心很大,"一刀两断"。就是说要领来离婚证,当刀子使,从两人中间下刀。事已至此,徐岛只能随她去了。他们约好,早上九点到达民政局,离婚的和结婚的都在排队。离婚的队伍的长度大约是结婚的三分之一,这很符合社会学家的调查报告。结婚的都喜气洋洋,没想到离婚的人里竟也有欢天喜地的。这似乎不合逻辑,但懂行的就知道,这是解脱,是解放,你没见过几十年前本市欢庆解放的照片吗?民政局办离婚很简单,麻烦的都去法院了。很快就轮到了他们两个。他们呈上了离婚协议和户口本,本以为几分钟就完事。不想那办事的女人看看他们两个,却说手续不齐,还要各自的一寸免冠照。徐岛心中窃喜,想这倒是命中注定,今天离不成。孟佳却沉着脸,说我们现在就去拍。隔壁就是照相馆。拍离婚照比结婚照简单多了,不要化妆,不要换衣服摆姿势,也就是几分钟的事。等他们再次站到办事的女人跟前,她看看离婚协议,嘴里总结道:"没有债权债务。没有孩子。财产一人一半。"却手一伸道:"结婚证!"两人都傻了眼。孟佳问:"我们是来离婚的,要结婚证干吗?"女人道:"我们要收回!"她语气坚决,不容商量。孟佳悻悻然退出队伍,嘴里叽叽咕咕。那女人在她身后补充道:"我们规定要先查验,再收回。有的年轻人把婚姻当儿戏,早上结,下午就来离了。哈,这个不行!"

　　徐岛跟着她坐到墙边的长椅上。突然觉得好笑,夸张地捂嘴笑了起来。离婚还要结婚证,这很幽默。关键是这种幽默还很有道理。两支队伍里都有不少人在看着他们,徐岛很想问孟佳:"还离吗?"但他不敢问。他知道弄不好又是火上浇油。马路对面是一家证券公司,和他家那栋房子的格局很像。虽然知道他家不住这边,但他还是忍不住朝二楼张望。这段时间行情惨淡,证券公司里的人不多,模模糊糊能看见屏幕上红红绿绿。古人说绿肥红瘦,这里却是红涨绿跌。他脑子有点发木。他试探着问孟佳:"那东西好像是放在写字台抽屉。要不,我回去拿?"孟佳不置可否。徐岛苦笑着出了大门。

他回家顺利地找到了结婚证。想想又不甘愿,延宕着不想立即出门。实在赖不过了,正要起身,孟佳发来了一个短信:"你等等!我想起一件事。"这是什么意思?他完全不懂。正疑惑间,门锁一响,孟佳赫然站在他面前。"我……我……"孟佳脸红红的,仿佛雨后的霞光。徐岛大惑不解。"你一贯是个懒鬼。今天还肯跑回来,说明你有改进!"孟佳一屁股坐下,说:"我渴死了。我要喝水。"徐岛忙不迭去倒水。杯子端过去,孟佳一摸就叫道:"你想烫死我啊!"徐岛见她一脸娇憨,急忙换个杯子,去冰箱倒了一杯冰可乐。孟佳道:"你过来,我有话说!"她拿起可乐,举起来,突然倒在徐岛的头上。徐岛一蹦老高,大叫道:"你!你……"孟佳笑吟吟地站起身,抓起热水杯,搂过徐岛,又往他头上一倒。徐岛蒙了,要发作,但孟佳笑靥如花,不像有故意伤害的动机,倒像是夫妻间的戏谑。戏谑你怎么发火?他愣在那里,孟佳已把毛巾拿来了,仔仔细细地给他擦。"我要让你记住今天,记住今天的经历。"她叫道:"你做饭去!我要吃饭!"她咣地躺倒床上,摸出手机摆弄起来。

徐岛确实记住了这个日子。事后的某一天孟佳温言解释,说她也不是乱来的。她先倒冰水,再倒热水,那是因为舍不得烫坏他,所以先用冰可乐垫垫底。不管这种说法是否可信,总之他没有被烫坏,他们也没有离成,又这么过了。当然,婚没有离成,但并不能保证他们从此以后就永结同心,白头偕老。这不,现下不是又在闹吗?

孟佳发了个短信来:"你为人师表,我也不想去法院丢人。离婚协议我已发你信箱。这一次更清爽。""更清爽",这什么意思?他沮丧之中竟有点好奇,打开邮件仔细参详。乍一看几乎是上次的翻版,只不过上次是手写稿,这一回进步了,排版了。有几个错别字,徐岛客串一下编辑,改一改就可以出清样。这真是正规了,严肃了,有了合同的意思。上次的协议已经不在,销毁了,不然倒可以比较一下,做个文本细读。孟佳那天随手把协议捏成个纸团,扔到了马桶里。可那纸团极具浮力,赖在水面上,冲来冲去就是不走。最后还是徐岛拿钳子捞起来,丢进了垃圾袋。现在想起来这个动作十分晦气,那个纸团可不是换个面目重新浮现了吗?屏幕上的协议,核心部分也就是财产。上次是一刀两断,所有财物一人一半;这次是一拍两散,只不过这散下来的两块与上次略有不同。他给孟佳打个电话,孟佳不接。再打,还是不接。你不接我偏要打!他再一次打过去,接了。孟佳懒洋洋地说:"就我们那点家当,还值得说来说去吗?"她冷笑道,"我不值得你纠缠。你也不是原始股,潜力股。所以股票我全不要。全归你!"瞧瞧,这话不讲理了!徐岛是不是潜力股,跟要不要股票有关系吗?但她意思很清楚,就是既不要他,也不要股票了。他仔细看着屏幕,她果然已按市值算好,她不要股票,拿走相应的现金。这很公道,没什么好指责的。徐岛放下电话,决定接受现实。只是心中尚有不平:我纠缠了吗?我纠缠就有用吗?老婆要离婚,就如同老牛要下河,拽尾巴你能拽住吗?

他们电话约好了办手续的日子。后天,还是九点。孟佳还说,办完手续她就来把她的东西取走。所谓她的东西,主要包括她的衣物和首饰,还有一点化妆品。这已经说得很细了。上次可没有这么细致。这才像个做正事的样子嘛。徐岛正常上下班,在食堂吃饭,晚上回家吃泡面。枯坐无聊,就去阳台看看。

从上次闹离婚到现在,他们过得很平静。正常地上班,吃饭,睡觉。饮食男女。真要找出点变化,那也不在他们家,在外面。阳台上的徐岛听见一阵吱吱呀呀的声音,像夏蝉幽鸣,像老鼠搬家。不看他也知道那是什么玩意:银行不久前在下面安装了一台自动柜员机,看上去就像他们这栋楼的墙上张了个嘴,随时往外吐钱。它吐钱的嘴和徐岛的口袋并不相通,但位置却在他家楼下,看了就闹心。这柜员机吞吞吐吐,银行开心得很,但考虑到它基本是出得多,进得少,那就十分晦气,看上去就不像个过日子的样子。败家货。

徐岛骂一句回了房间,关上了阳台门。上次离婚不成后,他做过调查研究,暗地里查看孟佳的手机,适当的走访和跟踪,结论是:没有情况。就是说孟佳外面没人,问题还是出在他们内部。这就难办了,内科比外科更复杂,属疑难杂症,只能慢慢调理。调理是急不得的,于是这日子就寡淡了。楼下证券公司也寡淡,这会儿早就闭市散场,和它最近白天开市的状况也差不多,只是白天人还蛮多,像无声的追思会。几个月前证券公司也发过几天低烧的,楼板下欢欣鼓舞,但很快就退了热,现在白天也门可罗雀了。大概所有的股票都像孟佳对他的断语一样,成了垃圾股了。幸亏垃圾股并不是真正的垃圾,否则那么多垃圾堆在他家楼下,他们家可就不是铜臭冲天,而是要臭气熏天了。

电话响了,是孟佳。这应该是她在他们婚姻生活中的最后一个电话。她冷冰冰地提醒他,不要忘了约好的时间。她多虑了,忘不掉。他是个教师,从来没出过教学事故的。他还熟门熟路呢。第二天九点差一刻,他提前来到民政局。还是这个地方,还是有很多人在排队,办离婚的还是那个女人。恍若一梦。到这地方来的全都是成双结对的,只有他是一个人,单刀赴会,很扎眼。今天离婚的队伍里倒没有笑逐颜开的,个个板着脸,这让徐岛立即意识到自己的失败。离婚是失败,连续两次被老婆弄到这里来,那只能算是双重失败。他觉得自己被别人完全控制了,一股无名火腾地冒上来。凭什么啊?正想着从队伍里出去,开路走人,孟佳出现在大厅门口。

徐岛于是继续排队。孟佳站在门口朝他直招手,他装作没看见。孟佳轻轻走过来,拽着他胳膊说:"走吧,走吧!"徐岛一摔袖子,不吱声。好多人开始朝这边看了。孟佳红着脸说:"走吧!我们忘了件事。"徐岛被她拉出了队伍,出了大厅。

"怎么,我排错队了吗?"他讥诮地下巴朝结婚的那边一指道,"难道我应该排那边?"孟佳亲昵地推他一下,做个鬼脸。徐岛开始疑惑了,但他必须保持某种尊严。"结婚证我带了,户口本我也拿了,协议我已经打印好,三份,照片上次在这里照的,现成。你什么意思?"

孟佳含笑不语。徐岛注视着她。昨天他们才约的时间,这一夜发生了什么?人行道上人来人往,他们像在站桩。行人们从他们身边分流而过,没有人会想到他们和不远处的民政大厅有什么关系。徐岛往墙边靠靠,他身后就是上次拍照的地方,橱窗里凝固着一对对明艳幸福的笑脸。孟佳轻声说:"回去吧!我们不离了。"

"你耍我!"

"真不离了。"孟佳见他一脸阴沉,立即收敛了笑意,正色道,"反正我不提出要离了。你要离,我们还可以进去!"

这话出来,徐岛哆嗦了一下。无论有什么疑惑,不能硬碰硬,不能逞口舌之快。在这里吵起来也有失身份,况且——,况且她似乎是真的不想离了哩。但是他还是说:"请给我一个理由!你这样没有道理。"

"先回家吧,回家才是硬道理。"这话是在回避,还是不讲理,但马路对面的证券交易厅那边却传来了一阵叫好声,掌声雷动,竟像是在为她的话叫好。但他知道,她没这么重要的。他也一样。他们永远不是别人的焦点。徐岛心中一动,若有所悟。他书生气发作,摸出了文件袋里的离婚协议,展开,要开始现场研读。孟佳一把抢了过去。"还要这个东西做啥?除非你想再进去。"她跷着兰花指撕一下,再一下,最后拦腰一下,把碎纸扔进了垃圾桶。"我今天反正调休了,我去街上逛逛。到商场,说不定有情侣装。"她含笑俏皮地道,"你陪我去吗?"

"不去!"

"那我走了。"她笑笑吟吟地上了天桥。过马路必须要走天桥。徐岛呆呆地站在原地。照相馆边上是一家公司,"brother",几个英文在大白天里明灭闪亮。"兄弟股份有限公司"。民政大厅里有两对男女走了出来,一对甜蜜亲热得不行,另一对出来后就各奔东西。一望而知的是,离婚的那对年纪小,结婚的那对反而老。两对夫妻,两个公司。一个公司解体了,一家公司注册登记了。呵呵,夫妻股份有限公司。这地方竟像是工商局呢。他觉得一切都那么可笑,他自己最可笑。呵呵,他的婚姻化险为夷了,他情不自禁地哈哈大笑起来。

徐岛抬眼看看天桥,孟佳停在天桥的上坡,正在看手机。如果没有猜错的话,她八成是在看股市行情。她这不是去逛街,她的目的地肯定是对面的那家证券公司。股票突然发神经,暴涨了。红通通的行情就像红通通的火一样蹿出来,似乎要把交易厅点燃。刚撕掉的那张离婚协议上,孟佳没有要股票,一股都没要:这就是原因。股票涨了,却没她的份,所以她就不离。前一次的离婚协议上,她虽只要了一半股票,按她咬牙切齿的说法,都是些垃圾股,但那些垃圾股里肯定有一个或几个突然变脸了,在那天开盘后突然蹿升了,于是她及时从民政大厅抽身而退——原来是这样啊。怪不得上次从民政局回家后,她曾拍拍他的脑袋说:其实乌鸦也能变凤凰,鸡毛也能飞上天的!我们要有信心!徐岛当时还以为她是重估了他的潜力哩,原来她夸的是股票啊。只可惜那次股票玩的是个假动作,好景不长,她并没能够及时获利出货,他们也就一直拖到今天。今天这样子看来是普涨,大盘发力了,如果能再涨上去,那他们肯定就可以继续过下去。慢慢涨,慢慢过。也就是说,他们的夫妻股份有限公司业绩向好,暂无破产退市之虞。

真的要继续过下去吗?

徐岛想起上次,孟佳玩的一杯冰可乐,一杯热开水。现在他算是看清了,那不是戏谑,是婚姻虐待。是夫妻股份有限公司里大股东对小股东的嘲弄和调戏。但泥人也有个土脾气哩,既然是合股的,他也是股东啊,哪怕他只有49%的股份,不控股,但退股总可以吧?这个地方他已来过三次,一次结婚,两次离婚——事不过三!徐岛头脑里突然跳出了这句话。他摸出手机,立即就要给孟佳打电话。他要把她喊回来,继续完成未完成的手续。

但号码一拨出,他又按下了取消键。是的,事不过三,但他不必如此死板。前三次都是由她主导,她次次如意,就且让她连爽三把吧。下面,他可以另起一行了。他有权力在他想来的时候把她带到这里,故地重来。他可以给出理由,更可以什么理由都没有。

想到这里,徐岛只觉得十分地杀痒止痛。他抬眼看看,孟佳已到了天桥的中间,身姿曼妙。他去学校要乘地铁。他定定神,走向了地铁口。这对夫妻此刻一个在天桥上,另一个正在穿越地道,呈现了一个上天入地的格局。这是否是他们终将分道扬镳的预兆?可如果这是预兆,那他们今天晚上还将回到同一个家,不也是他们还可以就这么过下去的预兆和引子吗?是的,如果他愿意,他们也可以就这么过下去的。至少可以先过一阵子。身为股东,他也要考虑退股的时机和成本。见贤思齐,互相学习嘛。地铁轰隆隆向前,徐岛眼前晃过了孟佳窈窕撩人的身影,他心念一动,突然决定不去学校了。他决定行使股东的权利,就从现在开始。他老是"被意外",为什么就不能主动意外一把?反正孟佳今天已经调休,那他完全可以借机尝试一下波浪涌动之上的巅峰感觉。对,就今天!他将要求孟佳回家,趁股市还没有休市,解衣、上床,播云布雨,先享受一回波澜壮阔的夫妻生活。这个你懂的,因为他们的床就在股市的上面。

运动手枪

开车时间定在上午八点半,与平日的上班时间一致。那是十几年前,还没有早高峰这个说法。到界牌岭二十几公里,半小时足够。活动预留一个半小时,十二点前回到学校,正好一个上午的时间。

他们要去的是界牌岭靶场。打靶。打的是手枪,运动手枪。前一天,活动通知一贴出来,大家那个兴奋啊,用兴高采烈、跃跃欲试来形容一点不过分。连女同志都兴奋,她们顶多摸过儿子的玩具枪,能打真枪,很刺激;男同志岂止是兴奋,他们简直感到欣慰,如果没有这次活动,他们很难有机会圆儿时的梦。通知是中午贴出的,整个下午,出版社都沉浸在欢快和期待之中。发行部的大李以前是打过枪的,半自动步枪,卧射,10发,92环,确实好枪法。其实他的成绩是90环,因为这环数被一个爱抬杠的曲解,说成是9枪命中靶心却有一枪脱靶,从此就调整成了92环,这样就是弹无虚发了。那个爱抬杠的跟他一个办公室,好在后来离职了,大李的神枪手之誉从此无可置疑。他是个军迷,从导弹、火箭到电离层、黑障无一不通;你听他如数家珍,会认为他接受过航天员培训,只因为发胖才没被选上。通知贴出后他的办公室自然成了新闻中心,他兴致勃勃,侃侃而谈,从枪支的分类到品牌,他有问必答,详加解释。大家对这些似懂非懂,也不感兴趣,他们关心的是明天他们自己的活动,打的什么枪。大李笑道:"还不就是运动枪支吗?界牌岭,省体工队的射击场,还能有什么枪?"他指指窗外,那边是运动场,学校田径队在训练,"那玩意儿跟跨栏的架子和跑鞋是一个家族,专门比赛的,谈不上杀伤力。"

他这话扫兴,大家都有点沮丧了。办公室主任小嫣站在他身后,拿手一顶他后腰说:"不许动!哈哈,你怕啥?谈不上杀伤力啊!"大李让开她的手指,说:"那也未必。气枪就那么回事,火药子弹可不是闹着玩的,也是真枪。"这一说有人想起来了,电视上看射击比赛,打飞碟的那种,砰的一声,枪口冒烟哩。大李说飞碟你们想都不要想,明天肯定是手枪,估计是气手枪,运动手枪肯定没戏。小嫣是办公室主任,听不得他这副腔调,问:"运动手枪是打真子弹的对不对?好,我去问问!"小嫣说是去问问,想必是去争取。她身份特殊,肯定有效果。

果然小嫣片刻即回。笑眯眯地说:"运动手枪!气枪排除。"办公室里顿时一片欢呼。大李冲她一竖大拇指。小嫣说:"谁愿意去打鸟啊?搞个活动,那就玩个痛快!"

参加活动和上班不一样,大家都穿得很休闲,有人还戴着太阳帽,身穿运动装。大巴停在出版社前的空地上,社长站在车前吸烟。他身高体壮,运动员出身,退役后到大学读了体育学院然后留校,一直干到人武部长,前几年调到出版社。社长文武双全,主编过好几本军训和体育教材,对出版也很在行。因为为人豪爽,声若洪钟,又是一把手,三丈之内全是他的气场。同事们欢声笑语着鱼贯上车,小嫣站在车门边,清点人头。她虽然离异且年过三十,但依然是不折不扣的美女。她站在社长边上,身材窈窕,长发披肩,一看就是个尽职的下属。大李因为烟瘾大,也站在车下抽烟,他戴了副墨镜,酷酷地左顾右盼,颇似保镖,因为个子太矮,更显得身怀绝技。八点将至,小嫣抬腕看表,扬声说:"人员全部到齐。是否开车,请指示!"她拿腔拿调十分俏皮,像个女兵。社长扔掉半截烟,说:"好。出发!"

　　全部坐好了。社长的位置在最前面。他身边还空着个位子,大李不敢坐,跑到后面去了。小嫣也坐第一排,不过在另一边。车大,空位还有不少。总编王响坐第二排。他拍了拍社长的肩膀,大声说:"这活动好!大家辛苦一年,今天枪一端,啪啪啪,明年的困难全部打破!"大李说:"我们社长有路子,安排得好啊!"大家一齐鼓掌,车内一片欢乐。

　　车子轰隆隆振动一阵,开动了。

　　车行校园,树木萧疏。大李哼起了《打靶归来》,声音还越来越大,这是引大家一齐唱的架势。总编哈哈一笑,朝后压压手,说现在唱这歌逻辑颠倒,还是回来时再唱。他是篇章结构的第一高手,这删节符画得确实有道理。小嫣问有没有出发壮行的歌，却没人想得起来。总编说可以唱《团结就是力量》，大李立即清清嗓子起头，刚唱两句，社长站起身，说："你们还是忍忍吧，出了城再闹。现在这一唱，人家还以为一车神经病哩。"这是选题被毙。大家哄堂大笑，总算安静下来了。

校园很大，车开得也慢，但说话间也就看见了学校大门。他们将从这里出门，几小时后再回来。此时此刻，没有人预料到《打靶归来》他们是唱不成的；归途中所有人都一语不发，社长戏称的"一车神经病"倒差不多一语成谶。

没想到有人拦车。就在大门口，车等横杆抬起的当儿，有个人出现在车前。他身着迷彩服，头戴作训帽，脚蹬一双黑皮靴。这身装束，威武专业，秒杀车上所有人。除了一个人，这车上所有人都认识他：周侃如。大家心中都一愣：怎么把他给忘了？心中一咯噔：他怎么来了？！

唯一不认识他的是司机。这很要命。等到有人意识到这一点，已经迟了。司机不认识周侃如，但却认出了他那副装束，周侃如双手一分让他开门，司机随手一按按钮，车门就开了。周侃如上车，大大咧咧地朝同事们挥手致意。社长边上还有个座位，他一屁股就坐下了。

气氛立即就不对了。刚才还热气腾腾，却迅即冷却，大客车仿佛成了冷冻车。有人左顾右盼，有人故作镇定，更有人呆若木鸡，一时间所有人都有了心思。车前的横杆举起来了，车子出了大门。周侃如站起身，朝全车的同事挥挥手，又双手一拱，并不计较他们的反应。车身一抽，晃得他一屁股矮下去，他猛地一拍社长的肩膀，夸道："打枪，射击,这个好玩！好玩啊！"他嘎嘎地笑。

社长笑得很尴尬。他的表情后面的人虽然看不见,但他的笑声是干笑,又干又冷。大家面面相觑,有人开始窃窃私语。周侃如早就基本不到单位,他怎么就知道了活动的消息？小嫣想的是:我没在单位看见他啊,是哪个混蛋透露了消息？她恨不得站起来说明,自己绝对没有走漏消息。社长心里是又悔又气,他是一把手,很具自省精神,悔的是本就不该搞这次活动,吃吃饭,唱唱歌算了,不该听小嫣的,要搞什么新花样！他心里也有气,气的是单位肯定有小人,私下鼓动了周侃如,此事因故请假的赵、钱、孙三个人嫌疑最大,回去一定要查清。但无论如何不能直接问周侃如本人,现在不能问,今后也不能问,问了他也不会说,关键是,他确实是单位正式员工,而且是建社后不久就进来的元老,他有权参与活动,别说是打枪,就是打炮你也没理由拦着他。

作为活动的组织者,小嫣难免在心里埋怨司机:你车门不开,周侃如难道会躺在车前？这埋怨有无道理小嫣不深想,反正她对司机心里有气,半途找碴指责他路选得不好,绕路了,还说你们公司说话不算数,弄个破车来糊弄我。周侃如嘎嘎大笑,劝小嫣不要动气,起身坐到小嫣身边,伸手在她肩上连拍数下,分量着实不轻。小嫣身子偏一偏让着,嘴里说你干吗,却不敢骂。周侃如越发兴奋,大声说我还是坐这边好。

周侃如已离婚两年,对本社最漂亮且也已离异的小嫣有点想法,好些人也都有察觉。社长果然站起身,清清嗓子,大声说要强调几点纪律:第一是团结紧张严肃活泼,现在开始就不要太活泼了,到了靶场更要保持绝对严肃；第二是一切行动听指挥，各部门负责人现在就要负起责来，管好自己的人，到了靶场必须听教练指挥，所有动作按规定执行；第三他一时想不起来，大声问大家："能不能做到？""能！"有几个声音应和。他提高嗓门再问："能不能做到？不能做到我们就别去了，取消活动。怎么样？"底下说"好！"周侃如大喊一声："能！"他这一嗓子盖过了所有声音。社长悻悻地坐下了。

取消活动也只是说说的，半途而废，社长丢不起人。团结紧张严肃活泼，基本接近此时车上的状况。车在城市穿行，大家都很严肃，有的还很紧张，尤其是以前与周侃如不太和睦的人；活泼的是周侃如，他嘴里哼着小调，朝窗外东张西望；只有团结是真的算不上，车刚要出城，总编突然一拍大腿，大叫停车。车缓缓靠边，总编抱歉地对社长说，他忽然想起一件急事，必须马上回社里，因为作者是约好了的，身份不低，不能怠慢。也不等社长同意，他急急如漏网之鱼，下车了。

社长面色铁青，又不好在下属面前评价同僚，只对司机说："时间不早了，你可以开快点！"他这意思就是不要再耽搁，不要再停车。这就是封门了。社长对下车的总编十分鄙夷：好吧你怕，就算你要临阵逃脱，找个理由把周侃如带走不行么？——此人实在没担当。他两次竞争社长职位都失败了，学校让自己来主事，果然有道理。更多的人在埋怨自己反应慢，没随总编一起走掉。

车窗外景色如流水，周侃如双手做持枪状，嘴里砰砰发声，作势朝外射击。到目前为止，除了大李，其他人还不知道他这持枪的手势也有名目，叫"威沃尔式"持枪法，一手持枪，另一手托护，有模有样。大家对他随身带来的双肩包却满腹狐疑，沉甸甸的，不知道装的是什么。

考虑不周是难免的。这一年全社都忙得不轻。市场压力大,正常的出版工作已足够忙碌,上半年又转企,变成企业,虽然"老人老办法",没有伤筋动骨,可下半年社长又开始吹风,说要实行"末位淘汰"。虽然有本校的教材支撑着,单位整体效益还好,但既然要排个末位,谁都怕这个刀子真落到自己头上。不过大家心里也基本有数,那"末位"差不多是明摆着的。周侃如已多年不正常工作,个人创利历年倒数,去年竟还是负数。但据此就认为被淘汰的一定是他,那也未见得是板上钉钉,他资格老,名校出身,有事业编制。更要命的是他行为怪异,思维反常,明明知道要有人被淘汰,却我行我素,毫不在乎,一副破罐破摔的样子,让别人不知深浅。社长当然不喜欢他,谁当领导都不会喜欢这样的人。社长肚量大,从来不拿周侃如说事,也不公开批评他,还给过他书稿,合同都谈好了,只要他编编就有利润,这其实就是拉他一把了,可周侃如不领情,宣称他是中文系毕业,科技稿编不了。社长又给他介绍过对象,省报的打字员。周侃如很有兴趣,他提前几天就烫了头,可相亲回来却到社办大发牢骚,说怎么着咱也是名校毕业,介绍个高中生,还不就是个打工妹,明摆着瞧不起人嘛。小嫣虚应他几句,趴在桌前做自己的事,不再理他。他凑上去摸摸小嫣的头,抬脚虚踢一脚,说:"我踢她了,不是她踢掉我,是我踢了她!"他嘎嘎怪笑,好像很解气。

相亲本是个私密的事,他如此张扬,显然异常。此前就有不少同事认为他精神不正常,这下几乎成了共识。但要成为定论显然一般人说了不算,要医生说。社长曾想让他去医院检查,可考虑到让他检查也可视为一种冒犯,实在不舍得让小嫣去跟他说,于是安排大李出面。大李其实根本没有去说,回话却回得很艺术,他说他老婆就是脑科医院的,她认识周侃如,她早就说过周侃如不正常,神经质,但还不至于是精神病。他这基本上就是什么也没说。好在周侃如并不常年处于亢奋状态,每年四五月间他就兴奋,易激,春天一过基本就安稳了。他不怎么上班,也不惹事,唯一特别的是喜欢讲英语,口音很纯正。据说他在学校的英语角已经成了名人,特别喜欢跟女生用英语聊天,不过谁也没看见过。他难得来上一天班,签到也签英文,左手签,说这样对大脑均衡有利。总之,一年到头大家看不见他,也没哪个会想起他。这么一个人,搞个活动想不起他,还真的不能怪谁。

说他疯,他半疯不疯;说他傻,他绝对不傻,那名校岂是谁都能考上的?虽然没人拿他当回事,但社里提起要末位淘汰的时候,平心而论,大家不约而同都想起了他。他让大家觉得安全。那个全社大会他也来了,目光炯炯,正襟危坐,什么也没说。但他来了,就说明他并不傻。会上民意测验谁是"末位",至少坐在他身边的几个人就没敢写他。细究起来,他说英语也不是见人就说,在英语好的人面前,他就从来不说。今天的车上,外语编辑部的人一个不缺,但他不知怎么的,看着窗外景物,竟一个单词接一个短语的,开始冒英语了。这很异常。小嫣就是英语系毕业的,她听得烦,听得真切,那些单词无联系无逻辑,却像子弹,一梭一梭的,小嫣越发心惊肉跳。她无辜地看看社长,社长无奈地看看她。他们这是要去打枪,实弹射击,周侃如意外地主动加入,谁能知道枪到了他手上会怎么样?如果说,社长正祈祷周侃如如果一定要发疯,最好是举枪自尽,这个太过分了,他毕竟是社长,责任重大,但要说这车内就无人如此盼望,那真不见得。小嫣希望什么也不要发生,至少他能怜香惜玉,不要冲自己来。

"一定要提高警惕,加强防范!"社长心里在给自己打气。他的块头和身手那是没说的,平日的威严犹在,只要注意提防,不至于出事。又长叹一声:"搞什么末位淘汰哩!纯粹是撑的。但愿今天不要被淘汰一个。"

车子慢下来,拐个大弯,远远看见了射击场大门。周侃如第一个站了起来。他第一个起身,第一个下车,这其实是第一次玩新鲜游戏的正常心态。但其他人都磨磨蹭蹭的,动作迟缓。

射击场建在一个山洼里,占地阔大。建筑物都很低矮,主要就是一片矮房子。车一停,射击场主任就迎了上来。他是社长的熟人,彼此寒暄敬烟,十分亲热。他喊来管事的经理,吩咐要好好服务,就先走了。临走前还说中午备薄酒一杯,好好喝喝。社长像是有什么话要说,却欲言又止。也难怪,他手下某人有点异常,需要警惕,这话确实难以贸然出口,何况主任并不一直陪着,说了徒送笑柄。好在周侃如目前未见出格。他拎着双肩包,走在众人前面,东张西望,对一切似乎都充满好奇。山洼四面环山,树木茂密。周侃如脚步慢下来,其他人都绕开他继续往前。等到小嫣过来,他笑嘻嘻地说:"主任,你说,是刚才那个主任级别高,还是你这个主任级别高?"小嫣一愣,不理他。周侃如继续说:"你有没有注意到,此地风景秀丽,景色如画,可是却少了一样东西。"他语气神秘,小嫣又惊又疑。"没有鸟!一只鸟都没有！这本该是鸟类乐园啊,为什么一只都没有?"周侃如自己解答:"枪啊！枪声把它们吓跑啦！这都不知道！"他得意地嘎嘎大笑。就在这时,一阵枪声砰砰从射击棚传来,一只黑鸟从树丛中腾空而起,扑棱棱地划个弧线,飞走了。周侃如指着鸟去的方向喊道:"呆鸟！最后一只。就它胆大！"小嫣不知怎么的,想起了"末位淘汰"这个词,道:"它也胆小的。胆大它就不飞了。"她娇嗔地说,"我也胆小的。我最怕打枪,要不是当这个主任,我才不来哩。待会儿你们打,我不打,给你们做好服务工作。"周侃如一愣,叫道:"那怎么行？女人打枪那才有味儿。英姿飒爽,性感,我就等着看。待会儿你要第一个打。"他的语气不容置疑,是命令的腔调了。社长走过来,若无其事地对周侃如说:"你这包里装的什么啊,这么沉?"周侃如说:"私人物品,运动保障装备。"社长笑道:"我们都知道你是运动达人,冬泳、爬山你是高手,我倒要看看参加这个活动你能带什么。"说着靠上前,作势要开包看。周侃如退后一步,从包里拿出一瓶矿泉水说:"不是说了吗,运动保障装备,吃的喝的。"说着竟又拿出一包梅子递给小嫣。社长对小嫣说:"不是规定不能带其他物品吗？没通知到周老师啊?"他喊来大李,叫他把周侃如的包送到车上去。他喊大李倒不是欺负他,是因为大李不幸自己也背着个包。

  社长思路缜密,所虑有理。谁知道周侃如包里带的是个啥？在走向射击棚的路上,社长借递烟聊天的机会,跟几个部门负责人都打了招呼,要求他们保持警惕,留点神,密切注意周侃如的动向,同时又不能激怒他。说话间已到了射击棚。很简陋,一个长方形的棚子,用废旧轮胎做墙,空着的一面前方是山体,一排胸靶就立在那里。他们进去时一群人刚好打完出来了,有男有女,嘻嘻哈哈,有的吹嘘,有的抱憾,都是一副意犹未尽的样子。虽然这无形中减缓了他们的压力,但对即将开始的射击他们早已不跃跃欲试了,恨不得时间进入快进模式,立即就能像这群人这样,嘻嘻哈哈地出来。

  万幸的是周侃如到目前为止,举止神情尚属正常。说他正常是相对于他平时,比之别人他还是显得兴奋活跃。他同前后左右的同事搭讪调笑,一副没心没肺的样子,浑不知别人心中忐忑。他问:"这个地方你们没来过吧?我来过啊!不是来打枪,来远足啊!"他得意地拍着自己胸口说,"踏青,冬泳,健身。瞧这身板!"他颠三倒四地夸这个活动好,放松身心,有新意。还说整天工作挣钱,有意思吗?你不得不承认,自从拒绝正常工作,他精干多了,面色黧黑,肌肉结实。他目光炯炯,时而迷离,手势动作倒是刚劲有力,迷彩服袖口里拖出根毛线,一甩一甩的,这说明他虽然生活落魄窝囊,但精神状态远非他人所及。大李忍不住说:"出版社今后怎么样我不敢打包票,但有一条却很有把握,你周侃如一定是我们当中最长命的!"周侃如嘎嘎大笑,乐不可支,他笑得转一个圈,猛捣大李一拳。大李夸张地捂着肩,皱眉道:"我夸你哩,你怎么给我一下?我吃不消啊!"

  社长狠狠瞪了大李一眼。他思忖虽然周侃如精瘦结实,但只要防患于未然,周侃如未必会轻举妄动。十有八九,人家本来也就是来玩玩的。但对他,也不能不防。他刚才吩咐几个部门领导监控周侃如的一举一动,尽量靠近他,他们嘴上答应,但其实都在躲他,像见了鬼。社长感到寒心,第一次觉得这社长是真正不好当。他自认为对周侃如还具有压倒性优势,即使没有优势,这群人中也只有他一个躲无可躲。

他决定整个活动中一直跟在周侃如身边,如影随形。万一他行为异常,立即拿下!他想好了,最佳方案是周侃如在最后一组射击,自己的位置就在他边上。

他喊来小嫣,如此这般吩咐了。

大家次第进棚。首先要听教练宣布射击纪律,小嫣趁此机会招呼大家列队。小嫣工作能力确实强,她喊喊拉拉,四排队伍就站好了。周侃如被安排在最后一排,社长在他后面。周侃如肯听小嫣的话,但嘴里嘟嘟哝哝,似有不服。小嫣赔笑说:"你来得最迟,当然你最后啰。"社长说:"我比你还靠后哩。我们一组。据说你运动素质好,我可以学习你的动作要领。"社长内紧外松,近乎阿谀了,但讨好周侃如的又岂止社长一个?所有人都轻声细语,举止有度。有几个平时曾嘲弄过周侃如的人,极力缩小自己的声音和动作,恨不得缩成无穷小、归于零。周侃如周围的气氛友好而温柔。但他毕竟不是常人,你俏媚眼做给了瞎子看,也未可知。

射击的纪律十分严格,主要是:不许大声喧哗、随意走动;验枪、压弹均由教练员操作;枪口只能对准靶区,严禁对着其他方向;所有行动听从口令,听到射击口令时方能开始射击,听到停止口令时严禁射击;射击完毕后立即退出射击位。宣布纪律的总教练声音洪亮,斩钉截铁;五个射击位各配一个教练,也都英气勃勃,这让大家平添一份安全感。总教练宣布完毕,大声问:"大家能不能做到?"众人齐声说:"能!"随后退出警戒线,依次坐好,听总教练讲解"三点一线"之类的动作要领。大李被安排在队伍最后,五人一组,他显然不得不跟周侃如同组。周侃如见到教练手里的枪,两眼放光,双手跟着比画。他手里那瓶矿泉水就摆在大李身边。大李如坐针毡,想说什么又不敢说,用眼睛向社长求助。社长不懂,大李鼓起勇气,拿膀子碰碰周侃如说:"我口干得厉害,这水能不能给我喝?"周侃如双手举着做瞄准状,眼一斜说:"你喝。"大李拧开瓶子喝一口,如饮甘霖。社长这时明白,他是担心里面不是水,是汽油之类,对大李大加赞许。

  必须说明的是,十几年前的射击场远不像现在这么正规。现在的枪都用铁链锁在射击台上,链子很短,一个正常身高的人只能朝靶区射击;各个射击位之间有区隔,相当安全。那时射击远未成为时尚运动,基本不对外开放,各方面都很简陋;因为能来打枪的大多是关系单位,人员素质不低,也没有出过什么事,所以防范措施并不严格。周侃如按规定坐着,嘴里哼着小曲,不能算是大声喧哗,但依然让社长心生不安。他内心做了一番权衡,确定还是预防第一,安全最重要,面子次之。待教练讲解完毕,他起身过去,跟教练握手,悄声说明了一下他们中的这个周侃如,需要稍微注意一点。那教练一点就通,连连点头。他用力握着社长的手,低声说:"没事,弄不出什么幺蛾子!"

  他的手温暖而有力。社长退回座位,周侃如笑嘻嘻地说:"不许随意走动。社长你走动了!"社长脸涨得通红,呵呵笑着表示歉意。他说他是去核实一下,费用怎么算,一颗子弹多少钱。他这是没话找话说,总不能说我要人家注意你。不激怒周侃如,这是他自己提出的原则。社长掏出根烟,其实是想给周侃如一支,突然想起他不吸烟,于是自己点上,也给大李一支。大李抽了两口,突然说肚子疼,要上厕所。他一去好半天,这边,第一组已经走上射击位了。

砰砰砰……枪声传了过来,耳膜一紧一紧的。毕竟是真枪,跟屏幕上闻不到硝烟味的枪声感觉完全不同。他们打的是慢射,教练喊出"射击"口令,大家才一齐打出一枪。在枪声的间隙中,弹壳掉在水泥地上的声音清晰可辨,似乎在提示,打出去的那可是真子弹。按规定每人打五发,最后一枪射出后,各人立即把枪放在射击台上,按口令离开射击位,后退两步,等待报靶;随后退出警戒线,坐回原位,然后第二组再上位。规定很严格,大家也守规矩,社长紧绷的神经稍稍松弛了些。大李这时已上厕所回来,他坐回社长身边,悄声说运动手枪他也是第一次打,跟军用步枪那还是不能比。枪声就绝对不能比,步枪那简直就像是打炮。社长嗯一声,未知可否,大李突然想起这活动是社长亲自联系的,不宜差评,立即补充说运动手枪的模样实在很酷,那枪管,活像是无声手枪的消音器。社长笑笑说是。教练在检查枪支,第二组上位了。教练的口令果断权威。大李说他小时候放鞭炮,大家都以为不响了,凑上去看,结果"砰",炸了,一个同学眼睛被炸伤了。他咻咻笑起来,夸奖说,现在这个程序很严密,验枪、压弹都是教练做,保险。他这是宽慰社长,也是安慰他自己。射击棚里挂着个大标语:和平时代,居安思危。他哆嗦着又给大李递了根烟。

一组一组都很顺利。周侃如也很安生。他不知从哪里捡到个弹壳,拿在手上玩,闻闻味道,对着弹壳口吹,竟吹出了音调,听不出是《潇洒走一回》还是《爱拼才会赢》,或者是两者杂拌。这也算不上是大声喧哗,但社长还是有点烦他,正想着怎么说他一下,长条凳上,前面打过的人却传来了声音。五个人里三男两女,三个男的竟有两个人是零环,全部脱靶,两个女的倒都有环数。也就二十五米远啊,男人面子下不来了,其中一个一口咬死,他是打错了靶子,边上女同事的靶数,尤其是两个八环的,肯定是自己打的。女的当然不认,但男的理由十分充分,因为女同事的靶上竟有七个弹孔,这还不算是铁证吗?

他们叽叽喳喳的,声音半大不小。小嫣朝他们摇摇手,在嘴上捂一下。他们忍不住,继续研讨。另一个男人插话说,七个弹孔也不见得就有你打的,我看是我打错了。他们喋喋不休,哧哧笑起来。社长倒不烦这场面,他甚至希望周侃如能被这场面吸引,他能关注成绩,专注于靶子,心无旁骛,社长祈祷的不就是这个吗?时间漫长也很快,一组一组过去,倒数第二组已经在打了。阿弥陀佛,周侃如依然正常,只有快活抖动着的双腿流露出他的兴奋和期待。他把弹壳装进口袋,站起来了。社长端坐不动。周侃如嘴里嘟哝道:"怎么就五发呢?不过瘾啊!"大家此时都有些松弛,笑了起来,还有随声附和的。周侃如坐下,不久又站起来了,因为快轮到他们进入射击位了。大李捂着肚子,皱着眉,突然说:"不行!忍不住。"他站起来对社长说,"我肚子不舒服,能不能等等我?不能等我就算了,你们打,我的五发随你们哪个玩了吧!"不等谁同意,他弯着腰跑了。大李平时为人就话多,他最后这句话显然多余了。从此他在单位成为一个上上下下都不受待见的人,不过他此时可没想到这个。他已经跑远了,当然没有亲耳听见周侃如接了他的话。周侃如开心地笑着说:"十发,也还是不够啊!"这话其实也没什么,好玩的东西谁不想多玩呢?但他后面的话,轻声说的、隐隐约约的、不能字字入耳的话却令人胆战心惊。这时最后四个人已经站起来,沿着长条凳走向射击区。周侃如右手自然下垂,做手枪状,嘴里念叨:"一、二、三……这么多人呢!"他目光游离,却步伐坚定,鹰视虎步,再加上他身上的迷彩服、军帽和黑皮靴,十足是一个赳赳武夫。他沿着长凳往前走,边走边嘟哝:"子弹真不够啊!"因为他是边走边说,几乎没有一个人听到了完整的句子。把他的两段话连成一句,那已经是事后了。社长当时就在他前面,但周侃如跟他略有距离,他理解的是周侃如嫌子弹少,玩得不过瘾。作为社长,活动联系者,这不算犯忌。周侃如经过小嫣身边,右手一指小嫣道:"你很漂亮。"小嫣赔个笑,比哭还难看。社长有所察觉,回头对他说:"你别磨蹭,跟上啊!"

不能说社长毫无警觉。他站在射击位前,冲发令的总教练使个眼色。教练点点头,他忽然做个手势,把周侃如所属射击位上的教练换下,自己上阵。这已经是特别待遇了,他拍拍周侃如的肩膀,笑道:"一看你就是老军迷,我亲自为你服务。"这话也很得体。他的措施和言行均无不当,即使是事后,社长也怪无可怪。要说当场取消周侃如的射击资格,他自思也没那个胆子。俗话说子弹不长眼,但周侃如的子弹没准早就长了眼。他只能笑着对周侃如说:"我们现在是并肩对敌的战友啦。"瞧瞧,都战友了! 一把枪,竟然弄得乱七八糟、上下颠倒了。

口令声起,教练压弹,举枪,射击。枪声次第响起。社长眼睛的余光里,周侃如两腿分开,稳如泰山,双手平举,专心瞄准。他枪口一跳,枪一响,嘻嘻笑起来:"真不好打!"社长见他专注于靶标,自己手里的扳机才扣下去。警戒线外的同事十分安静。第二枪又响起了。

第三枪,然后是第四枪,马上就没事了。也许世上本无事,庸人自扰之。第四枪打完,就在大家都长松一口气的时候,就在社长专心瞄准,争取打出好成绩不要太丢脸的时候,周侃如瞄着靶标的枪突然举了起来——是指向上方,而不是对着任何人——他举着枪,昂然四顾,嘎嘎一笑,砰的一声巨响。他的手并不立即落下,回过头,朝身后的同事粲然一笑,像打劫成功的山大王,也像奇袭凯旋的特种兵。

不要怪教练没有反应,他根本做不出反应。即使他身手如电,怎能确定什么才是最恰当的反应？社长其实已在心里预演过,喝止恐怕是激发,你是抱住他,还是打落他的枪？都是血肉之躯,谁能保证一击成功？弄不好自己倒先受伤。最好是一把抓住他持枪的手,举向天空——可周侃如不正是朝天开了一枪吗？事实证明,目瞪口呆和无所作为正是最有效的。周侃如举着枪的手放了下来,与此同时,教练的手也猛地紧按在枪上。

其实按不按已无所谓,枪已是空枪。教练一把抓住周侃如的后领,把他拖离了射击区。

周侃如不挣扎,脸带微笑地迈动双腿。因为他很配合,看起来他不是被拖离射击区,而只是被带离。

条凳上这时才大乱,尖叫声一片。那里立即就空了,如鸟兽散,只有小嫣瘫软在地上——她晕过去了。

第二天,单位有一半多的人没来上班。坚持到岗的也都先打电话核实过周侃如确实没去,才敢来上班。据说,周侃如前四枪竟然全部中靶,甚至还有两枪正中靶心,即使他最后一枪是零环,他的环数也在所有人中名列第一。要知道,手枪真的是不好打。

天水

一

青龙山绵延巍峨。初春时节,万物萌发,山坡上色彩斑斓。最绚烂的是油菜花,一开就是一大片,好像要淌下来,铺满整个山坡。其实每一片油菜花都有自己的主人,边界清晰。那些住在山坡上的人家,把房前屋后的地平整了,随意种些东西。更多的山地荒着,稀稀拉拉地长着灌木,间或有一些松柏,立在奇形怪状的岩石边。

山上有座宝严寺。山道弯弯,蜿蜒而上,香客络绎不绝。山道铺着石阶,陡而弯,像一条盘旋的长龙。慢慢爬上去,得要半个小时,体力好的也渐渐开始喘气,不时有人停下来歇歇。路两边杂草丛生,鸟呜咽啾,有人不声不响在地里忙活,这是日常的光景,游人们并不在意。

离寺不远的拐弯处,有个人在挖土。他显然不是在种地,也不像是在栽树,栽树不需要挖这么大、这么深。有人好奇,见人家忙得满身大汗,也不好意思开口了。沿途有不少算命打卦的人,面前摆块木板,或是挂一面旗子,高深莫测地蹲在路边,卖香的小贩们已经在前面热情地招呼。抬头望去,香云缭绕,宝严寺已露出了一角,于是人们鼓鼓劲,继续往上爬。

阿贵停下手里的锹,拄着,喘着气。这地一半石头一半土,挖起来十分费劲。他身上汗津津的,山风一吹,一身鸡皮疙瘩。山上传来悠扬的钟磬声,和尚们在做晚课了。阿贵搓搓手,刚拿起镐头,小芸过来了。小芸是他女儿,正上高中,她放学回来了。小芸问:爹,你干啥呢?

阿贵扬起了镐头往下刨,没说话。

小芸说:这地方能种出啥呀?

阿贵停住手,说:你先回家吧!

山道上,卖香的桂英笑着说:你爹挖金子哩!

阿贵笑笑,并不接话,让小芸先回家。自从开挖,就不断有乡邻问他这是要干啥,他都说挖树根啦,取土啊,总之随口胡扯一句,搞得人家云里雾里,觉得他是发神经,吃饱了撑的。他要干什么,自己清楚得很。

镐头震得虎口都疼。太阳下山了,天色已向晚,阿贵把挖出的石头搬到一边,扛着锹、拎上镐头回家了。他家就在东边不远处,两上两下的小砖楼。他擦把脸,朝桌子底下瞅瞅。那儿扔着个两尺多长的龙头,石头的,他拿脚踢踢,石龙头十分敦实,只稍稍晃一晃。

手机响了,是卖水泥和沙子的,他们约时间送货上门。小芸在厨房里煮饭,阿贵大声说:送水泥的人来了,别让他们摆家里,直接送到我那儿。小芸说:人家要是不肯呢?阿贵说:不送到坑边就不给钱!又想起一件事,吩咐道:家里的零钱你不要花掉,你抽屉里那些钢镚,都给我留着。

二

阿贵看起来普通,和镇上其他人没什么不同,但他是见过世面的,闯过江湖。

挖坑到底要做什么,他倒不是故意要瞒着女儿。他喜欢不声不响地做一件事,胸有成竹,出水才见两腿泥。早些年,大家都起了发财的心,各有各的路,各有各的招,但这地方人多地少,又全是山地,地里是刨不出钱的。阿贵是个有野心的人,他不愿窝在山里。人家到青龙山旅游,他跑到山外转悠,不承想也就找到了路子。

本来是想要猴的,那个来钱快。但山上早就没有猴子了,有猴子他也捉不到,捉到了也没师父教他。他在省城落脚,弄了十几个玩具猴子摆在地上,自己动手做了一大把竹圈,做起了套圈的生意。谁套到就把猴子拿走,他再补上。一大片猴子,重点是最远处的龙头,这是他最重的家什,从老家带来的,谁套到龙头就赢十块,套一次五块。这个最来钱,没有人不觉得自己很容易套上,你平平地摆上去确实也套得上,但阿贵做竹圈很有诀窍,要的就是你觉得手到擒来,却必定会输钱。

套圈的场子摆在省城最大的公园门口,大半年都没事,有一天却被人打跑了。隔三岔五来捣蛋他也不惧,公园边混饭吃的小混混闹过,输急了眼的游人也吵过,甚至城管也来赶过,阿贵把猴子收收走开,一会儿再回来开张。龙头他都不带走,反正摆在那儿也没人要。但这次不行了,他撑不住了,先是输急了眼的一个小伙子开骂,然后很多小混混来助拳,最后城管来了,他被教育了一顿。

这些事他回到镇上当然不说,吹的都是光辉事迹。在家蹲了半年多,还是闷不住。那时他老婆还在,小芸上学,他跟老婆说出去打工,在小芸床头放一个摆地摊剩下的猴子,又走了。这次他没有带上龙头,太重,他不是出去打工,是打拳,兼带表演气功。其实青龙山并不是嵩山,宝严寺就是建起来也不是少林寺。不过没吃过猪肉也见过猪跑,这地方民风彪悍,会武的人真不少,看得多了,花拳绣腿他也能来两下。就靠这两下子,套圈那一回,那么多人一齐来,他才没有断胳臂折腿。气功是他自己琢磨出来的。气这个东西,看不见摸不着,说没就没,说有就有。

这样阿贵又在外面混了两年,还带了一个徒弟小龙。小龙也是山区的,老家离他们镇子百把里,老是到他场子边看热闹,他看上小龙骨骼清奇,脑瓜子灵,就带上一起干。他也确实需要一个帮手。他表演的气功很威武,如劈砖。三块五块,最多六块砖头,他扎个马步,运运气,吼一声,一掌下去,砖头全断成两半。端着铜锣转一圈:在下功夫粗浅,初来贵地,有钱的捧个钱场,没钱的捧个人场……一圈转下来,铜锣总能增加点分量。小龙当助手,热场打锣,吆喝收钱他就不出面了,劈砖头还是他亲自上阵。小龙还管搬砖垒砖,他们用的砖头都不是现场捡的,城里干净,你也捡不到。要把砖头搬到场子,没点力气还真不行。小龙也不白干,阿贵带他分钱。

确实是能挣到钱,阿贵回镇上就带回去。小芸抽屉里有很多钢镚,一抓一大把,都是那时存下的。不过武功这行当,他干了年把也不干了。原因很多,最主要的是老婆病了,拖了一年多,他不得不回去。这时青龙山的宝严寺也建起来了,据说不少人家找到了挣钱的新门道,他也想回去看看。其实他的气功做不下去,还有原因,但具体情况,他绝口不提。他也到宝严寺请过香许过愿,但老婆的病还是越来越重,终于撒手去了。他只得陪着女儿在家里住了下来。

他没事就在地里转悠,到宝严寺看看。宝严寺不大,也就是个大四合院。正殿里供着释迦牟尼和他的两个弟子——阿难、迦叶,两边有八大金刚护法。也有东西配殿和藏经阁,但藏经阁一年到头关着,透过窗户看进去,看不到有多少本佛经。寺建在半山腰,前面是一块平地,立着大香炉。一面照壁,上写:度一切苦厄。

据说宝严寺始建于唐代,历朝均有修缮,几十年前,当然是彻底平掉了。这些年市井兴旺,才在原地建起来。住持带着几个和尚,暮鼓晨钟,井井有条。虽说规模不大,但香火很盛。初一、十五人最多,主要是四乡八舍的本地人;其他的日子则游客居多,双休日更热闹。青龙山本就是风景名胜,山峰崎岖,外地人慕名而来,顺便也来敬香拜佛,求的无非是遇难呈祥,升官发财,诸事顺心。阿贵也往功德箱里布施过二十块钱,两张,老婆死后他突然想起自己的钱来,他肯定自己塞进去的两张票子,早已不在里面了。

小芸上学也要花钱,她抽屉里的钢镚都见着少,阿贵岂能坐吃山空?他家在山脚,宝严寺就在半山腰,俗话说靠山吃山,靠水吃水,但那么多人靠着宝严寺,却只会卖香,挖笋采蘑菇卖山珍,开农家乐;还有的戴副墨镜,装瞎子算命打卦,都是老路子。阿贵的墨镜倒是现成,是玩气功时摆威武的,但他瞧不上这些营生——格局太低,高度不够!那些漫山遍野挖笋的,就是把山挖平了,又能挖出几个钱来?他思着想着,突然眼睛发亮,福至心灵了。他到自家那块地里转了一圈,呵呵笑了起来。回到家,找到了铁锹。没找到镐头,他去镇上买了一把。

三

他天天不声不响地挖坑,心里很羡慕寺里的住持庭空。庭空有一天晚课后,出寺到下面看了看,他站了半天,阿贵不理他。他单手在胸前一立,没说什么就走了。阿贵挖的坑离山道也还有段距离,他不好干预。坑已有一间房子大小,也就半人深。阿贵还没有停工的意思。还是小和尚先发现了蹊跷,他到坑边去的时候,看见水坑已经用石头衬了里,阿贵正和一个帮手合力把一个石龙头往池壁上安。洞是留好的,大小合适,龙头一冲就顶进去了。阿贵仔细在龙头周围补着水泥。小和尚摸摸光头,忍不住问:这位施主,你弄这个做什么?他想问是不是养鱼,却觉得不像。阿贵笑嘻嘻地接道:我养鱼哩。小和尚想:这不成了放生池吗?可这也太浅太小了啊,想再问,见阿贵笑得怪异,就匆匆走了。他回去告诉师父,庭空没说话,只念了一声阿弥陀佛。

水池是傍晚完工的。第二天,上山的香客们路过这里,谁也没有在意这个水池,即使看到了,也没往心里去。赶早做生意的乡邻们,站在山道上指指点点,七嘴八舌。池子里已汇了半池水,龙头伸出池壁,龙口张开,上唇高抬,眼珠突出,十分威武。龙头映在水里,是个双龙戏珠的架势,一只青蛙在水里悠闲自在地游着。这些人都不晓得阿贵曾做过套圈的生意,他们当然想不出池子的用途。连算命打卦、号称能预知后事的"李半仙"也咂着嘴巴,说不出个所以然。

青山幽幽,虫鸣鸟唱。阿贵一天都没有到这里来。小芸来了一回,随你怎么问她都不应声,看了一眼就走了。

第三天早上,有个人在池子那里大呼小叫。他无意间发现,池子里龙头的下面,有什么东西闪闪发亮。仔细一看,是钱,一块钱的钢镚,好几个!他又惊又喜,想去捞起来,却不敢。宝严寺的檐角威严地伸向天空,他不怕身上搞湿,怕的是佛祖怪罪。他是个外地来的游客,见多识广,脑袋一转就懂了。他从口袋摸出几个钱来,隔着池子站好,瞄准龙头,手一扬,钢镚当的撞一声,掉到水里去了。再扔,还是不行。他稳稳神站好,又一扔,钢镚飞出弧线,落到了龙口里。他大喜,双手合十,嘴里嘟嘟囔囔也不知说了些什么。

很多人围着看。马上就有人学样。一对外地的小夫妻,他们的准头显然不行,男的扔到第五个才扔进龙嘴,那女的钢镚都扔完了还没扔进去,都要哭了。男的在她脸上亲一口,连哄带劝才把她拉走。

阿贵站在他家的平顶上看着这一幕,嘻嘻笑了。人家种田,他阿贵是在种钱哩。那第一个朝龙嘴扔钱的倒蛮帮忙的,阿贵本来安排小芸去示范,丫头就是不肯。小芸示范的效果当然比不上游人,阿贵下了平顶,朝池子那边伸个大拇指,恨不得去敬那人一支烟。不过女儿也不是一点用没有,她抽屉里的钢镚就派上了用场。他拍拍小芸的脑袋,小芸头让一下,嘴里喊一声,以示不屑。

阿贵说:我这可是个聚宝盆哩!

四

小芸不怎么听话,她妈在世时母女俩还常常叽叽咕咕说体己话,她妈一走,小芸跟她爹没什么话说,一说就顶嘴。小芸的功课原本就不算好,现在不开心了,有时连学校都不肯去,整天抱着个手机,阿贵拿她没办法。今后她少不得要花钱,幸亏这池子终究是做成了。谁能想到,那个早年在山上捡来的龙头,还能派上这个用场?

龙遇水而兴,果然要和水配在一起才有灵性。龙嘴里,滴答滴答地往池子里滴水,这就是个细水长流的景象。他挖池子的时候就明白自己挖的是个聚宝盆,但不能朝外说,想不到,"许愿池"这名字倒传开来了。镇上人这么喊,外地客还有访着这个名字来找的。其实,哪里需要找呢?你到青龙山,宝严寺必去;要到宝严寺,只有山道一条;山道弯曲盘旋,你朝东随意张望,许愿池迟早会跳入你的眼帘。下山道往东一拐,十几二十步路就到了。

到宝严寺来的人,多少都带着点心愿,都说许愿池很灵。扔钱祝祷的人,不会注意到不远处的那栋两层砖楼上,有个人正朝这边张望。

阿贵现在最喜欢他家的平顶。他搬一把躺椅,惬意地在楼顶晒太阳。他眯着眼,扭头朝池子那边看看,太阳光金晃晃、银灿灿的,发出叮叮当当的声音,真好听。他基本上不要操心生计了,每天要做的就一件事:去捞钱。他做了个网子,人不要下水,贴着池底来回捞几趟,基本能做到一钱不漏;漏几个也不要紧,这是必然的,也是必需的,漏下来的正好做引子。

真是络绎不绝哩,有时候居然要排队。池子到山道的那一段路,常常站满了人。池水渗出来,地上有点湿滑,阿贵弄了些砖头来,把路铺平垫高了,这一来,许愿池就成了宝严寺的一部分——至少外地的香客是这么看的。池子里每天收获的钢镚都有斤把重,有时候有好几斤。他开始还用秤来称,后来懒得称了,他有数。一块的,八十几个一斤,里面要是五角的多,那就是一斤一百个上下。他捏着个一元的钢镚,手指一弹,凑到耳边,想听到类似袁大头的嗡嗡声。他当然听不到,不过他不计较。

这是钱。是源源不断的钱啊。

有时也有点好奇,那些来许愿的男女,他们叽叽咕咕的,许的是些什么愿呢?人家当然不会告诉他,他只知道他自己去宝严寺,要的是"万事如意,心想事成",这包罗万象,包括了老婆的病能好,自然也包括发财。他在佛面前绝不提发财两个字,在佛前露底不好。这不,他可不是心想事成了吗?当然了,其他的心愿他也还有,主要是关于小芸。他盼望着女儿出息,嫁个好人,有个好前程。就这一个女儿,他还指着她养老哩。

宝严寺他不再去了,总觉得瞒了佛,有点不好意思。突然又得意起来:连孙悟空都不能翻出如来佛的手掌心,他这不是在如来佛脚下翻了个漂亮的筋斗吗?

四邻八舍都知道阿贵发财了。邻居们很懊恼,自己怎么就想不出这般好主意？他们也有的离山道不远，但他们没有那个龙头，都说有神灵附在上面，谁有那个龙头，就是老天赏饭吃。阿贵去捞钱，都是半夜，没有人去看过，只看见池子那边有光亮，手电筒乱晃。渐渐地传得神了，说有人晚上抢在阿贵前面去捞钱，钱都捞到了，不合又起了贪心，站到龙头上跳，想把龙头偷走，突然眼前闪过一道金光，龙头一摇，一头栽下来，腿都摔断了。

谁也没有看见，也不知道摔断腿的是谁，但大家都信。这阿贵肯定是"放阴"了，池子动不得。"放阴"是他们祖祖辈辈的习俗，捉野物的笼子套子夹子之类，别人安好的，你动不得，看见野物在挣扎你也不能碰——人家是放了阴的，动了就要有灾殃。所以阿贵的许愿池，你只能眼馋。本地人遇到事，忍不住要许愿，他们也到这个池子来，只不过投钱时有点不甘心，扔的多是一角五角的，算是还个价。

阿贵对别人许什么愿已经没多大兴趣了，唯一希望的，是他们不要学精了使坏，诅咒这个池子垮掉。那边，几个年轻人扔钱时嘻嘻哈哈地打闹，阿贵觉得他们不够严肃，有些不满。忽然，他眼睛亮了一下，心中一惊。他似乎看到了一个熟悉的身影。

五

转眼间就到了雨季。天晴一阵，阴一阵，得空就下雨。雨时大时小，山道湿漉漉地发亮。许愿池里的龙头，滴水成了线，幸亏水池原本就有渗漏，漫不出来。

阿贵心里隐隐有些不安。水池边的小伙子那天他没看真切，这让他有点没底。这池子怕不会就这么顺风顺水的,他担心有人来捣乱。果不其然,怕什么来什么,中午时分,镇上的李副镇长到他家来了。开口就说他无事不登三宝殿,他把阿贵喊到池子边,说:你这是私挖山地。

阿贵说:这是我的地,我想挖就挖!

李镇长说:你没有手续,要取缔!

阿贵手朝山坡一舞说:人家满山挖笋采药你不管,乱圈山地养鸡养鸭你也不管,你管我个在自家地里做景观的!我这是美化环境哩!

李镇长瞪大眼睛:你这是景观?

阿贵笑而不语。池子里有几条小鱼,优哉游哉在吃食。一共四条,他放进去两条,另两条不知是生出来的,还是钻进去的,见有人说话,惊到池底去了。

李镇长说:你这是搞迷信,是截和!

阿贵说:搞迷信是搞迷信,截和是赌博,两码事嘛,我到底是个啥罪名?你不要乱扣帽子哎!

镇长说不出话。这时已有不少人围观,鼓噪起来,乱哄哄,但听不出态度。镇长面子下不来,气呼呼地说:你嘴凶,强拆!这不就是搞迷信吗?这时有人插话道:还真不能算搞迷信。众人都看他。他指着山上说:这是搞迷信,那宝严寺算啥?

镇长语塞。这个问题不好回答,他也怕触霉头。那插话的凑过去,小声说:人家就是个景观,外地人到这里随喜随喜,不也增加客流吗?没坏处。轻声说:强拆你还要费工,这地方,挖掘机都上不来的。

这话大家其实都听见了。镇长不能夯下去,说:反正我们要采取措施,你等着瞧。你是谁?关你什么事?

插话的笑道:我路过的。

宝严寺的小和尚也站在山道上看。他僧衣僧鞋,光头亮亮的,大声说:这龙头是我们寺里的。要物归原主,才善哉善哉。他文绉绉的,大家全笑起来。李镇长说:这我们不管,我们要对池子采取措施。

李镇长说完甩手走了。他何尝想管这种事?自古以来,民不举官不究,但既然出面说了话,总不能就这么拉倒。第二天镇上来了两个人,带来一段铁丝网,往岔道前一立。不过一天过后,就被人扯掉了。铁丝网有弹性,卷成一团,沿山坡滚出去老远,绞上了许多残枝败叶,像个大刺猬。

阿贵一眼就看见了那个插话帮腔的,他心里咯噔下。他回家,那人也跟来了。阿贵佯装看不见。师父!那人拱一拱手行礼,阿贵耷拉的眼皮抬一抬,还是不理。是小龙,他徒弟,鬼精着哩。小龙说:师父,你是师父,大人不记小人过,我还是念着师父的好。他正色说:有个事,师父你要小心。阿贵斜眼看看他。小龙说:你不得不防着哩。阿贵说:你说镇上?小龙说:不是。他们不会掀大浪。

小龙还真说得不错。第二天铁丝网拦起,阿贵要去扯掉,被小龙拦住,说:不要你动手,自有人出手,许愿的比你急。他还真说对了。他说麻烦还是在龙头上,龙头是宝严寺的,那小和尚嘴里善哉善哉,你不得不防啊。

铁丝网被拉掉不久,小和尚果真来了。阿贵跟着他来到池边。小和尚板着脸,双手合十,手一指那龙头道:这龙头是我们宝严寺的滴水。我要拿走。

那会儿雨停了,龙嘴往下滴水,滴答滴答,像是在说小和尚所言不虚。

阿贵笑眯眯的,看着他不说话。

小和尚说:这是宝严寺基台上的物件,一共四个,大前年重建,还少两个,有一个就在这儿。

小龙说:不对啊,你们寺里,不是四个全在吗?我们都看见的。小芸说:是呀是呀,四个,一个不少。她放学了,看见和尚来要龙头,也跟过来帮腔。

小芸长得很俏,小和尚脸一红,立即又沉下脸说:有两个是找人雕的,不是真的,真的是这个。

小龙说:你口说无凭,你说是你的就是你的啦?

小芸说:是啊是啊!

当面锣对面鼓的是小龙、小芸,小和尚知道阿贵才是正主儿,对着他说:你不知道,这龙头不是龙,叫螭,这物件叫螭首。龙生九子,螭排第九。螭专管排水,这叫螭首散水⋯⋯

小芸嘴一撇打断他道:你这小和尚,颠三倒四的,又说是龙,又说是螭。我们不晓得什么螭不螭的,你叫它,螭!螭——你把它叫应了就是你的。

阿贵没想到小和尚说起来一套一套的,本有些慌张,却发现女儿管用了,既贴心,又会说。不等他开口,小龙哧地笑道:小师父,我们都看见了,你叫它螭,它没搭理你,也不见得会跟你走;我们叫它龙,它倒是还待在这儿。情况就是这么个情况。

小和尚气得结结巴巴指着小龙。如果不是戒律不许"口出恶言",他就要骂人了。阿贵也觉得小龙的话有点无赖,笑嘻嘻地上前说:你说是你们的,宝严寺我们也不敢得罪,这样吧,龙头我卸下来,拿到寺里比比,要是和你们那里的一样,那就留在寺里,这总行了吧?

小和尚大喜过望。他一个出家人,总不能动手抢,人家既这么说,他只能念着阿弥陀佛,合着掌表示感谢。小龙动手,阿贵帮忙,两人三下五除二就把龙头卸下来,搬上了山。住持庭空从殿里迎出来,手执念珠,站在一边。

他们围着正殿走了一圈。基台四角,四个龙头,翘首四方。两个是老龙头,另两个是新的,任谁一眼都能看出;两个老的和小龙手上的一模一样,这也一目了然。小和尚面有得色,不想阿贵突然问:这石梁都还是原来的,对不?

小和尚脱口道:对!

阿贵说:那我们得对一对。断口对得上,就是寺里的。他的意思是,对不上就不认。小和尚想要反对,却觉得说不出理由。庭空一言不发,只是远远望着。小龙腿脚快,片刻工夫就去把锤子凿子拿来了,还拎着半桶水泥。那新龙头用水泥接在石梁上,断口敷得平平的。小龙抄起家伙就开干,抬头说:放心,保证还给你弄好。片刻工夫,两个新龙头下来了,带来的龙头往上一比,不对;再比第二个,也是不对。小和尚丈二和尚摸不着头脑。他看着石梁两头乱七八糟,一片狼藉,皱着眉头嘟嘟哝哝地念叨:罪过罪过。小芸说:你瞎说八道,就是罪过。小龙笑道:我马上给你恢复原样,看都看不出。

他手脚真是麻利。两个新龙头又安回去了,水泥一敷,确实不容易看出。阿贵找来砖头,仔细在龙头下垫好,朝正殿拱拱手,带着龙头下山去了。

小和尚慢慢走近师父身边,低着头不敢说话。有山风掠过,松涛阵阵。庭空说:佛家说的三毒,你还记得吗?

小和尚说:记得。贪、嗔、痴。

庭空颔首道:世人皆痴,执念在心;贪,也在所难免;但你不该嗔。

小和尚红着脸点头。阿贵三人迤逦而去,下了山道,走向镜子般的水池。小和尚忍不住指着那条岔路说:师父,他们这不是旁门左道吗?他忍住了说"歪路"这两个字。庭空看他一眼说:什么是嗔?嗔就是怒。

六

阿贵三人下去,把龙头又安好了。龙头比以前短了一截,不过没关系,谁会注意这个?小龙精壮结实,是个好劳力,他下水,阿贵站在池子边比画比画就行了。小龙已经管了用,但阿贵对他总有点心存狐疑。

寺里来讨龙头,若不是依了小龙的主意,提前把龙脖子敲掉一截,还真不好收场。他跟小龙本就是萍水相逢,并不知根知底,这小子满脑瓜子都是小聪明,害得阿贵气功玩不下去就是他。阿贵砸的砖都是断砖,用胶水粘过的。那天他拉开架势,几掌下去,砖纹丝不动。他傻眼了,硬着头皮再劈,掌缘都破了,砖头也不理他。观众鼓噪起来,这小子站在一边讪笑。阿贵在哄笑中落荒而逃,还没忘掉带走一块砖头。回去一看他就明白了:砖头被换了,全是整砖!再找小龙,早没影子了。

他算是被结结实实坑过一回,想来是为分钱。听说小龙后来去推销胶水,也不知道真假,恐怕混得也不怎么好。现在他又跑过来,贴心贴肺的,浑身像是涂了胶水。他们都绝口不提砖头的事。小龙又勤快又卖力,识相得很,阿贵不好赶他走,让他暂时住在院子里的小屋里。

阿贵有自己的算盘。他家需要个壮劳力,小龙各项农活样样上手,也不提钱,过了秋收再叫他走人也不迟。另外呢,小芸也不反感他,他见多识广,时常逗得小芸咯咯笑。丫头还变文静了,很少再跟他这当爹的顶嘴;也肯去学校了,虽不知道成绩有没有长进,但至少不逃学了。小芸有一次还当着阿贵的面,说她要好好读书,男人怎么都好混的,打工耍猴打拳卖狗皮膏药都有饭吃,女人最好还要读书。阿贵心里暗暗点头。

池子的人流最近却不太旺。原因很明了,现在是雨季。这雨你可以说是每天下一两场,也可以说是一场雨下了两个多月,时大时小,地上总也不干。山道湿滑,游人零落,许愿池自然也冷清。阿贵有些着急,必须想想办法了。

毕竟是年轻人,小龙有天把手机举过来让他看,原来是他的池子,上网了,还配了音!小龙拿腔拿调地说着普通话,这池子怎么走,多么灵;拍得也有讲究,先是宝严寺,高大巍峨,然后是山道,一拐,就是许愿池;有不少人在祈祷,扔钱。

年轻人的脑瓜子就是好使啊,他阿贵怎么也不会想到这一招。小芸也佩服地看着小龙,还四处转发。不过宣传的手段进步了,来许愿的人并没有增加多少。青龙山地处偏僻,连绵阴雨,来宝严寺的人少,许愿池也就不得兴旺。阿贵发愁,在家里摔锅打盆,发无名火。还是小龙,又出新招,也许小芸也跟着帮了忙,阿贵事先并不晓得。但传言比山风还跑得快,吹得远,他很快就听说,本县有人买彩票中了大奖,有说两百万的,还有的说是五百万,数字大得吓死人。阿贵不买彩票,也完全不懂,他只关心他的池子,只要细水长流,他就会有很多钱,彩票不关他的事。可这传言慢慢有点怪了,朝他这边聚过来了,很多人都说中奖的就在他们镇上,那人蒙了个猴脸去领的奖,他们在电视上看见了;还说中奖的人买了好几年彩票,一直不中,到阿贵的池子许了个愿,天上就掉了个大馅饼。有人狐疑地看着阿贵,说难不成中奖的就是你?阿贵一愣,说他瞎扯。

大家都在瞎猜。也有人说中奖的是小龙,小龙也否认了。小芸更简单,谁到她家试探,她就叫人滚蛋。算命的李瞎子不好好去骗人,也来转悠,小芸说:你不是号称半仙吗?要中也是你中啊,你想钱想疯咯!最后还是两个字:滚蛋!

那一阵子镇上人彼此串门,互相打听,还探头探脑的。他们认为只要发现领奖时那人戴的猴子面具,那就真相大白了。他们还没发现猴子面具,阿贵的池子又开始兴旺了,不但尽复旧观,人比此前还要多。这是把池子暂时和宝严寺分开了,许愿池专管发财。湿淋淋的天气,浇不灭发财梦。山道上人来客往,池子前许愿扔钱的人源源不断。阿贵喜出望外。他虽不知道这事的内幕,但也猜出是小龙的手段。晚上师徒俩喝酒,小芸端菜盛饭。她掏出手机给她爹看。是一段视频,升级了,更高端了。这次没有宝严寺的镜头,直接是好多人在排队许愿,钱扔得叮叮当当的。龙头在泚水,水池里钢镚落了无数,像是池子里刚杀过鱼,一大片鱼鳞。小龙这次不再配音,站在池边直接说:奖池懂不懂?这就是奖池啊!池子里水少,你中了,得的钱就少;等池子里水满了,你运气一到,水坝都兜不住,全是你的!这话很搞笑,小芸扑哧笑起来,手机里也笑了一声,这下阿贵知道,视频是小芸拍的。

阿贵平生不服人,可这会儿他有点服小龙。这小子鬼点子比鱼子都多。他当然看出小龙对小芸有意思,说不定他这次就是冲着小芸来的。但那砖头的事,就像胶水一样,一时洗不掉。他就这么个养老女儿,小龙是个做上门女婿的人吗?他阿贵未见得弄得过他呢。

最上心的还是池子。只有这个,才山高水长。如果那龙头的水能一直就这么滴着流着,他何愁等不到个称心的女婿?雨歇时,他站上二楼平台,看着人往龙嘴里扔钱,有模有样地祝祷,心中不免暗暗发笑:你们就想一把几百万,真黑心,哪有这种好事?还是细水长流的好。

七

小龙的招数确有奇效,但考虑后果,阿贵认为,也只能算是中策。说下策当然过分,那是得了便宜还卖乖,阿贵捞钱的网子确实是重了;上策呢,肯定说不上。镇上人对他的态度显然大不如前了,阴阳怪气的,皮笑肉不笑。唯一诚心夸他的,也就镇上那个独家卖彩票的,可他对那个视频还有意见,要是说明中奖的彩票就是在本镇买的,那才够意思。

李镇长已久不登门,那天忽然又来了。他是干部,他不东张西望,却有点东拉西扯。大家都没有提铁丝网的事,阿贵敬烟递茶,满脸堆笑,但心里寸着劲儿。李镇长说起脱贫,说起旅游,说宝严寺贡献不小,顺嘴也说,阿贵的池子对提升本镇知名度也有贡献:往低里说,你这是拾遗补阙,另辟蹊径;往高里说,这也满足了人民群众对美好生活的向往嘛——亏你想得出这个主意!他说得高兴,反过来给阿贵递烟了。这是有史以来镇领导递来的第一根烟,阿贵装作无所谓,给李镇长把烟点上。李镇长站起身,走到门口,看着山上宝严寺的飞檐说:你这池子和宝严寺是同生共存,没有寺,你这池子也谈不上,对不对?他叹了一口气说:这老和尚也是个死脑筋,有人撺掇,说宝严寺应该弄个许愿池,他还不肯,说宝严寺原本就有格局,千年不易,不能妄动,说什么妄动源于妄念,佛祖不许。阿贵心里一怔,干笑着说对对。李镇长转脸看着他:对什么?你就想着你的池子!阿贵赔笑,心想什么有人去跟老和尚说?恐怕就是你去说。李镇长看着远处的山道问阿贵:有没有看见路被雨水冲坏了一段,不少石头塌下去了?阿贵摇头说没在意。李镇长说:你不走这条路吗?真要等石头滚下来砸到你头上你才看见?

阿贵说:我是真没看见!

哦哦,坏的是上面的路,李镇长说,不怪你,你不去寺里,所以没看见。他话锋一转道,你就没想到做点好事,把山道修修?

阿贵说:我哪弄得动啊?奔五十的人了,身子骨不行了,干不动了。

干不动,出点钱也一样。李镇长说,要致富先修路,你是先致富,再修点路。散财布施嘛,这道理还要我多说?

这想必不是小钱,阿贵不吭气。小芸从学校回来了,已经站边上听了一会儿,插话说:我爹哪来那个钱?你别听他们瞎说,我家可没中奖。他们瞎说的!

我说你们中奖了吗?镇长脸拉下来了,中奖不中奖,只有那人自己心里有数,国家也保密的。不中奖就不能做点公益吗?说完气哼哼地甩手走了。

外面雨大了些,李镇长大不惧风雨。阿贵拿把伞追在后面,但总兜不住镇长。虽然有雨,池子边也还有几个男女在许愿。风雨中扔钱,难免心急慌手抖,一个一个都扔不进龙嘴,这居然让阿贵有点过意不去。李镇长倒来了兴致,停下来,站在边上看,看了一会儿,也掏出几个钢镚,朝龙嘴里扔。不愧是领导,手段高强,第二下就扔进去了,边上人发出喝彩声。李镇长摆摆手,叫打伞的阿贵走开,双手合十,低下头,对着龙头念叨起来。

阿贵心里突突地跳,发虚。他不知道镇长念叨的是什么。他无端觉得与自己有关,但也不敢问。他看见了小龙。这小子,镇长来挑事他鬼影子不见,不知从哪里冒出来了。小龙挤过去,跟在镇长身后,镇长祷告完毕,他立即也掏出个钢镚。钢镚在他手里掂几下,一抬手,一道弧线,他竟然第一下就扔进了龙嘴!周围一片叫好,小龙得意扬扬,他环顾四周,也一本正经地祷告起来。

阿贵大惊失色。他本来想悄悄问问小龙,听没听见镇长祷告的是什么,现在他倒更想知道小龙许了什么愿。这两人都像是身怀绝技。他们先后出手,不像是什么好兆头。就怕许的是什么连环愿,算计的是自己。

阿贵脑袋正发蒙,听见了小芸的声音。小芸说:你给我几个钱,我也扔。她手伸到小龙面前。阿贵阴火顿起,一把拉开小芸的手,呵斥道:凑什么热闹?回家去!

他把伞往小芸手上一塞,马上又想起李镇长更需要雨伞。正迟疑间,李镇长已经往山道那边走了,好几个看热闹的人跟着。"李半仙"打着伞站在山道上,说:镇长许愿,可不是迷信,镇长是要振兴村镇,造福乡里哩!卖香的桂英说:小龙许的愿我晓得,他要菩萨保佑他讨个好老婆,对吧?阿贵听得心烦,狠狠地瞪了她一眼。这一眼瞪坏了,桂英的破嘴突然歪了,吹出邪风:阿贵你好事不断啊,你就等着抱孙子吧!

阿贵忍不住看看小芸。桂英正要回嘴,突然山上传来响动。山道上有什么东西轰隆隆作响,一路而下。众人吓得都怔住,只见山道边的灌木里忽然蹿出一块石头来,蹦起老高,一头扎进了池子里。水花四溅,众人全都变色。

李镇长气场大,落石在他上面老远就拐了弯。他愣一下,哈哈一笑说:你个"李半仙",天机不可泄露可是你的行话,这都不懂,不能乱说。李瞎子直点头。他的墨镜蒙了水,点头的方向不太对。桂英说:镇长肯定祝愿我们财源滚滚,阿贵家更不得了,人丁兴旺!

李镇长手一撩下山去了。桂英的话怪腔怪调的,阿贵听起来不是滋味,他不由得又看女儿一眼。这丫头天天读书上学,倒还胖了。正愣着神,李瞎子又说:什么人丁兴旺,人家丫头要考大学的。阿贵要抱孙子,早哩!

小芸冲他说:我考不考大学关你什么事?你眼神不好,下山小心点！小芸还要继续说，小龙扯了她一下，两人打着伞走了。

人一下子就散了。阿贵也想在池子前许个愿，可心里太乱，找不到头绪，想想还是算了。他一进家门就吵起来了。小芸劈头就说：爹，我不考大学。我考不上！

阿贵说：你不考怎么就知道考不上？

小芸说：就是考不上。我算过命。

阿贵说：你怎么能信这个？

小龙说：师父，其实报名时间已经过了，小芸没报名。

阿贵大怒，血往头上冲。他抬脚对着墙角一个黑乎乎的什么东西踢去，嗷的一声，原来踢的是敲下来的龙脖子。小龙过来扶住他到椅子上坐下，说：我和小芸说好了，我带她出去打工。师父，我喜欢小芸。

八

阿贵瘫在椅子上，呼哧呼哧直喘气。他早就看出些端倪。有天晚上，他去池子捞了钱回来，看见一个人影从小芸房间溜出来，当时以为是眼花，原来就是这小子。阿贵要跳起来打人，可脚实在疼得不行。他吼道：你们都滚！

此后几天，家里吵得不可开交。阿贵去学校问过，高考确实已报过名了，没办法了。他彻底泄了气，在家里骂天骂地，小龙和小芸也不回嘴。阿贵指桑骂槐，骂小龙不安好心。小龙也是个伶牙俐齿的，却不犟嘴，实在忍不过了，就说师父这一阵子心思也动得不少，他说中奖的事，本来是个宣传，也是为了池子，可这口锅全甩到他头上了。他老家无数人打电话来跟他借钱,他简直是焦头烂额,苦不堪言。他说师父你跟人家辟谣,只说自己家反正没中奖,别人那可不知道——这不是向别人暗示什么吗?!这番话说得阿贵脸上发烫,骂小龙是小人之心。小龙说自己承认是小人,但当年你就是把我当小孩子,当童工使,挣了钱我连点点数你都防着。他不说这个还好,一说阿贵一蹦老高,说:你人小鬼大,这次就不该让你上门!小龙冷笑道:终究是个外人对不对?我热心也焐不热铁石心肠,我走行不?阿贵没搭腔。那一瞬间他有点犹豫。这小子跟小芸是你情我愿,他隐约看出,小芸怕是已跟他做出事来了。他不敢一下子把话说绝。见阿贵似乎气消了点,小龙马上去偏房。雨很大,他一蹿就跑到院子里了,回头说:师父,这池子,你还得防着点哩。民不跟官斗,那李镇长可不是个善茬子。

一提到池子,阿贵浑身的毛又奓起来。他吼道:滚!这不关你事!

这池子是他的创造,他的底气。可怜他没儿子,传都传不下去。小龙最后怎么样,要看他自己。他淋着雨跑到小龙门边,警告说:你离小芸远点,要不然小心狗腿。小龙好像没听见,楼上的小芸喊道:不吵死人你们不算完啊?烦死啦!

雨一直下着,不知有多少水要浇下来,好像永远没个头。天黑沉沉的,已看不出云,铅灰色的天笼罩四野。从上往下看,山坡上多了好多小沟小岔,好些人家的地淹了,水汪汪一片连一片,亮晶晶的。

难得雨停了。庭空出来,站在香炉前朝山下看。他不声不响,一动不动,像个石像。雨已经成灾了,若是从前,乡里早就会来求龙王,祭神禳灾,现在人不信这个了。庭空双手合十,朝西方念叨着什么。正殿的四周,四个龙头朝向四方,龙嘴里都射出水线,哗啦啦射在地

178

上,激起水花,煞是壮观。水铺开来,争先恐后地向下流。被无数人的脚磨过的石头并不全平,地面的凹凸让水起了线条和波纹。

庭空正要进寺,小和尚迎过来了。师父你看,他指着下方的山道说,有人在挖地哩。

下面五六个人,正在山道的东边挖土。这时候,他们不是在挖沟排水,也不是打坝,那只能是在挖坑,学那个阿贵。可也太急了,稍见点天光,就耐不住了。他们都穿着一样的雨衣,像有人指挥的队伍。那边有人朝上面摇手,是李镇长。庭空叹口气,转身走了。

小龙先看到有人在挖地。他告诉阿贵时,一副不出所料的模样。当然他也替师父着急,还问要不要去看看。阿贵表面上看去一副天要下雨娘要嫁人,随他去的样子,其实心里如百爪挠心。出面阻止,没有半点理由,也少个胆。他一根接一根地抽烟,把屋子弄得乌烟瘴气。

突然一声炸雷,窗户都震得抖了。雨大了起来。雷声一阵一阵地炸裂,闪电狰狞,天像是裂了,似乎失去了耐心,水不断往下倒。小芸吓得从楼上跑下来,身子直抖。小龙靠过去,抓着她的手。阿贵斜眼看一下,没吭气。

暴雨下了个把钟头。这样的雨,阿贵这半辈子还没见过。那边挖坑的人早就不见了人影,想来也跑了。山风呼啸,像是鬼嚎。阿贵惦记着他的池子,坐不住了,他找件雨衣套上,拿上手电筒就要出门。小芸喊他:爹,你不要命啦!小龙拦住他说:师父,这个天,没人敢动你的钱,要去也是我去。阿贵一把推开他,说:没你的事,走开!

这件事他从来都是自己做,不让别人沾手。他知道没人敢动他的池子,平日里都没人敢起贼心,现在当然更不会。但有人又在挖新坑,今天不去,他觉得不吉利。雨虽小了点,但余威犹在,身上的雨衣啪啪乱响。手电筒劈出一道亮来,他一瘸一拐地往池边走,脚疼,又很冷。光圈里,路似乎都变了。他举着手电筒朝前扫射着,看见了水池。

池子里的水漫出来了,哗啦啦往外流。那龙头正喷着水,水线很急,射出了池子,他从来没见过这种景象。龙头的样子很恶,他有点慌。池水浑浊,手电筒照不透,看不见平日看惯了的闪闪银光。阿贵正迟疑着,一声炸雷,地动山摇,脚下似乎都在震颤。

地真的在抖,受惊了的那种抖。阿贵吓得不敢动,耳边嗡嗡响,声音越来越大,是地在吼。他颤抖着举起手电筒,微弱的光线里,山似乎在动。又是一阵闪电,他看见偏东的山裂了,有一大片山林倒伏下来,正慢慢往下流。

山动得不快,没有水快,但雄浑不可阻挡。阿贵狂喊起来。那片大山朝他而来,往他家和镇子的方向扑过去。他大叫一声想跑,但迈不开腿。

岁枯荣

停机坪相比于马路,实在是太宽阔了。巨大的机翼,让登机的人显得那么小。骏遥工作后经常要出差,每次出门,奶奶都要说:你又要飞啦?或者:这次你飞哪里去啊?好像他真的长着翅膀。其实,他何尝喜欢老出差呢?以前他在国外留学,十几个小时的飞机,他简直坐怕了。没想到工作后他还是经常要飞,虽说大多是短途,但有时还是要出国,这次可不是又要到欧洲了吗?这次是去进修,工作需要,是个机会,他不能推。但他骨子里是个恋家的人。出发前奶奶拉着他的手说:你又要飞了啊?他忍不住说:哪里是我飞啊,是飞机飞,飞到哪儿是飞机做主啊。这话其实已是透着情绪了。奶奶一年中有大半年都住他家,他挺舍不得奶奶。

奶奶疼他。他小时候有很长时间跟爷爷奶奶一起生活。他妈妈到日本留学,六年,这六年时间他跟着爷爷奶奶。爷爷在镇上的中学教书,奶奶教小学。每天早晨,他跟着奶奶去小学,幼儿园也设在小学里。幼儿园的老师都是奶奶的同事,对他很宽松,他得空就跑到奶奶的课堂里,坐在后面听。A——O——E,奶奶在上面教,他在下面学。一来二去,拼音他学会了。也学写数字,1,2,3。奶奶走过来,看他写的数字,扑哧笑了:3朝左开口,他写成朝右了。奶奶说:3字像耳朵,是右边的耳朵,拿笔的这一面是右边。说着提笔帮他改过来。奶奶回家对爷爷说:你孙子可聪明了,拼音和数字全会了!于是他给爷爷表演一番,读拼音他的嘴忽大忽小,写数字一个也没有错。写3的时候,他用心,奶奶双手握拳,比他还用劲。奶奶说:他可以上学了。爷爷说,还差一岁多哩。奶奶说:反正他要跟我去小学,跟跟吧,跟得上就正式上学。于是他就上学了。

他确实不笨,二年级时,爷爷就带着他把《唐诗三百首》全背下来了。他爸爸一个人住在省城,每月都会来镇上看他,他的保留节目就是背唐诗。那些诗他不全懂,但是好听。"白发三千丈,缘愁似个长。不知明镜里,何处得秋霜。"他不懂。"锦瑟无端五十弦,一弦一柱思华年。"他更不懂。现在他快三十了,就全懂了吗?不见得。他小时候是个黄毛,头发稀稀的,泛黄。后来,他的头发越发浓密,越来越黑,爷爷奶奶的头发却灰了,灰得发白了。"不知明镜里,何处得秋霜"这两句,他是突然懂得的。他上大学不久,大一,突然接到爸爸的电话,说爷爷病了,重病。无可挽回。他看着爷爷和他的合影大哭一场,突然就懂了。

爷爷曾说:我孙子一定会去留学！他果然出国读了研究生,可是爷爷已经不在了。医生说爷爷只剩七个月到一年时间,谁都不能相信。一年？只剩一年爷爷就要离开吗？除了经常咳嗽,他看起来还很健旺啊。爷爷被接到省城,住院,治疗。可爷爷最后只过了十四个月就不行了。几次化疗,把他弄得不成人形。那时骏遥在京城读大一,经常到省城看爷爷。有一天爸爸告诉他,爷爷吩咐了,让他们去老家找一块墓地。骏遥如遭雷击,顿时蒙了。但是他不能表露。他冲病床上的爷爷笑笑,跟着爸爸去了老家。一切都是熟悉的,街上不时会遇见熟人,人家都很热情,但他们欲言又止、心知肚明的神情让骏遥的心一次次被扎。穿过幼儿园边的小巷时,清脆的童声悠扬起落:鹅鹅鹅,曲项向天歌。他忍不住透过窗户看进去,孩子们整齐地坐着,仰着脖子,像一群整齐的鹅。他突然觉得最前排有个孩子特别像自己,儿时的自己,背唐诗的自己。他突然哭了。

墓地看得很顺利。墓园拥挤,位置紧张,只能尽可能气派阔大一点。他和爸爸拍了墓地的照片,远景,近景,回去给爷爷看。爷爷拿着手机还没看,手机响了,有电话进来。爸爸接过手机,接通,是推销保健品的电话,包治百病的那种。爸爸恼怒地说:不要！把电话挂了。爷爷耳朵还好,他听见了,批评爸爸说:你态度不好。他端详着手机里的照片,点点头,说:好,好！半晌,吃力地说:就是离祖茔远了一点。他的脸上满是抱歉,似乎自己提出了额外的要求。

骏遥没有见过自己的曾祖父母。他只见过照片。这一瞬间,他突然感知到,他们在,他们一直就在那里。芳草萋萋。

奶奶没有当着爷爷的面看手机里的照片。背地里她看过很多次。

她让骏遥把照片放大了给她看。她抬起头,满脸是泪。她大概在想:我也会到这里去的。

骏遥想:我为什么不读医学呢?

这个问题在爷爷住院的十四个月里,经常会来纠缠他。他读的是法律,国内顶尖的法学院,可是救不了爷爷。可他即使读了医学又如何呢?况且,爷爷装在他脑子里的唐诗,早把他变成了个文科男,文艺男。骏遥明白这些道理,可他那一年多没有心思读书。爷爷去世后又过了一年多,他才回到自己专业上来。他是聪明的,真要用功了,效果可观。大学毕业后,他实现了爷爷的预言,出国留学了。

骏遥,这名字是爷爷取的,好男儿志在四方的意思。果然应验了,他曾去国万里。现在工作了,也还经常要飞。不知为什么,他常常在异乡梦见故乡。爷爷去世已近十年,音容宛在,但是,他竟然记不起爷爷离世的准确日期。他只记得是农历五月初一,记得那一天奶奶说过这个日期。阳历是哪一天,他不敢想,不敢碰,更不敢问。他经常梦见的倒是去看墓地时路过幼儿园的情景,课堂里,有个孩子宛若他童年的样子。

他才不到三十岁,可是经常认错人。或许是头脑里想着哪个人,一眼看见谁大致相像,瞬间就认错了。这次在欧洲,一个古镇的街头,他竟然又在人群中,看见了某个故人。

从飞机持续的嗡嗡声中出来,乍然踏上欧洲,你会觉得周围是那么安静,静得让人不适应。他回国后换过几家公司,做的都是法务工作。欧洲国家他去得不少,虽然形态各异,但是它们都安详而平和,世界的喧嚣似乎与它们无关,至少他没有遇见。因为见得多,他几乎不用听他们说话,就能看出是哪国人。但是这一切跟他又有什么关系呢？或许是童年的底色在起作用,又或许,是因为在京城省城,老外已经很不少了,置身于外国人中间,他并无不适,只是感觉自己像个外人。他们的生活、他们的喜怒哀乐与自己隔着一层玻璃。

在爷爷还能自己走路时,他们带爷爷奶奶去苏南玩过一次。谁都知道这是最后的旅行了,但谁也不愿说破。在天宁寺,一辈子不信神的爷爷也去拜了菩萨。出得寺庙,爷爷喘着气说,你要好好读书。奶奶说,还要出国留学吗？爷爷说,当然！我希望你有本事。后来他出国留学,硕士毕业回国工作,女友留在那里继续读书。他们有感情,但已不那么亲密,有点若即若离。痛苦吗？似乎有点,但也不那么强烈。因为并未正式分手,至少他,也没有再交女友。男女之情恐怕也就是那么回事吧,就像爷爷奶奶,一起过了一辈子,不也总归是有一个先离开吗？

奶奶现在两个地方轮流住。每年秋天开始,她在省城住大半年,清明前回老家小镇,她要给爷爷上坟。骏遥过年会和奶奶在一起。其他的时间,他和奶奶的联系只能靠手机。奶奶因为想看他,把视频聊天都学会了。一般他每个周末都跟奶奶视频,奶奶第一次在手机里看见他,高兴地说,这个好,这个真好哎！可是她后来对骏遥说,手机好是好,就是看得见,摸不着,我亲不到你。奶奶在视频里,无非是那几句话:你要吃好,睡好,不要省钱;要好好跟着领导干;女朋友现在怎么样了？老实说,骏遥真的想看到奶奶,但对她的话,就有点心不在焉了。他能告诉奶奶,女朋友八字还没一撇？奶奶恨不得要听他报喜,女朋友最好已经怀孕了才好。如果他出差出了国,因为有时差,他和奶奶视频就不方便了。奶奶体谅他,从不打搅他的睡眠。于是他拍了很多照片,风景照,发给奶奶看。过年见到奶奶了,他就一张一张讲给奶奶听。奶奶看上去兴趣不大,那是另一个世界,人家怎么活,她不关心。她关心的,只是她亲手带大的孙子一个人。骏遥跟奶奶来了个自拍。同框的祖孙,最触目的是头发。奶奶的头发基本全白了。

这一次骏遥在欧洲待了两个月。老欧洲的白天尚有一点生机,到了晚上,简直是一片死寂。古老的街巷,昏暗的灯光,偶尔从两边住宅里出入的,也都是头发苍白的老人。这个文明曾经辉煌过,但现在,真的有些寂寥了。我们的京城是繁闹的,满街的车,满眼的人。但实际上,住宅里还是安静的。骏遥租住的是合租房,四个房间,各住一人。他们无交流,不来往,偶尔在客厅见到了,也只是点点头。他们都很文明,厨房、厕所很干净。那个公用的冰箱,也有食物的,但从来不会被拿错,即使摆坏了,也不会有人提醒你。他们都是白领,这里只是个睡觉的地方,彼此都不知道从哪里来,也不知道将到哪里去。但有个女的骏遥印象深刻。她漂亮,漂亮得让人无法忽视,可她真的有点老了,已经快四十岁了吧。这个年龄的美丽女人,应该是有故事的,但她的生活又如此简单,大早上出去,晚上回来。和骏遥他们一样,饭都是在外面吃过了。她应该是会做饭的,甚至有自己的孩子,可是她家连个访客都没有。她简单得有点过分了,这种简单反而让人觉得不简单。对了,她也曾有过一个访客,是一只狗,金毛,是她某天傍晚带回来的。调皮的金毛在客厅里乱转,在每个门前观察,还伸爪子去抓,但是门不开。唯一出来的是骏遥,那天他正好在,金毛唰唰的脚步和她的呵斥突然触动了骏遥——他家里也有一只狗的。那只叫克拉的狗,来他家已经八年了。

克拉是钻石的计量单位,取这个名字是很爱这只狗的意思。爸爸把狗带回来时说,前一家主人告诉他,这个狗六个月了。这就是说,这只狗出生的日期和爷爷去世,大致是一致的。克拉也是一只金毛,聪明,目光略带忧郁,而且它很少叫,也就是说不怎么说话,骏遥心底觉得这一点跟爷爷有点相似。克拉是为奶奶养的,爷爷去世后,奶奶第一年一直跟爸妈住。她总是怔怔的,有时走着走着会突然落泪,骏遥知道,这地方爷爷奶奶曾一起走过。克拉的到来帮奶奶度过了最难的那段日子。它像孩子一样调皮,有时又突然蹲下,凝神看你,又或者趴下来,半闭着眼睛,想着什么。骏遥终于忍不住说,克拉有点像爷爷,性格像。那时候全家人都已经很爱这只狗,都不觉得这是对爷爷不敬。奶奶大概最信这个了,她一贯认可转世投胎这类话。奶奶回老家的时候,从来不提要求的她说,我要把克拉带走。奶奶说,骏遥乖乖对不起了,我要跟它一起过。骏遥那时大一,也就是过年、国庆等节假日他才回省城的家,但他已经跟克拉混得很熟。他一回来,克拉就跟他睡,两个睡一头,除了不要枕头,它跟个人一样。骏遥跟奶奶视频时,奶奶会把克拉叫来。克拉听到手机里他的声音,来了,但它不会盯着手机看。骏遥说,克拉啊,你叫克拉吗?你知道你几克拉吗?它东张西望,汪汪叫了四声。这不对了,它四十几斤,怎么也不止四克拉的。它不识数。但是骏遥早已把它当成了家里的一员。奶奶把它带走,能一直陪着奶奶,骏遥觉得再好不过了。假如没有这只狗,奶奶能不能熬过来,还真不好说。

奶奶真的是熬过来的,尤其是前几年,尤其是还没有养克拉的前半年,那真的是在熬。不知不觉克拉八岁了,八岁的狗据说已经进入了中老年。克拉依然活泼,跟奶奶更默契了。奶奶常跟它说话,絮絮叨叨,它一副似懂非懂的样子。它其实是在等,等你在说话的间隙突然扔出一个小球,它立即跑过去,叼回来摆在你面前,你最好接着扔。它体型已经很不小,六十多斤,跑起来像水里的鱼雷。骏遥十分担心它把奶奶撞倒,事实上这样的担心是多余的,它机灵得很。骏遥的那个美女室友,把一只金毛带过来,第二天又把它送走了。她确实只能养它一天,那个周末,金毛在客厅里玩,在美女的房间里玩,后来,也好奇地跑到骏遥房间。它是个自来熟,竟然还舔了骏遥的脸。恍惚间,骏遥觉得它就是克拉,他是在家里。不过奶奶不在。当然他很快就看出这个金毛和克拉还是不一样的,长相就不一样。狗看起来差别不大,但其实相貌各异。因为这只金毛,骏遥知道了美女姐姐的名字。以前他们偶尔碰见,都是"你""你"的,你好!你好!因为逗狗,他知道了,她叫东丽。以后再见到,他就叫她丽姐。他们合住了一年多,这才算是认识了。从口音知道,她是南方人,具体哪里不清楚。骏遥其实挺喜欢姐姐型的女人,他的女友因为比较黏人,凡事要讨他的主意,他一直视为缺憾。丽姐身上的故事让他好奇,也有点畏闪,可没等到他们更熟悉,甚至都没有机会问她那只金毛是哪里来的,某一天,她就从窗户飞出去了。

那时他正换工作。偌大的京城,生存好难啊。他投简历,等待回复,在房间的时间比较多。整个房子里,常常只有他一个人,也许,还有别人,但他并不知道。他们的房子在七楼。傍晚,北风呼啸,雾霾漫天,黑沉沉的,仿佛已是深夜。房子的尖角处,又或者是电线,发出尖厉的嘶鸣,几分凄厉,几分抽泣。也许,确实是有人抽泣的,但是他没有听见。他看见窗外的楼下,路边的自行车电动车都被风吹倒了,有人围着围巾匆匆过去,费力地把某一辆弄出来,骑上走了,其他的车被视若无物。房里有暖气,但是没有人气,是另一种冷。骏遥颓然躺到乱糟糟的床上,脑子里是空的。

不久,与骏遥合租的人全搬走了。他因为新的工作还没定,一时没搬。那房东几次上门请他快些搬走。骏遥知道,他是怕老房客说出这里曾出过事,所以上一拨租客要尽早走尽。

骏遥一直记得轻生的丽姐。他搬离那个地方后,索性暂时不工作,回省城看看奶奶,还有父母。奶奶看到他当然高兴,他一进门,奶奶愣一下,立即抱住他,又抓着他的手,摸,摸。家里热闹了。克拉更高兴。它显然认得骏遥。它不断地往骏遥身上扑,等骏遥坐下,它索性跳到他身上,趴在他怀里舔他的脸,口水拉拉的,舌头还带一层毛刺。一家人坐着聊天,他把外面的世界说得天花乱坠。爸爸妈妈显然知道他的用意,知道他是想说服奶奶出去玩,旅游。奶奶的房间里,一直摆着爷爷的照片,她头发白了大半,人也瘦。爷爷生病期间,她瘦了十斤,以后就再也没有胖起来。骏遥看到奶奶没有别的老太富态,心里难受。奶奶如果愿意出去玩玩,去那些从来没有去过的地方,去爷爷没有去过的地方,也许,她能分分心,会快点走出来。两年了,一提到爷爷,她立即就会哭。她曾经说,如果不是要看着骏遥结婚生子,她抱上重孙,她真不想活下去。

可是奶奶不肯出去旅游。许多地方她和爷爷一起去过,她绝不再去;她没去过的地方呢,她又觉得没有爷爷陪着,去了也没有意义。她一辈子跟着爷爷,现在既然一个已经离去,而她也不能跟着去,那她宁愿代表爷爷陪着儿孙。这几乎成了她生活的全部意义。她开始一个人在家里伴着电视跳佳木斯舞,一种健身操。她想的是,死是免不了的,但她不愿意七病八歪的,给儿孙添麻烦。骏遥知道奶奶的心思,他劝奶奶坐一次飞机。奶奶说,飞到哪里?骏遥说,你想飞到哪里就飞到哪里。奶奶说,我不要坐飞机。我心脏不好,没准半路就吓死了。骏遥说,很稳的,比汽车都稳。奶奶说,要是跟你爷爷一起坐,我倒不怕。他都没坐过,我也不坐。骏遥说,从天上看地下,那是不一样的,你不坐飞机,永远看不到这个景。奶奶你不是老说,你又要飞啦?飞到哪里啊?你也坐一次,我陪你,不行吗?爸爸也帮腔,劝奶奶去。妈妈在厨房忙碌,插话说骏遥你索性帮奶奶办手续,飞到欧洲,或者美国玩一趟,你做导游兼翻译。奶奶还是摇头。克拉坐在沙发上,看他们说来说去,谁说话它就看谁。奶奶拽拽克拉的大耳朵,说,我哪里也不去,就陪着克拉。克拉听到它的名字,耳朵支棱起来。骏遥说,克拉,你说奶奶去不去玩?你做选择题:奶奶是去呢,还是不去呢?你说了算!克拉愣一愣,突然大叫一声,汪!骏遥笑道,它说了,去!

这些其实说了也是白说,奶奶很固执的。哪怕是孙子的插科打诨也说不动她。奶奶最后有点烦了,她突然红了眼眶说,我只想去一个地方,去陪你爷爷,我迟早要去的。她说,我听了他一辈子的,他留话让我镇上住住,这里住住,又留话叫我好好过,我都听他的。奶奶说我要去睡了。老头子要是托梦给我,让我坐飞机出去玩,我就去。

话说到这里,没法再劝她了。他们其实是担心奶奶一直走不出痛苦,怕她过不好。更怕哪天她真的做个梦,爷爷喊她去,那就不可收拾了。奶奶是很迷信的。每个清明、冬至,她都要烧很多纸,她认为这就是在给爷爷送钱。如果她真做了这样的梦,恐怕说都不会跟儿孙说,那就更可怕了。骏遥,还有他爸爸妈妈,其实都不绝对相信出去旅游有什么神奇的作用,恐怕潜意识里,还是觉得以前陪父母出去玩得太少,他们愿意在奶奶身上多尽一点心。第二天,爸爸问奶奶,妈,你昨夜做梦了吗?骏遥说,我倒是做了一个梦,爷爷叫我带你坐飞机出去玩。奶奶说,他有话怎么会不直接跟我说?告诉你们,我昨天没有梦见他。你们别想骗我。这个话题只能先翻过去了。骏遥突然心里很难过。爷爷曾说过他想坐一回飞机,可惜没有坐成。骏遥的钱包夹层里,一直悄悄摆着爷爷的一张小照,已经不知陪他飞了多少里程了。照片跟奶奶房间里摆的,是同一张底片,只是尺寸不一样。

  有一回骏遥竟然梦到丽姐了。他们在陌生的马路上迎面碰见,她说,骏遥你好。你好吗?骏遥说,还好!你呢?然后她微微一笑,就不见了。完全陌生的街道,不辨南北。梦见丽姐而没有梦见爷爷,这没有道理。爷爷多疼他啊。是因为看到克拉就想起了丽姐带回的那只金毛?好像不是。骏遥那次在省城待了半个月,差不多每天,他跟奶奶都带着克拉去百家湖边遛遛。克拉很开心,但是它不说话。爷爷当年话也不多,只是笑眯眯地看着骏遥。爸爸妈妈都去上班了,骏遥跟奶奶常常沐浴在夕阳里,坐在湖边的长椅上,克拉就蹲在他们面前,看着他们俩。也许是因为童年时他曾和爷爷奶奶一起生活过好几年,他很享受这样的场景。奶奶也会唠叨,婚姻啊,工作啊,要吃好啊,但她的唠叨里只有怜爱,没有催逼和命令。但骏遥知道,这样的局面也是暂时的,他的工作永远歇不得脚,奶奶正在无可挽回地老去。一想起与爷爷诀别的场面,他的心像刀子在挖。他和爸爸俯在爷爷身上,他的手搂着爷爷脖子。爷爷半睁着眼,目光注视他,慢慢暗淡。示波器的曲线上蹿下跳着,突然就平了,一条直线在延伸,通向无尽岁月。爷爷的身子震一下,好大的力量,然后就松弛了。骏遥突然哭了。搂着爷爷时他号啕大哭……毕竟还有区别。毕竟,他又长大了些。

他和丽姐属于萍水相逢。他依然在飘着,而她已消失不见。骏遥哪里能想到,他到欧洲的这次出差,会有如此的意外呢?

她香消玉殒,就在他的面前。救护车到来后,医生简单检查一下就宣布了她的离去。可是他在西班牙,马德里附近的一个古镇上,确凿看见了她!他首先怀疑自己是看错了,黄昏,人很多,看错是有可能的。在那么多西方人当中,少数的亚洲面孔也许显得差不多。但是,那个女人,三十多岁,长发,端丽,实在是太像了啊。或许,她就是丽姐!

那天是四月初的某一天,西方的复活节,是庆祝耶稣被钉在十字架上三天后复活的节日。那几天他在马德里附近的几个小镇间游荡。有个小镇以出产刀剑和锅闻名。刀剑和锅一律锃亮闪光,锅也和刀剑一样挂在墙上卖。他不由得想起了老家那个镇子,锅和刀也是出名的,锅是铁锅,刀是菜刀,都是灰黑色的。厨房里锅铲碰响,奶奶在忙碌,腾腾热气中,爷爷在端菜。骏遥顿时痴了。这一天有太多的恍惚,上午他就发现,除了一些挂着中文店招的小店还开着,几乎所有商店都关着门。但他没有深究,西方的节日又多又复杂,他当时还不知道这是什么日子。这个欧洲小镇是他的第三站,也是最后一站,刀剑和锅其实只能隔着玻璃看,他看得津津有味。刀剑和锅,内在的关联是显然的:用刀剑打仗,抢来食物,然后煮了吃;我们的菜刀只是铁锅的配套用品而已。突然想起这个,肯定还是源于爷爷曾说过的见解,在他还用不好筷子老想去抓勺子的时候,爷爷告诉他,我们中国人用筷子是学的鸟。爷爷拿着筷子比画,外国人用刀叉是模仿野兽,他们是食肉动物……他走着神,走到小巷的拐角,面前豁然开朗,一个巨大的广场,无数的人。声音是有的,而且并不小,但是并不喧闹。在此后的回忆中,声音被滤去了,是一段无声的场面。

有几个男人穿着法袍,另有几个小伙子举着十字架,盛装的女人和活泼的孩子,漂亮的马和骑士。这显然是个仪式。人们的表情是郑重的,但也欢欣。所有人都穿得漂亮,仿佛他们都是主角。夕阳下的古街,色彩分明的头发和眼睛,艳丽的服装,绚烂热烈。没有声音。等到游行开始,清脆的马蹄声才成为唯一记得的伴音。

其实有人跟他说话的。一个四五岁的小男孩,金发,大大的蓝色眼睛。他拎着一个小花篮,里面是几个彩蛋。他抬头朝骏遥说:¡Felices Pascuas(复活节快乐)! 小男孩拿起一个彩蛋朝上举起。骏遥蹲下身,摇手谢谢他。孩子的妈妈朝骏遥微微一笑,带着孩子走了。小男孩回头又说一句:¡Felices Pascuas! 骏遥朝他摆摆手,也说了一句。他的发音很纯正。小男孩怔了一下,突然咧嘴笑成一朵花,走远了。骏遥懂欧洲几个主要国家的语言,只要不说得很深,基本听不出口音。他见过世面,但他对中国的宗教也只是将信将疑,对西方的宗教节也就是个知道而已。在自己的游历中巧遇复活节,他只是觉得开了眼界。

游行从广场开始,沿着最宽的一条小巷进发,骏遥有点好奇,不知道他们的终点在哪里。事实上,他没有跟到终点。尾随的人很多,有不少亚洲人。他们只是看客。骏遥拿着手机录着视频,准备与家人分享,就在这时,取景框里出现了一个女人,那身姿是多么熟悉。丽姐!他差点就要喊出来,他从手机上移开视线,瞪大眼睛看着不远处的她。是她,是丽姐!他双腿发软,满脸惊讶,不,准确地说,是满脸惊恐。长发,端丽的侧影,窈窕的身姿,不是她是谁?

夕阳的余晖已然收去。房顶依然驳杂地亮着。小街蜿蜒起伏,地势高差很大。游行的人正在向下走,她也在向下走。他举着手机的手不自主地垂了下去,画框里是一片脚。等他感觉到自己手臂的存在,只觉得手很沉,像丽姐躺在他手臂上的时候那么沉。游行的队伍走得很快。他石化了一般站着,像水里的柱子。丽姐似乎回头看了他一眼,目光淡淡的,似有若无地友好。是陌生人的眼光,顶多是看见本族人的意思。骏遥嘴张了一下没敢喊。他赶紧往前走几步,但街道两边不断有人汇进来,而且,道路此时已变成上坡了,不断有人挡住他,挡住他的路,更挡住他的视线。终于,他发现有好些人在看他,而他的视野里,那个丽姐,已再也找不到了。

队伍走远了。骏遥举起手机,点一下,唤醒了屏幕,他录下了游行队伍的影子,这次经历的尾声。

刚才,他们相距那么近啊,再紧跑几步,就触手可及了。

怎么这么笨呢?他真是太急了。他应该保持举着手机的姿势,猛追几步靠近她身边,先把她录下来。那样,他肯定能录下她回眸淡淡一笑的样子,让他在此后追忆时,能有一个确凿的根据。可现在,除了他的记忆,没有任何东西能够证明他曾经的邂逅,甚至没有任何证据证明他在万里之外的异乡见过一个哪怕仅仅是长得相似的故友。他相信她一定住在附近,因为她身上连一个最简单的行李都没有,就是一副从家里出门来看热闹的样子。他改变了行程,第二天继续留在古镇,寻找他看见的丽姐。可惜,他没有找到。

  从那一天开始的恍惚只能继续了。以至于在旅馆里,奶奶把视频拨过来,他一时都没有反应。老欧洲的夜晚安静得很,国内应该是下午。他看见了视频里,奶奶身后的窗户,阳光灿烂。因为逆光,奶奶的脸显得黑。他请奶奶转个身,奶奶脸不那么黑了,但是苍老,白发和老人斑触目惊心。他已经打定主意,不和家里人在视频里说昨天的奇遇,因为一时说不清,而且,他自己也还稀里糊涂的,而且,他累,心累。他请奶奶去把克拉唤来,前几天跟家里视频,他就没看见它,奶奶说它不肯过来。今天奶奶说,你爸带它出去了。克拉不肯过来是常有的事,骏遥甚至上网查过,狗视力很一般,对手机上的图像完全没有兴趣;这会儿正是遛狗的时间,骏遥当然也觉得正常。他注意到奶奶脸上的一丝愁苦,但却没有觉察到她转瞬间的慌乱表情。

  此后几天的旅程,他看景,更在看人。明知道他看见的丽姐并不可能在外地出现,但总还希望奇迹重现。他们迎面遇见,她说,骏遥你好!他就像在合租的客厅那样,回一声你好,然后呢?他说,你怎么在这儿?他不知道她会怎么回答。那段视频,人群中她的侧影,成了他的记忆中丽姐的最后图景,他疑惑,也很珍惜,至少,这段影像暂时或者永远取代了她躺在京城冰冷路面上的样子。

  他还没有想好,回国后他见到奶奶,还有爸爸妈妈,他要不要给他们看这段视频,要不要说起这段经历。此前他从未向家人说起过有室友轻生,更没有提起过丽姐这个人。他明白他很难做到把这段视频仅仅当个海外奇谈来说。他觉得自己是有些奇怪的,明明父母是最亲的人,可是他最依恋的是爷爷奶奶;明明他有女友,而且就在欧洲,他本可以去看她,可他没有,倒是在追寻一个叫丽姐的女人;明明他现在跟奶奶最亲,但他们视频时,他却也没有多少话说,倒是老问起他家的克拉……他似乎真有点错乱了。十年前,他刚考上大学,爷爷奶奶还健康,爸爸妈妈还算年轻,那是他最快乐的时光。如果有可能,他真的愿意自己永远不长大,家人们也永不老去。但是,这怎么可能呢?空间可以变换,你可以东跑西颠,但哪怕存在时差,时间还是最残酷无情的。跟奶奶视频的时候,有时克拉也会跑过来,虽然它最大的兴趣也就是有一次在屏幕上舔了一下,但那一瞬间的画面还是让骏遥产生了截个图的冲动。但是克拉转眼就跑了。他只截了奶奶一个人的一张图。奶奶眯眼笑着,嘴半张,那是在说话。骏遥看着手机,突然心里战栗一下。爷爷的照片在他的钱包里。

他瞬间打定了主意,不给家人看那段游行的视频。什么也不说。手机里有无数他曾游历的美景,足够分享了。可以肯定的是,克拉对美景不会有兴趣,但它会缠着你要你跟它玩,他会抱着它在床上打滚,会不断把小球扔出去,让它捡。但视频里克拉已经好久不出现了。那段古镇奇遇发生前后挺长时间,他都没有看见它。后来有一天,他又问起它,奶奶恼火地说,它就是不肯来啊!妈妈在边上提醒奶奶,把手机转过去。于是骏遥看到了他的金毛,克拉正趴在垫子上,眼睛都懒得抬一下的懒样子。骏遥喊它,它只把耳朵支棱了一下。

一个月后,骏遥回国了。他的手机里。有近千张照片、几十个视频。如果不是手机容量有限,肯定还会有更多。他希望奶奶会有兴趣。登机了,很多人大包小包地排队称重,骏遥想,我的手机满了,但它并不会增加重量。有一样东西他没有拍下来,那就是欧洲澄澈透明的空气,透明的空气谁也拍不出。就像爱,有时也是透明的。坐在飞机上,他心里只有一点温润的兴奋,谈不上归心似箭。十几小时后,他将降落,几天后,坐四个小时高铁,他就回家了。

与儿子的视频通话,已经成为他们家的重要程序。时间不那么固定,因为骏遥实在是太忙了。他要加班,要出差,甚至经常要到国外,谁还忍心打搅他?现在的孩子真难啊,稳定称心的工作在哪里?房子又在哪里呢?可是儿子不愿意回来,哪怕他已经给儿子在省城找好工作。做父亲的私下里也有过抱怨,他爷爷这名字取得不好,骏遥,骏遥,可不就是要跑啊跑,奔跑不息吗?当然这种抱怨他不会跟骏遥说,儿子跟父母话本就不多,回来了,也就是跟他奶奶说得多点,他们要了解儿子的情况,常常还要去问他奶奶。这一点,他很无奈,他和妻子能做的,就是在自己职业生涯的后期,尽可能地努力,争取能给儿子更多的支持,京城的房子,那是天价。

情感的关心当然也很重要。但是,他们之间不但有代沟,甚至有隔阂。这都是那几年妻子留学把儿子送到他爷爷奶奶那里造成的。冷不丁,儿子从三岁就长到八岁了——至少在每年只回国一趟的妻子眼里是这样吧?儿子亲口问过,你们能说出几个我小时候的朋友?你们知道我第一次跟别的小孩打架是为了什么事吗?——他们真的说不出。问题又岂止这些呢？他和妻子都算事业有成，妻子因为有洋博士学位，更是干得风生水起，他们的说话方式骏遥难以接受，于是做父母的尽量不说自己的事。他们觉得自己说话已经很注意了，不命令，只建议，但骏遥寄了本书来，还画了重点，书里说：父母最好别说"我觉得你应该"或是"我建议什么什么"，而应该说"你觉得你是不是可以试试什么什么"——这有区别吗？有多大区别呢？

总之，沟通是不顺畅的。效果不好。他也在努力改变，妻子毕竟是母亲，毕竟是她的出国深造直接导致了与儿子的分别，她的改变比他更有成效。这样也好，儿子跟奶奶聊聊家常，一起逗逗狗，与妻子说说他的工作，他只做个背后的支撑，这样的局面也蛮符合传统中国家庭的模式。

就是说，他的改变就是目前少跟儿子谈心，这样的改变有点无能，也很无奈。但他相信，血缘是这世界上最强大的，终有一天，也许仅仅是一件什么事，他将与儿子瞬间达成彼此的理解。也许，是等他生了自己的孩子？可这要到什么时候呢？现在想这个，岂不是也有点婆婆妈妈了？

他很累，最操心的是骏遥的发展，还有母亲的健康。他的生活其实一直在改变，改变与儿子的沟通方式是主动的，另一些改变则完全无可奈何，不可阻挡。是的，他渐渐变老，妻子也不复往日容颜。他们都有了白发，精力也大不如前了。以前不管多累，睡一觉就好，现在是累极了，浑身酸痛，却睡不着，第二天更累。这些，他还可以挺着。但父亲的离世却是猝不及防的。仅仅十四个月，亲切的父亲就化为一缕青烟，变成了墓碑上的名字。领到父亲的骨灰时，他捧着红袋子，热的,比体温更热,他蹲在地上哭得难以自抑。父亲被安放在墓地的石匣子里,空着一点位子,那是给母亲留的。母亲的名字也已刻在墓碑上,只是还没有描黑。他每年都去扫墓,当年栽下的一棵小杨树又开始绽绿了。

骏遥无论多忙,清明节也都会去扫墓。他长大了,前些年还哭,这几年已经不哭了,只默默地烧纸,他嘴里有时会念叨什么。清明时不下雨就要刮风,听不清。但去年,骏遥又在念叨,那个清明的风忽东忽西,突然就吹来了他的话:……奶奶长寿快乐,爸爸妈妈身体健康……爷爷……听到这些话,他突然热泪盈眶。骏遥递来一包纸巾,说,烟太呛人了。

骏遥原本跪着,突然站起来,像是忽然间长大了。明眸皓齿的儿子,已经比自己高的儿子,胸肌饱满,前额的头发被烘焦了一点。他真的感觉到自己开始衰老了。给父亲看墓地的时候,他曾想到过,自己以后魂归何处?但当时,实在是怕这个问题。他本能地畏闪。得知父亲的病情,知道一切都无可挽回,他心里想得最多的,是这个大家庭的柱子要塌了,一切都要改变了。待到父亲真的离去,最让他牵挂的,就是母亲。人终究是要一个个离去的,人能做的只是延缓。父母健在时,他从来没有想过自己也会死。即使理论上明白,但实际上并没有感到威胁。父母是死神的防火墙。现在,这防火墙已经塌出一个缺口了。死神终将兵临城下。

但至少目前一切都已趋于稳定。母亲虽然话比父亲在的时候少,但至少骏遥还能让她笑起来。还有那只金毛,是骏遥提议要养的,名字也是他取的。克拉抱回来一个月,暑假结束,骏遥就去京城上学了。

只一个月,克拉就已成了家里的一员。它跟母亲最亲,因为她每天遛它两次,喂食也是她的事。骏遥寒假再回来,大家才发现,克拉最亲的还是他。狗以前是决不许上床的,但骏遥带它睡;以前只给它吃狗粮,骏遥喂它吃肉、吃饭,于是它从此再也不肯吃狗粮了。这些习惯一旦养成就改不掉,或许也能改掉的,但是谁忍心呢?骏遥把克拉惯得像个人,他回京城了,狗就跟着奶奶,也同吃同住,只是因为镇上的老房子不是木地板,总有点脏,奶奶不许它上床,摆块垫子让它睡在床边。

奶奶是离不开克拉了。她到省城、回老家,总是带着它。她还护短,偶尔它闯了祸,譬如把什么东西搞坏了,媳妇训斥它,它知道犯了错,会悻悻地自己跑到墙角,趴在地上不吭声。媳妇如果继续骂,奶奶就会说:好啦,你就当是我弄坏的,好了吧?它吃饭时一直来讨肉吃,人立起来,扒桌边,一块一块的,媳妇有点烦,也有点舍不得,奶奶就会说:你就当我多吃了一块吧。

所以母亲在省城的时候,家里像是四个人,骏遥虽然在京城,甚至这次在国外出长差,他还是通过手机跟家里紧密相连。不需要骏遥开口,奶奶总会喊克拉过来,它不肯过来,奶奶也会把摄像头转一下,让它在骏遥眼前露个脸。夫妇俩坐在沙发上看电视,相视一笑。他倒没有被冷落的感觉,只觉得担子蛮重的,母亲的晚年、儿子的未来,他都要撑着。他是这个家庭的腰。

阴雨天狗由他遛,他怕母亲跌跤。克拉一般是优雅的、听话的,可是一旦遇到母狗,它就不听话了,绷着绳子使劲往前跑。好大的劲啊。第一次遇到这个情况,他猛一拉绳子,腰竟然被闪了一下,手一松,克拉竟然跑远了。当然他很快就把它追回来了,他忍受着母狗主人的埋怨,气喘吁吁地想:这个东西,还真是个累赘。

但他其实知道克拉在儿子和母亲心里的地位。等有一天克拉生了病,他突然也明白了,克拉在自己心中的地位。先是母亲有一天遛狗回来,他发现克拉进门后地板上有血。原来是在外面戳破了脚。这本是个小事,涂涂莫匹罗星,再给它穿上雨雪天穿的狗鞋,几天就好了。不知怎么的,后来它又不吃饭,老是躺在地上喘气,连出门溜达都不怎么愿意了。奶奶心疼,抱着它摩挲。突然她叫一声:它这里长了个东西啊!

是淋巴癌。脖子那里长了一个瘤子,越来越大。到宠物医院,后来天天去,再后来直接住在那里了。

克拉戳破脚的事,骏遥是知道的。自己动手给它治好了,还很得意,把克拉抱过来,举着前爪给骏遥看。后来克拉真的病了,家里人商量了,不说,不告诉骏遥。孩子刚去国外,何必让他分心呢?——他们当然也不知道,骏遥也有事情没有对他们说。也许,彼此间并非什么事情都说出来,这才是亲人吧。

自从养了克拉,他不得不懂得了一点"狗经",知道除了一些特殊的病,狗也可能会生人的那些常见病,关节炎、糖尿病、高血压,甚至癌症。结局几乎也是一样的,那就是无力回天。狗一般能活十二岁,克拉八岁就得了这个病,你完全找不出原因,你只能尽量帮它,然后,看着它离开。

克拉刚生病时,病恹恹地趴在地上,眼巴巴地看着你,跟着你的活动转一下头;后来,经常躺着哀号,流泪,眼睛无神地看着虚空。最后一段日子,它留在医院里,只能每天去看看它。不想让骏遥知道,其实是有难度的,但是只要用了心,也能做到。骏遥在国外,能看到的也就是视频,视频的时间是不确定的,于是,带它出去遛啦,到宠物店洗澡啦,都能成为它不出镜的理由,实在不行,还可以说它钻到床下了,就是不肯出来。开始的时候,他们只是不想告诉儿子克拉生病,并没有想到克拉会死,等到事情已无可挽回时,他们痛苦,但更难的是,他们怎么跟骏遥说,又或者是,不说。出差的骏遥终究是要回来的。

　　回国的时候已经是初夏了。骏遥飞了十几个小时,在京城略作休整,马上就乘高铁回家了。

　　南方已有些燠热。整个城市树木葱郁。骏遥自己拖着个小行李箱,乘地铁,转公交回家。为了不让家里人接他,他故意不告诉他们车次。上大学时奶奶和爸爸曾接过他,可实际上是爸爸带着奶奶乘了一回地铁,地铁上的那些标志奶奶根本不会看,上下台阶奶奶也爬不动了,要人带一把手才行。那时候他就觉得,要赶快带奶奶出去玩,再晚奶奶就真的玩不动了。

　　省城满眼都是绿色。空气仿佛都带了点绿,虽不如欧洲那么清澈透明,但这里的空气更让他感到亲切,这是家的味道。离家越近他越熟悉,下了地铁,已完全是他少年时的领地了。他下车的车站就是他上中学时每天要乘车的车站,路比以前平了,拖箱在地上滑得很顺溜。这是向晚时分,因为是休息日,路上并不拥挤。突然,他看见了一只狗,白色的牧羊犬,不是金毛。有人在遛狗了。奶奶会在遛狗吗?

　　遛狗的是个老太,但不是奶奶。那老太身边跟着个老头,正做着手势跟老太说话,很一家之主的样子。虽然爷爷在时也经常在这里散步,但他跟奶奶一起遛狗这个场面却永远不可能出现,因为克拉是爷爷走后他们才养的。

骏遥站在树荫下,一时怔住了。离家已经很近,拐个弯就到了,周边都是老小区,路边都是老树,遍身苔藓。他上次在家还是去年元旦,树木凋敝,再来时已是绿荫如盖,树像是又长大很多。骏遥曾经在曲阜看到过唐朝、宋朝的树,树上的叶子还像是新的一样。爷爷去世已经八年了。

进了小区的门。拖箱轰隆隆地一路响过去。骏遥拎起拖箱上二楼。家门里早已有反应了。狗在叫,很威武的声音,带了胸腔共鸣。狗在扑门了,爪子抓得门唰啦啦响。他正犹豫着要不要掏出钥匙开门,门开了。他先听到奶奶在喝狗,然后,门开处,奶奶满脸是笑地迎了出来。乖乖回来啦!奶奶的身后是爸爸,他边上是拿着锅铲的妈妈。狗这时倒后退了,四爪踞地站着,看看这个,又看看那个,不知道怎么才好的样子,喉咙里呜呜的声音流露出它的警惕甚至敌意。爸爸说,克拉,小主人回来咯,怎么还认生哩!他伸手接过骏遥的箱子说,你这一次时间长了,半年,克拉记性不好。在厨房里忙着的妈妈说,不是时间长了,是远了,你在京城总觉得不远,四小时就能回来,在国外,那可是一万公里,抱也抱不到,摸也摸不到。她说着,扬着锅铲跟骏遥抱了抱。锅铲上大概滴下了什么汁水,那狗低头在地上舔了起来。

奶奶和爸爸妈妈似乎都瘦了些,倒是狗胖了。它喜欢眯着眼,更显得眼睛小。这是个小眼睛的狗,骏遥到自己房间,它跟也跟过去,但是,它不往床上跳。这张床骏遥不在家时是空着的,它还没有学会往上跳。它虽然还叫克拉,但它不是克拉,这一点骏遥几乎进门就知道了。天下的狗,即使品种一样,其实和人一样,长相都是有区别的。骏遥明白了,他的克拉死了,他曾经隐隐中认为跟爷爷有某种关系的克拉已经死了。他几乎立即就看见了这半年来家里的变故。他不知道是谁想出的主意,再抱一只看上去差不多的金毛来代替,总之,家里人是不想让远行的他伤心分心。好吧,那就不分心,也不问。它也叫克拉好了。于是他喊,克拉!

那只金毛确认了是在喊它,它过来了。骏遥把从国外带来的礼物拿出来分给父母和奶奶。奶奶的帽子,妈妈的围巾,爸爸的是两件衬衣;每人都有一些滋补品。连克拉也有,是一根橡胶的骨头,咬了会吱吱地叫。克拉被喊过来,对骨头嗅一嗅,不感兴趣。奶奶说,克拉你咬啊。克拉就是不咬。骏遥蹲下,示范着把骨头放在嘴里咬出声,又塞到克拉嘴里,两手摸着它的头让它咬,克拉头一抖,力气很大,把骨头甩出去了。爸爸苦笑。这时厨房传来了焦煳味,奶奶说,什么东西烧煳了!妈妈跑过去,立即关了火,说,骏遥回来我们都高兴得!连克拉都智商下降,不会玩玩具了。

饭桌上,奶奶问,欧洲好玩吗?你都晒黑了。骏遥说,好玩啊,吃过饭我给你们看照片。奶奶哦了一声,往他碗里夹菜。奶奶想挑一块好肉,她眯着眼,夹了一块带着肥肉的。她眼神显然不行了。骏遥从小不吃肥肉,哪怕一点点也不行,但他没吱声,硬着头皮吃掉了。奶奶的心思完全在他身上,只有他的事才能让她挂怀。骏遥知道,爸爸妈妈会跟他谈工作,谈发展,奶奶还会问他女朋友的事。果然,饭后,奶奶把他喊到她的房间里,摸出一张卡,说又给他攒了五万块钱,让他抽空去银行转走。骏遥看着靠墙的桌子上爷爷的照片,嗓子哽住了,不能说话,只嗯了一声。顶灯开着,灯光下,奶奶的白发触目惊心。这时妈妈来敲门了,她俏皮地说,我们能参加吗?我们还想分享你的欧洲之旅哩。不知道怎么的,骏遥这时只有一个念头,他就想带奶奶出去玩一次,欧洲、美国、澳大利亚、新西兰,都行。奶奶对出国依然没有太大的兴趣,对骏遥带回来的照片也是无可无不可的样子。骏遥搬来自己的笔记本,把照片导到U盘,他打算在电视上放照片,这样奶奶才能看清楚。电脑在工作,需要一段时间。骏遥突然说:奶奶你知道吗?这次我出去,遇到一件奇怪的事。

奶奶问,什么?

爸爸妈妈也饶有兴趣地看着他。骏遥说,我在马德里附近的一个小镇上,遇到了一个人。

奶奶问,哪个?

骏遥说,你们想不到。我也想不到。他说,那天有很多人,在看复活节。我无意间看见一个人,跟爷爷很像,简直一模一样!

爸爸妈妈瞪大了眼睛。奶奶说,你看见你爷爷了?在外国?!

骏遥说,我不敢说就是爷爷,但实在太像了。他看看爷爷的照片,说,我跟过去,却跟丢了。我第二天又在附近找,找到他了。他开着一个饭馆,可是他不怎么会说中国话。

奶奶难以置信地看着骏遥,抓住了他的手。他不认识你吗?你说你是骏遥啊!

说了!我没看出他认识我。

爸爸妈妈看着骏遥,满脸的震惊、疑虑,如梦似幻的表情。一时间骏遥自己也有点恍惚。奶奶站起身,走到爷爷照片前,一言不发地看着他。克拉大概觉察到什么,跑进房间,不安地在窗前桌边转来转去。半晌,爸爸说,骏遥,你说那天是什么节日?复活节?骏遥说,是的,复活节。奶奶说,就是转世投胎的日子吗?妈妈说,是的,耶稣复活。奶奶后退几步,跌坐在床上,喃喃地说,真的转世投胎了吗?

骏遥摸摸克拉的头。那只真正的克拉,它的皮毛比现在手上的更为柔软。你摸它,它会转过头舔你的手,但这只金毛不会。妈妈问,你当时没拍一张照片吗?骏遥说,没有拍到。第二天我去找,也没想到真还能遇到。遇到了,那个人不肯拍照。他直朝我摇手,好像听不懂中国话,是外国人,外国人不肯随便拍照的。

这样的解释令人将信将疑,但也不可验证。奶奶问,你记得那个地方吗?再去,还能找到吗?

玉兰花瓣

天很热。午后的阳光下,院子里的青砖地明晃晃的,有一些砖头竟像脱落的小镜子。厨房边有一片阴凉,玉兰花开得旺盛,绿叶森森,白花朵朵,在燠热的空气中散发着幽香。

远处的大街上,有市声隐约传来,小巷深处的院子更显幽静。没有风,花叶纹丝不动。除非你看见厨房外墙上的水龙头还在滴水,半晌一滴,落在水盆里,眼前的景象就像是一张照片,一个已经死了的院子。

莲香坐在西房里,不紧不慢地做着针线活。头顶上是一个微风吊扇,吹得头发不时耷拉到眼前,她抬手捋捋,把针插到手里的衣服上,站了起来。这是一套棉衣,靛蓝色里杂着一些白色的碎花。布料是她自己挑的,里面的中空棉是她在街上买的。她开始准备料子没人知道,自己动手裁、缝,个把月的工夫也就差不多完工了,直到现在也没人知道。她把棉袄和棉裤摆在床上,摆成一个人的样子,恍惚中她已经穿了进去,躺在里面。

这是莲香的最后一套衣裳。是寿衣。她不想麻烦别人。幸亏她年轻时在服装厂做过,学得了全套手艺,虽有些手生,但还拿得起来。寿衣都是棉衣,不管什么季节用上,都是冬衣,难不成那边总是百花凋零的寒冷冰窟吗?

不知道是不是这个理由,总之这是规矩,自古以来就是这样。除了棉衣,其他的衣裳,内衣、棉毛衫、毛衣等等,莲香也备好了,都是新的。她专门腾了一个小箱子摆好。不用明说,到时候女儿自然能够看懂。

太静了。耳朵里有幽远的嗡嗡声,仿佛是蝉鸣,却没有蝉鸣的那种断断续续。耳鸣的毛病已经很久了,自从马老师去世,她的耳朵里就钻进了蝉的灵魂,一边耳朵一只。这倒也好,至少有两只虫子一直陪着她,还不用喂,也不担心它们冬天会死。

想到这里,莲香脸上露出了一丝笑容。她笑起来是很好看的,年轻时像一朵花,招人喜欢,老了的笑容也不难看。她很少大笑,只是眉头稍稍舒展一下,嘴角翘起来,笑容就像水波那样漾开来。此时她的笑容有点苦涩,木木的,像玉兰花临近凋谢的样子。

她喜欢花。这里的人都喜欢花,老早还没有指甲油的时候,小女孩就用凤仙花染指甲;长大一些,她们高兴起来就会在头上簪花,栀子花、月季花、蔷薇花;结婚成家当妈妈了,一般就不再在头上戴花,只别在衣襟上,玉兰花,三两朵并成一朵,好闻又好看。莲香家原本种了好几种花,马老师走了后,莲香精心侍弄着,但第二年,还是悄悄死了不少。只剩一丛玉兰花,大概因为那里阴凉,倒长得更盛了。

莲香也是这么过来的,染指甲,簪花,别花。花开花谢,慢慢就老了。也不算很老,也才过六十,可是马老师走了后,她一下子觉得自己彻底地老了。玉兰花每年初夏就开,一直到秋天还零零星星地绽花。去年,莲香以为花期已经过去,早晨刷牙时却突然看见又一朵玉兰花从绿叶深处探出头来。她又惊又喜,回头喊:马老师!这一声喊出,突然愣住了。她把最后一朵玉兰花摘下来,摆在一个水碗里,放在家神柜上。家神柜上是马老师凝固的笑脸。

玉兰幽幽。屋子里显得阴凉,外面依然火辣辣的。莲香跑出去,摘了几朵花,添在水碗里。马老师的笑容在玻璃里闪烁了一下。莲香拈一朵花,别在衣襟上,镜框里的玻璃上出现了她的身影。她轻轻骂一声:笑,你就知道笑!好看吗?

好看。真好看。莲香似乎听见了马老师的声音。当年她参加镇上的文艺宣传队,马老师负责辅导,第一次排练,莲香有事去迟了,马老师一眼看见她,上下打量了她一下,自己倒先脸红了。莲香耳鬓插了一朵玉兰花,马老师笑道:真好看。他声音不大,但莲香听见了,其他姑娘也听见了。她们起哄,要莲香问清楚,他是夸人好看,还是花好看。莲香也想问的,但始终不好意思。

马老师是镇上中学的老师,英俊挺拔,吹拉弹唱样样精通。莲香能跳能唱,身材又好,也是宣传队一枝花。先是,马老师指导莲香格外用心,以表扬为主,领唱、独唱、领舞,马老师扬着嗓子,举起右手一扬一扬地教她唱,又低下身子纠正她的腿姿。莲香簪的花掉了下来,落在他面前,他随手捡起,抬手就要给她戴上。莲香一把就推开了,抢过花自己胡乱插好。他怔在那儿,周围不少姑娘哧哧地笑。自此,他们就好上了。后来,就结婚了。

他弯腰捡花的时候,莲香看到他白衬衣的领子里有点脏。他们好了后,他的领子就总是洁白的。那时候男人穿不起白衬衣,戴假领子。假领子小,几把一搓就好了,莲香把他的假领子和自己的胸衣一起洗,两人的身上就有了一样的味道,是莲香用的是玉兰花味的香皂。现在想起来,她自己也奇怪,怎么就没有问他一下,他们第一次见面,他脱口而出的"真好看",究竟是夸人还是夸花?

一直没有问。现在已没处再问了。

家神柜上摆着一碗菜,红烧排骨,是马老师喜欢吃的。早前生活拮据,难得吃,后来宽裕了些,莲香每星期总要做个一两回。不知道是不是因为营养太好,马老师后来很胖,突然有一天睡下后就没有醒过来。不到七十,真是早了。可莲香现在倒羡慕他有福气,没有受罪。除了清明、中元、寒衣和冬至供饭,莲香时不时也会在马老师照片前摆上一碗红烧排骨。不再管他是不是要降脂减肥,既然已经离开了,还是照顾他的口味吧。

莲香做排骨很拿手。做姑娘时,她不怎么会做家务,只看母亲做过,轮到她自己了,她不知道要焯水去腥气,收汤常常过了火,焦了。试了几回才掌握了窍门,还无师自通地用老抽加点冰糖上色。莲香的耳朵里一直有蝉鸣占着,嗡嗡的,她其实听不见苍蝇飞,可苍蝇不知道,它躲在排骨上一动不动,看见有手伸过来,才吓得腾空而起。莲香的手挥一下,端起碗,撩开门门帘往厨房去了。

她没有胃口,但饭总还是要吃。

爬过苍蝇,必须要热透。莲香刚把排骨倒进锅里,院门那里有了动静。她抬眼一看,毛豆已经站在厨房门口,摇着尾巴。它是从围墙下的狗洞进来的。紧接着院门一响,门开了,小宝进来了。毛豆是家里的狗,马老师走了后莲香捡来的。小宝是巷子对面邻居的小孩,毛豆是他的玩伴。这一人一狗也不怕热,头上都沾着树叶,小宝手上抓着一把蝉蜕。厨房里灶头燃着火,很热,莲香让小宝去堂屋里待着。小宝去了,毛豆蹲在地上不肯动,眼巴巴地看着莲香。莲香懂了,假装做一个揭盖起锅的架势,毛豆嗖地蹿了出去,头在纱帘上一顶,进了堂屋等着,还探出脑袋朝这边看。

纱帘下面早被它顶坏了,苍蝇就是这么进来的。莲香第一次看到毛豆时,它还有点憨憨的,看不出品种,正在翻一堆垃圾。莲香给了它一根火腿肠,它就跟着走了。莲香加快步子,假装赶它离开,可它一直跟到了家。跟到家莲香也还没有决定养,直到看出它是只母狗。

毛豆长得很快。也看出来了,是土狗。土狗也不能不养了,有感情了。莲香请人在院墙上开了个洞,毛豆就能随时进出了。土狗性子野,关在家里是养不成的。独居的莲香养个狗看家,也能解闷做伴。毛豆一般待在院子里,东转转西嗅嗅,无聊了就趴在厨房外的狗窝边睡觉。但一不留神就会跑出去,不是有狗洞嘛。它跑出去莲香也不操心,到时候它自己会回家。小宝家只隔一条巷子,毛豆到了放学时间,耳朵就会竖起来,小宝家门一响,它嗖地就钻出去了。再回来时,常常后面就跟了个小宝。

毛豆很聪明。莲香并没有教它握手作揖之类的把戏,但莲香说的话它好像全懂。小宝是真喜欢这只狗,常常会带东西给它吃。还买了小球、假骨头之类的几样玩具逗狗。他把球远远地扔出去,毛豆乐颠颠地捡回来,交到他手上。这把戏人和狗总也玩不厌,乐此不疲。

莲香听说小宝功课并不太好。他是个小胖子,未见得很聪明,见他老夸毛豆聪明,莲香忍不住想笑。也亏得有了毛豆,这院子才有了一丝生机。毛豆单独在家,院子冷清清的,小宝来了,这院子才像活了过来。

小宝在学校的时候,毛豆有时也悄悄跑出去,不知道到哪里去晃荡。它出去时一声招呼也不打,回来时却一定要找到莲香,在院子里叫,四处找,围着莲香摇尾巴,又蹦又跳。有一年春天,它回来后却不找莲香,自己钻到狗窝里睡觉。后来发现,毛豆怀孕了,四个月后生了三只小狗,虎头虎脑的,跟毛豆被捡回来时差不多,只是身上多了几块白色。小狗满月后,莲香悄悄把小狗全送了出去,她只想养一只狗。小宝也想要一只,被他奶奶骂了一顿。小宝奶奶和莲香不怎么来往,莲香听见她在巷子对面说:你去玩玩还不够啊,要带回家,想都别想!

也说不上有什么矛盾。小宝奶奶一直跟莲香是同事。镇上先后办过许多镇办厂,磨刀石厂、文具厂、服装厂等等,后来都倒掉了。原因很多,主要是因为产品好,实用,镇上家家户户都有办法免费使用,源源不断,还能惠及四乡八舍。最后一家镇办厂做的是橡皮筋,这下子女人们阔绰了,头发上扎着,手腕上还戴着,小男孩们几乎人人一把橡皮筋弹弓,树上的鸟儿遭了殃,厂子当然也倒掉了。莲香在几个厂里都做过,最后在供销社落了脚,直到退休。小宝奶奶也几乎同一个轨迹,莲香在供销社站糖烟酒柜台,小宝奶奶卖布。本来也没有竞争的,但就是不怎么亲热。这不奇怪,镇上的女人们大多是这样的。

  但小宝到莲香家玩,他奶奶并不反对。他把橡皮筋套在毛豆的脖子上,毛豆用爪子又拨又扯,啪地一弹,吓得一愣一愣的;再一扒拉,皮筋崩断了,不知飞到了哪里,毛豆还要在地上找,小宝笑道:我多哩!他手腕上果然还有好多,还想给毛豆套上一根,毛豆头一歪,跑开了。莲香热好了排骨,做好了饭,端到堂屋里来,小宝说:好香。却不肯吃。莲香皱皱眉,自己吃饭。她夹起一块排骨,还没送到嘴边,一阵反胃,胃里像翻江倒海。她忍住,放下了筷子。小宝奇怪地看着她,问:马奶奶,你怎么啦?

  莲香苦笑道:没怎么,这排骨变味了。她一点小宝的额头说:难怪你不吃。

  小宝咽了咽口水。莲香喊一声:毛豆!

  哪里要喊呢。毛豆早就急不可耐。它扒在条凳上,尾巴摆得像个扫帚。莲香捏一块排骨往前一送,毛豆头一点,进嘴了,咬得咯嘣咯嘣的。

  莲香说:小宝,你来喂毛豆好不好?

  小宝说好!左右手各拿一块排骨,蹲在地上,左右开弓地逗毛豆。莲香说:小宝,我把毛豆送给你养,好不好?

  小宝迟疑一下道:我奶奶不让养狗。

  莲香说:毛豆还住在这院子,还睡它的狗窝,你过来喂它好不好?

  小宝说:这好呀!又迟疑道,马奶奶,你为什么不喂它?

莲香说:奶奶老了,喂不动啦。

这话小宝不怎么懂。喂狗需要力气吗？不好懂的话小宝是不去想,况且毛豆也不允许他想,它吃完了两块排骨,把地上的骨头渣子都舔干净了,抬起爪子又去挠小宝。小宝问:都给它吗？莲香说:不,留一点,狗也会吃撑的。

小宝奶奶在巷子对面喊他吃饭了。

莲香说,她喂不动了。当然不是喂不动,是她知道自己喂不久了。她得了治不好的病。医生看着报告单说:你家里人呢？我想跟你家里人说说。莲香说:家里人来不了啦！医生似乎明白了,歉疚地苦笑一下,不知道说什么好。莲香拿过单子说:我明白了。我回去想想再来找你。实际上她没有再去医院。活到这么大,她有什么不明白的？她只是羡慕马老师命好,抢先走了,还一点罪都没受。

出了医院她在台阶上坐了很久。想给女儿打个电话,想想还是罢了。不难受到那个份上,她也不会去查,这报告其实只是个印证。这样的检查,人家都有儿女陪着,莲香从来没有想过要女儿陪。她这辈子最大的遗憾就是没有生养。起先,还认为是自己的问题,马老师也认为问题出在她身上,有一阵子,态度都不好了,最后竟摔锅打盆的。他那么个斯文人,赌气起来是很可怕的。后来她悄悄去医院查了,一切正常,只能是马老师的问题。莲香有了底气,劝他也去查。不肯,就逼他,逼了也没用,她就激将他。从医院出来后马老师就蔫了。这一蔫就是好多天。莲香心疼了。她有点后悔逼他去医院检查了,如果不查,就让马老师认为是她的问题好了,他也就是赌个气,她习惯了也就罢了。现在这样,还是个不能生,倒把个男人逼成这样,有什么好呢?

这事外人不知道。娘家人终于还是晓得了,劝莲香离了算了,莲香想都没想一口拒绝。不能生养也不是无路可走,他们可以领养一个。马老师心情抑郁,莲香就老拉着他出去散步。他们走在高高的河堤上,风呼呼吹着,莲香老觉得听到堤边的茅草里有孩子啼哭。其实不是的,是野猫。野猫嗖地蹿远了,还回头望望他们。他们回到家,却接到个电话,说镇医院有个女婴没人要,一生下来她妈就跑了。莲香就这样得了个女儿。

跟亲生的一样,除了没有奶。莲香用奶瓶喂她喝奶,忍不住,解开衣襟羞羞地把奶头送到女儿嘴边,女儿一口就叼住了。痒痒,还疼,莲香忍着,嘴里还一吮一吸替女儿使劲,奶头居然被吸出了血。

莲香心里快快的,很内疚,顿时觉得自己很没用。马老师看见这一幕,笑话她,话里还带着点讽刺,但慢慢也喜欢上了这个女儿,取个名字叫莲子。

莲子长大了。会叫爸爸妈妈了,会走路了,上幼儿园了……很幸福。但半懂不懂事的时候,也要过脾气,怪爸妈不给她生个哥哥,要是有个哥哥,她在幼儿园就威武了;识字后很喜欢自己的名字,还喜欢"莲子莲子"地自己喊自己。莲香怎么也不会想到,有一天莲子竟会嫌自己的名字不好,土气,她说:马莲,马莲,还不如叫我马蹄莲!她嚷着要去派出所把名字改了,叫马莲子,至少还有点日系风格。当然没有真改,但莲香意识到出问题了,从莲子的眼神里就能看出,她知道了自己的身世。不知是哪个缺德的,告诉了她。

这父母做得小心翼翼的,可管教时又会忍不住表现得理直气壮。

终归,莲子还姓马,没有叛出家门,也长大了,但总觉得不那么亲。马老师突然离世,莲子哭也哭的,但却没做到每年清明都回来祭扫。理由很多,她说出了一些,还有一些莲香都代她想好了,知道她以后会说。想到自己的病,莲香心里有点冷。

她没有再去医院看。不是信不过医院,不信她就不会先把寿衣备好。她是对医院有点怕。像马老师那样多好呢,不去医院,一觉就睡过去了,居然还白白胖胖的。莲香知道自己会瘦,会枯萎,寿衣她就故意做小了一些,到时候才更合身。换内衣寿衣终究还是要麻烦莲子了。这也是该当的,她的乳房毕竟被吸出过血。

马老师的照片左上方,挂的是一个镜框,里面整齐地排列着他们一家的很多照片。有一张是莲香和莲子的合影,两个人的衣襟前都戴着玉兰花,莲子的头上也插着。照片是黑白的,雪白的玉兰花反倒成了最真实的颜色。莲子在上海工作,莲香相信她如果把病情告诉莲子,莲子会让她去上海看病——肯定的,她一定会这么做。但万一她不接话呢?所以莲香还是不开口的好。

等莲香去镇北的墓地与马老师团聚了,不知道莲子会不会去扫墓。清明时节,她会不会还那么忙?

莲香强忍着反胃,扒了半碗饭。这算又多吃了一顿人间的饭食。

莲香刚把剩下的排骨放进冰箱,毛豆就在院子里叫了起来。这狗精得很,莲香以为是自己收排骨的动作被它看见了,然而不是的,是一只猫,小宝家的,站在围墙上虎视眈眈,毛豆愤怒地朝着猫吼,在院子里飞奔。它在花丛里钻进钻出,身上沾了不少树叶花瓣。猫不敢下来,狗也上不去,这局面维持了不久,猫尾巴一闪,倏忽不见了。毛豆得意扬扬地又在院子里叫几声,回到了堂屋。

毛豆蹲在莲香面前,舌头伸得老长,这是热的。它蹲了一会儿,不见主人有它期待的动作,失望地打了个哈欠。莲香撩开门帘,到花丛那里掐了两朵玉兰花,别在衣襟回来了。她站在马老师的照片前,站直了身体,挺挺腰肢,相框里出现了两个人奇异的合影。莲香说了句什么,毛豆听不懂。它心心念念地惦记着那碗排骨,也知道是摆在冰箱里,但它不会开,会开也不敢擅自动爪,只能在冰箱前乱转,蹦蹦跳跳的想引起注意。主人今天很笨,什么也不懂,毛豆颠颠地跑出去,钻进了花丛。

莲香的遗像挑好了,也放大了,照片比现在年轻得多,跟一点也不显老的马老师很般配。镜框也做了,等着那一天莲子把照片装进去,这件事不作兴自己动手。莲香似乎看见自己已与马老师并排而立,她怔怔地坐着,直到感到毛豆在抓她的腿。她奇怪地问:你干什么?

毛豆伸着舌头,看看她,又看看地下。它的面前,摆着一朵玉兰花。这是毛豆叼来的,不用拿起来她也知道,上面肯定沾了不少它的口水。这没什么,难得的是,花瓣一点没破,半开的玉兰花,每一朵花瓣都是完整的。

地上印着凌乱的狗的足迹。隔着纱帘看出去,玉兰花点点如星,看不出少了一朵花,但显然,这朵花是毛豆从花枝上咬下来的。拿起来,你能看见新鲜的断茬,微有叶汁。莲香大喜过望,兜起它的两只前腿,在它脑门上亲了一口。让它学会叼花就不容易,学会自己从枝丫上咬下一朵花就更难了。虽然排骨对毛豆有很大的吸引力,但它会偷懒,总是会偷偷捡落在地上的花。排骨扔在地上和拿在手上,它都是一样吃,它怎么能理解人不喜欢凋谢的花呢?今天算是误打误撞吧,莲香高兴极了,她立即从冰箱拿来排骨,挑一块往毛豆鼻子前一送。毛豆期待已久,脑袋闪电般一抖,哈喇子甩了莲香一手。

毛豆吃得嘎嘣嘎嘣的,还抬起头看看,奇怪怎么这一块里面一点硬骨头都没有。这是寸金骨,没有硬骨,毛豆今天配得上这个待遇。毛豆趴在地上,抬起头,又要。莲香又给它排骨。莲香看见毛豆的爪子缝里夹着不少青苔。马老师走后,莲香也一直给花浇水,常去侍弄,但院子里的青苔还是渐渐多了,从围墙下向中间蔓延。她不愿意沤臭肥,只会浇水,顶多有时埋一点鱼肠子。玉兰花的最后一次底肥还是马老师施的,那天突然停电,冰箱里十几个鸡蛋坏了,马老师把它们全部埋在花根下。

寸金骨算是奖励,再给是为了复习。莲香捏起一块排骨,走到玉兰花边,指着枝丫上的一朵玉兰花说:摘下来,才有得吃。

太阳稍稍弱了些,但还是热。毛豆抬眼看看别处,朝围墙上张望。没有猫。莲香摇摇手里的排骨,还在它鼻子前绕绕,毛豆半懂不懂的。莲香抱起它,把它的嘴凑到花枝前,用手捏着它的嘴用力一合,一拽,花枝断下来了,可是掉到了地上。莲香指着地上的花说,给我!毛豆迟疑一下,一口叼了过来。莲香往后退退,毛豆朝前跟跟。莲香接过花,立即把排骨托到它嘴边。

它吃得那么香。莲香干呕了几下,压住了反胃。刚才这一阵子折腾,她累极了。这样的训练早已开始,明显地,她的体力日渐衰弱。面前的毕竟是只狗,她几乎可以肯定,它基本学会了叼花换肉,但难保它每次都从花枝上折花。只能这样了,走到哪里算哪里吧!

确知了自己的病情后,莲香反复思量,也曾向女儿提出了一个要求。女儿秋天时回过家一趟,跟莲香话不多,却喜欢逗毛豆。也许,逗狗恰好可以减少跟母亲谈心的时间。莲香不敢询问她为什么几年清明没回来,也不敢问她什么时候再回家,只试探着问莲子:你这么喜欢毛豆,你把它带走吧!莲子很诧异,说它不正好跟你做伴吗?又说他们两口子都上班,没法子养的。还说,这是土狗,土狗耶!土狗在城里就没见人养过。见母亲讪讪的,连毛豆好像都不高兴了,又解释道:土狗一个人在家是待不住的。自己笑道,不是一个人,是一只狗。莲香微笑道:一只土狗!

毛豆蹲在两人中间,看看这个,又看看那个。见她们不再说话,扑通趴在莲香脚边,不时抬起眼皮,看看莲子。忽然,毛豆霍地站了起来,是小宝来了。他已在门边站了一会儿了,正朝毛豆打手势。毛豆欢快地钻出去,就着台阶人立起来,双爪搭在小宝手上。小宝有点认生,轻轻朝莲子喊了声阿姨。他进屋找个小杌子坐下,毛豆摇着尾巴跟在他身后,一起身,双爪又搭在他肩膀上。

莲香伸手摸摸他的头说:你看毛豆跟你这么好,你还要对它再好一点哦!

毛豆见莲香摸着小宝的头,双爪落地,挨过来,也把头伸向莲香。莲香摸摸毛豆的脑袋,使劲抓挠了几下,笑道:你也就是个土狗!心里苦笑着对自己说:总要分开的,终有这一天的。

莲子在家住了两天就走了。毕竟是自己的女儿,莲香打起精神做饭,还做了一顿红烧排骨。莲子边吃边夸,却也没有吃几块,她怕胖。莲子在家的时候,莲香忍住咳,躲着咳。莲子走了她才没有顾忌,但也不想声音太大,还是收着一点,痰在极深处,她没有力气咳出来,直到咳出血丝。

莲香日渐枯槁。日子越来越快了,但每个日夜却都漫长。毛豆常常倚在她脚边,她咳得那么厉害,腿一抖一抖的,毛豆都习惯了,倚着她抖动的腿,很舒坦的样子。

太阳西斜了。厨房的影子漫延开来,半院阴影。莲香起身,撩起了门帘,毛豆一闪就出去了。

院子里还热,但有了一丝凉风,与热气混杂了,像热水刚兑上了凉水的样子。才半天工夫,玉兰花似乎又长高了些,顶上又一批花蕾绽开了。这院子终究要留给莲子的,连同这丛玉兰花。玉兰还能开多少年?她不知道。总归比她更长久。

莲香朝毛豆扬了扬手。毛豆显然注意到她手里的排骨,它兴奋了,开心得一蹦一跳的。莲香指着玉兰花朝它示意,毛豆歪着头,似乎在思考。它好像明白了,朝玉兰花那边凑了过去。

莲香等待着,眼巴巴地看着它,那眼神很像当年注视着莲子吮吸自己的乳头。莲香把排骨凑到一朵玉兰花上,等着毛豆来咬。这笨狗,终于还是明白了,它飞快地朝花一咬一扯,花朵被叼到了嘴上。莲香站起身,左手捏着它的嘴,右手举起排骨朝院门一指,径直出了院门。

小巷里没有人。再晚一点出来,下班回家的人影就会杂沓地在青石板路上晃动。毛豆跑在前面,时不时地站住,回头等待莲香。它嘴边的白花让莲香安心。可是她走不快,虽瘦了,但身子却沉重。拐上北大街的时候,毛豆犹豫了一下,莲香不理它继续向北。毛豆终于想起了什么,飞跑着往前去了。

一座小桥连着一条大堤。一只狗,领着一个人。

墓地阒无人迹。按老风俗,除了清明节和前后半个月,一般不去墓地。可别人家的墓地这会儿没人来,不代表就没人祭奠。莲香和毛豆已经来过许多回,毛豆早已认了路。果然,莲香沿着墓间的大路一排排看过去,一眼就看见了毛豆正蹲在马老师的墓前。玉兰花已被丢在墓前的小祭台上。祭台上有些斑驳,那是莲香清明来供饭时留下的痕迹。

莲香有些发怔。微风在墓道间穿行,一阵凉,一阵热,转到某个角度,耳边才会掠过些微的风声。莲香掏出毛巾,打算把墓碑擦一擦。毛豆忽然叫了一声,蹦跳着仰头看她。莲香明白了,打开手里的塑料袋,拿出一块排骨送了过去。毛豆大嚼,半闭着眼睛,很享受的样子。

这是重复了很多次的程序。莲香把那朵玉兰花摆摆好,动手擦墓碑。碑上齐头刻着马老师和莲香的名字,只不过马老师的名字填了黑色,而她的还是石头的本色。这真不好看,但只是暂时的。莲香知道,不久以后的某一天,那个镇上专做这行生意的老张,会来把她的名字涂黑。

风大了些。天色向晚,晚霞满天。蚊子聚拢过来了。无数的蠓虫聚成一团团云,在周围飞舞。毛豆吃完了排骨,无聊地在小径交叉的墓地里乱转。莲香抚了抚祭台,石板温温的,比人的皮肤还热一点。

玉兰花已经萎了,耷拉着,颜色也泛了黄。莲香看着墓碑上马老师塑封着的照片,想说什么,却什么也说不出。恍惚中,穿着寿衣的她已经缩小了,成了灰,装进了匣子,也封在了墓穴里。

一钩明月,淡淡地挂在天边。

立秋了,天还是热,小镇被晒得蔫巴巴的。但毕竟已是秋天,太阳下山后也有了一丝凉意。做生意的人家打起精神头,吆喝起来。傍晚时分,他们又能迎来一波生意。

一只大黄狗轻快地走在街道上,它毛色糟乱,机警地避开一条条移动的人腿,悄没声地从一个个恨不得摆到大街中央的摊子前跑过去。有人认出来了,这是莲香家的狗。毛豆,毛豆!有人喊它,它回回头看看,继续跑。喊它的人说:你看你看,这狗又叼了花!顾客听不懂,老板解释道:它会叼花,它嘴边是白的!那顾客确实看到了狗嘴边的白色,他笑道:哪是花呀,那是狗嘴里的象牙嘛!

毛豆听不懂这些,它在众人的视线中拐向北街,一眨眼不见了。通往墓地的小桥很窄,桥面的缝里都望得见水,毛豆走惯了,轻快地蹿了过去。墓地很拥挤,像个迷魂阵,毛豆甩着大尾巴在里面拐来拐去。它找到了目的地,仰头嗷呜了几声,低下头嘴一松,一朵玉兰花落到了墓碑前。

它有点累了,张着嘴喘气,没人搭理它,它怏怏地又汪了几声。有人看到过这样的场景,看到它撩着大尾巴在墓地间穿梭,一道黄光一闪,不见了。

都知道了,这只狗通人性。狗很瘦,肋条都露出来了。有人看了可怜,会扔根火腿肠给它,但除了看到它叼着花在大街上跑,平时它很少出来,它似乎只在小镇与墓地间往返。如此过了半年多,有一天这狗忽然不见了。好几天没看到,好长时间都没看见。莲香家同一条巷子的小宝委屈地告诉人家,他天天往狗食盆里倒饭的,他说我天天都喂,有的时候一天喂两回哩,可它还是跑了。

人们都奇怪这只狗到哪里去了,正如他们奇怪这狗怎么就会叼花。只有做殡葬品生意的老张知道一点端倪。半个月前,前村一个老头死了,也葬在镇上的墓地里。人家供了饭,那狗冷不丁不知从哪里钻出来,当着众人抢了一口排骨。那家刚死了人,气不过,几个愣头青抄起棒子砖头就围着打。要不是老张出来阻止,说这个日子杀不得生,那狗就没得命了。那黄狗跛着一条腿,嗖地蹿进了草丛里,草丛分开一条线,很快就合拢了。

小宝想起毛豆曾生过几只小狗,他去领养小狗的人家看过,并没有发现毛豆来看它的小孩。他无聊地在街巷里闲逛,右手不断扯着左手腕的橡皮筋,啪,啪,很疼。他忍住怕,悄悄去了墓地。墓地四周的杨树风声呼啸,小鸟在草丛中啁啾,可他连毛豆的影子也没有看见,祭台上光溜溜的,比他的课桌还干净。祭台下散落着很多玉兰花,都是毛豆叼来的,有的还能看出曾是一朵花,更多的已成了枯叶。玉兰花萎了枯了轻了,风乍起,像有一只无形的手圈着枯花打起旋来,小宝一怔,也不怎么怕,有杨树顶上的喜鹊叫着在给他壮胆。大街上还时常有黄狗出没,小宝看到黄狗就会喊——毛豆,毛豆!那狗理也不理。其实小宝知道,黄狗跟黄狗不一样,每个狗都有自己的长相和表情,他只是看见黄狗就忍不住要唤。小宝奶奶见孙子有点魔怔,给他买了只小泰迪。

　　清明节到了。有人在马老师夫妻的墓前看见了一束玉兰花。细雨清晨,玉兰花洁白欲滴。镇上人说,是那只黄狗又来了。小宝的奶奶说:你们不要瞎三话四的,狗会在花枝上缠皮筋吗?

求阴影面积

停车场上,是一排排虚实相间的汽车。红的、白的、黄的、黑的,阳光下,它们都有个灰色的影子。汽车和它们的影子整齐地停在车位里,安静得很,但你知道,它们都有个可怕的马力,几十几百匹马,躲在车里面。现在它们静若处子,一旦跑起来,岂止动若脱兔,简直疾逾奔马,弄不好还势如野牛。杜若期盼过汽车,也拥有过汽车,汽车也给他惹过麻烦。他从此落下个后遗症,看见汽车有点怕。他有了心理阴影。

且不说阴影面积,我们可以先说个分界线。几年前,买车的家庭还少于百分之五十,是少数;再早几年,更是绝对少数,是个别时髦或豪阔之人的大手笔。现在呢,大多数人都买了车,更早一批的买车人都已经换了车,甚至换过好几辆。杜若属于买车早的。买车早,据说是因为需要,其实主要还是因为有钱。

需要的东西是很多的,但你得有条件。所谓条件,基本上就是要有钱。早就有一句话,叫人生圆满,五子登科。妻子、儿子、房子、票子、车子,这五子彼此勾连,纠缠不清,有些还可以互相转换,但要落到实处,基本上非票子垫底不可。简单的说,要买车子,你得有钱——这是句废话,买什么你都得有钱,但买车,你要有比较多的钱,至少十几万元。

杜若有钱。他是大学教师,搞社科的,按理说,他应该一直不算太穷,但也不会大富。杜若从上大学开始,就比同学、同侪一直都略富裕一点,到后来,他简直可以算是一个富人了。作为一个有知识有文化的人,他当然明白,是社会有钱了,他才也有了钱。这些钱笔笔来路明确,但是,钱在街上淌,不绝如流水,怎么就流到了自己家里,他却有点犯迷糊。身为男人,他目标不明确,意志欠坚定,随遇而安随波逐流,这是他给自己的评语。作出这个评语时他心中颇为自得,觉得既中肯又亲切,恨不得写到年终小结上,因为那时他可以说已实现了财富自由。更值得得意的是,他并没有为挣钱花费太多的心思,这个城市的一个常用词,苦钱,惨兮兮,苦哈哈的,跟他完全挨不上边。他只是按自己的兴趣生活,兴趣倒帮他挣了钱;又或者,是他不喜争斗,好说话,是人家把他挤到了赚钱的道路上。他就像一条小鱼,水一冲,他身子一游,突然发现,自己掉到了一个聚宝盆里了。

关于财富自由,也有标准。富豪每天挣几百万,可他的现金经常断流,有时真是没钱;普通人,有个几百万、几千万,就觉得自己可以随便花。杜若当然是普通人,他老婆比他更普通,家里有几百万时,适逢情人节,老婆快活得在家里模仿了一段广场舞,晚上又缠着他亲热一回,情意绵绵地说:老公,谢谢你给我送花!杜若脸上露出不解,心里大惊。老婆说,你送了我两朵花,一朵叫有钱花,一朵叫随便花。搂上来又是一阵缠绵。杜若虚与委蛇。他心里有鬼,因为那天他确实送了花,只不过送花的对象并非老婆。

关于送花的对象问题,杜若讳莫如深,我们尊重他的隐私权,暂且不说。但有一点杜若自己难以掩饰,那就是手里有了钱,他也不能一直不花。人生苦短,他不能挣了钱,只玩赏一串数字。当时正是城市大扩展时期,铆足力气摊大饼,路宽了,到哪里都远了,于是有钱没钱都在谈车。杜若也谈,也看,然后他就买了车。那时,他周围的汽车普及率还不到百分之五十。相对于他的钱,他不算冒进,但也不晚。他的车,通常就停在校园里。

杜若有钱,可以看成是命中注定。他从未钻心打洞地刻意挣钱,这也是不争的事实。说到底,是性格,加上时势,搞得他手里有了钱。

因为从未刻意挣钱,他反而不讳言挣钱。20世纪80年代全民下海潮时,周围很多人停薪留职去经商,杜若不为所动。他经常说的一句话是:挣钱这事吧,我也算老资格。这是开场白,字句语气恒久不变,接下来的话是论据,这就变化多端了,关键的数字,一直在调整。他说,要不是那把火,我现在至少一百万!隔了一段时间,那个至少,变成了五百万;最大值是八百万。说八百万的时候,他已偶然发现了挣钱的路子,所以八百万就此不再上涨,他不提这茬了。

杜若这么说，并不是瞎吹。正因为他从来都不钻钱路，他说这番话时才表情丰富，不乏夸张。你把他说一百万、五百万和八百万的手势串起来看，他的右手一伸一伸的，像是在划拳，很喜感。但喜感归喜感，事实却也是事实。杜若从小喜欢集邮，他曾经有过很多版的猴票。第一版猴票价格如窜天猴，随着经济起飞一飞冲天，作为一个曾经的拥有者，杜若的手势变幻多姿，底气十足，绝非浮夸。

关于他说的那把火，在校园里，当年也曾是大事件。那时候时兴评选校园年度十大新闻，这件事是入过初选名单的，临近发布，被校领导遮丑拦下了，可见那把火确有名气。其实杜若硕士毕业留校时，有个机会，可以不住到青年教师宿舍，因为学生食堂的阁楼正好空出来。学生食堂兼做礼堂，阁楼就在舞台的侧上方。阁楼很大，除了团委和学生会，还有一间是值班室，杜若就住到了里面。住在这里有很多好处，其中之一就是地方大。他家当多，杂七杂八一大堆，一人一间，散漫自由。所谓自由，除了你能想到的谈恋爱方便，另一桩好处就是用电自由，还可以用电炉，这在教师宿舍绝对禁止。这许多好处加在一起，自然引来求助之人。这人是他的好兄弟，好兄弟的女朋友正考研，寒假要复习，他这里再好不过。杜若被缠不过，回老家过年前郑重其事地把钥匙交到了好兄弟手上。幸亏他还带走了一部分邮票，否则也将付之一炬。

他集邮，那是有历史有传统的。他父亲是某县城中学教师，集邮经年，杜若考上大学后，自然接过了接力棒。他集邮，不是为了钱，只是因为他有个集邮的爹，他自己也入了迷。他是个不想当官的人，对当学生干部本无兴趣，但为了集邮，他当了生活委员，这个职务的主要职责,就是帮全班同学拿信,能先于收信人看见信封上的邮票。邮票逐渐增多,他又成为市集邮协会副会长,这个职务有个特权,可以从邮局内部拿到即将发行的邮票,他的猴票就是这么来的。他只是从审美上喜欢那只猴子,根本没想到这猴子后来会成为孙悟空,翻起筋斗云来。

所谓孙悟空,是他自己后来自我解嘲时常说的话。猴票毕竟不是孙悟空,它没有芭蕉扇,火真的烧起来也只能葬身火海。他的好兄弟偕他的女友,在阁楼里看书,为了畅意,接上了电炉取暖,大概是得趣忘形时纸张之类易燃物落到电炉上,火势顿时不可控制。食堂是老房子,阁楼几乎是全木,两人夺路而逃,他们除了几撮头发眉毛,算得上毫发无损,阁楼却全部烧塌了。杜若在家里接到电话,腿一软,一屁股坐到地上。他想的还不是自己的猴子,他觉得是天塌了,他闯下了大祸。好在学校也不愿声张,把损失数字降得低无可低,他落了一个小小处分就过了关,不过,他的猴票却一去不回了。他赶到学校,面对瓦砾遍地的火场,只在水渍淋漓的灰烬里,翻到指甲大小的半片邮票。猴头还在,脑后的神奇猴毛也在,但猴爪没有了,即使猴爪健全,也不会伸出来拔一根毛,吹口气,再变出无数个猴子。

他几乎是全军覆没。之所以说几乎,是因为他随身还带了一点邮票,说不上是最珍爱的,却是劫后余生的幸存品。他没有从价格上衡量自己的损失,但这一点邮票,却成了他所谓的第一桶金。

都是穷书生,好兄弟比他还穷,索赔根本就谈不上。正因为此,他才在此后的漫长时间里,不断地猜拳一样地追忆当年的损失。无论你对他水涨船高、与时俱进的损失是否认可,你不得不承认杜若是个随和的人,厚道人。这个随和厚道之人,除了这场火灾,人生之路一帆风顺。他当学生干部,并无远大理想,只是为了邮票,不承想,同学们都认可他的服务,老师也喜欢;他不笨,考上研究生,顺利地留校,这并不容易的一件事,在他身上居然水到渠成。

总而言之,他运气一直不错。等钱多得已经日常花不完时,他不可避免地去买了车。

老实说,买车他也是随大流。品牌随大流,档次随大流,正如买车这件事本身,他也就是随大流。就是说,人家都买了,他正好不缺这个钱,他也就买了。

刚买车时,他当然也新鲜过一阵子。郊游,上下班,还接送老婆。老婆感觉特好,但杜若感觉不好了。他有好几处房子,遍布于这个城市的好几个高档小区,他住的这一套,200平方米,是上下班最便捷,生活也最方便的。随着车辆逐渐增多,路堵得厉害。上下班他如果步行,单程15分钟,可是开车倒要半小时以上。且不说时间上不划算,开车和步行虽都要消耗能量,但能量和能量却是不一样的。步行耗的是脂肪,对身体大有益处;开车耗费的是汽油,油钱,这还没算停车费违章罚款之类的开销。他虽然不缺这个钱,但身为体重超标、隔天还要花钱去健身房的胖子,每次被堵在路上,他都要暗骂自己的智商不达标。

不过买车也不是一无是处。郊游之类的短途旅行,确实要方便一些,也有面子。说起面子,当然是开车回老家省亲最需要面子。尤其是去老婆娘家过年,后备厢里面摆满了东西,其实值不了几个钱,但喇叭一响,岳父岳母从院门口迎出来,眉开眼笑,脸上铺满了面子,比小车的表面积要大得多,连一众亲戚脸上都露出了羡慕。正因如此,这车他也就这么隔三岔五地开着。倒不是他愿意开车在路上堵着玩,而是,汽车老不开,它可能就要闹脾气。电瓶亏电是最可能的,你上车打火,却发现动不了,只能下来跑步前进;更可恶的是,有一次去郊区朋友家玩,临走时,居然发动不了。鉴于这个朋友的特殊性,他必须悄悄地过来,爽利地离开,就是所谓"悄悄地进村,打枪的不要",可是不成,他走不了。他满头大汗,不得不喊了救援,十分狼狈。即使电瓶不出问题,车子还有可能漏水,几天不开,你一上车,发现车里汪了水,这才想起前几天下雨,外面干了,车里还没干——这都是天窗惹的祸!为什么车上那么多窗子还要再搞个天窗?要天窗,自行车天窗无穷大,还"无级变速",油耗是零!话虽这么说,有了车,你就得隔三岔五地把车子发动起来,开出去溜一圈,这跟遛狗类似,名曰遛车。这倒起了一个好作用,就是打消了他再养一只狗的念头。这目前也很时兴,不少有钱的、没钱的,都认为是生活的标配。

既然说到五子登科,我们当然可以把每一子都罗列一下,但今天说的主要是车,其他的,我们不妨一带而过。杜若有一子,已经上大学,因为专业好,也乖巧聪明,不需他烦心;妻子早先是商场营业员,他后来想办法弄进了一所中学,做图书管理员,也曾貌美如花,实事求是地说,现在已成一个普通的黄脸婆,不过杜若的情感或者说荷尔蒙也不是没有去处,他有自己的知己,这是隐私,连他老婆都不知道,我们还是不说吧;车子挂在杜若名下,本不值一提,但它十分深刻地介入了杜若的生活,我们待会儿还要慢慢细说;房子和票子,两者一而二、二而一,其实就是一回事。杜若手上的几套房子,是他炒房的剩余物,或者说是战利品,至于他过手的房子,一时想不清,总之,最终都变成了票子。

如前所述,杜若是个好人,既与人为善,也随波逐流。这个社会总体上财富膨胀,每个人都比以前宽裕些实属正常,但随波逐流也要踩在鼓点上,否则就是点儿背。杜若属于那种运气特别好的个例。他之所以发财,不是因为他特别想发财,而是因为学校分给他的那套房子。那房子是学校千百套教师住房之一,并无任何优越之处,但他的邻居不一般。他邻居的一个特别的习性,导致杜若不得不注意其他的房子,他看房,买房,正是从此开始。那套房子他住了两年,早已不在他手上,但杜若承认,那是他炒房的启动火箭,是他财富的药引子。

这么说,一点不是故弄玄虚。不是所有人都能摊上这样的邻居,即便摊上了,你也未必能如杜若一样解决问题。具体说,他的邻居,一个老教授,长期偕夫人早锻炼。夏练三伏,冬练三九,日复一日,风雨无阻。说风雨无阻有点矫情,事实上他们是在家里跑步,不怕风雨。在家里跑步也罢了,如果他们不住在杜若楼上;在头顶跑步也能忍的,但你不能清晨五点就起来跑。要命的是,几个要素:头顶、清晨五点、持续不断,都占全了。杜若和老婆苦不堪言。他们客气地交涉过几次,还送了礼物,但无效。就是说,礼物笑纳,但脚步声准时响起。杜若劝自己,也劝老婆,习惯了就好了,可没想到,习惯中还有意外。刚在规律的脚步声中迷糊过去,突然间一阵巨响,是踢翻了脸盆的声音!惊魂甫定,老婆又是一声惊呼,指着天花板说不出话,原来是有水从地板缝里渗了下来。如果是水也就罢了,很快他们发现,不是水,是类似于水的另一种液体。

不得不吵架了。关于究竟是脸盆还是痰盂的问题,双方各执一词,杜若一方并不掌握确实证据,毕竟这两种容器都是人家的日用品,声音踢起来差不多。教授夫人是幼儿园老师,她一手拎着一个容器,仿佛拿着教具。再讨论下去,就要研讨液体性质和特征了。杜若完全蔫了,一句话也说不出。教授夫人振振有词,突然手一松,痰盂再次砸到地上,杜若老婆说,就是这个声音! 教授夫人张口结舌,突然手捂胸口蹲了下去。这下全乱了,最后还是杜若把她送到了医院。

还好人没事。早锻炼只中断了一周,又重新开始,病后更要加强锻炼。杜若看着老婆说:他们改不掉的,几十年的习惯了。老婆说:什么几十年,他们这拨人也就是这些年才兴起健身,以前还不就是劳动锻炼。杜若说:人家腿脚不方便,也只能在家里跑。老婆说:你腿脚不方便你还能跑步?! 杜若说:有本事你去跟人家吵。老婆说:一吵她又心脏病发作,你送她去医院! 杜若哀叹道:她心脏不好,但他们还有得活! 坚持锻炼是有效的。老婆说:我们不见得能等到他们死。杜若说:惹不起我们躲得起。卖房吧!

还真是赶上了好时代。那是20世纪90年代后期,杜若不光赶上了福利房的尾巴,国内房地产市场也开放了,就是说,他可以卖房,也可以买房。为了避免流落街头,他们要卖房,要躲,首先要买房。从这个时候开始,杜若开始满市挑房子。幸亏劫后余生的邮票足可以支付一个首付,幸亏当时的房价正处于一个平台期,他有充分的挑选余地。待他挑好房子,付了款,房价开始启动了,此时他手上同时有了两套房子,他灵机一动,福至心灵,把第一套闹心的房子卖掉,又付了两套房子的首付。如此,财富的门径在他面前展现,一而再,再而三,他炒起了房子,账户上的钱,越来越多了。

所以说,杜若的发财,在邮票上是源于爱好,在炒房上,则是迫于无奈,说是被逼的也不为过。十几年后,他手上留着几套房子,其中一套他自己住,离学校很近。他的车,基本就是每周出去遛遛。遛车的人没有目标,没有固定方向,前方就是他的方向,用俗说说,就是脚踩西瓜皮,滑到哪里算哪里。这是他的人生常态,没想到也成了他开车的常见状态。

他上班并不很严格,遛车自然要避开高峰期。随着车辆普及率超过百分之五十,向百分之七八十逼近,高峰期也差不多超过了百分之五十,就是说,每天二十四小时,除了夜间,白天基本都高峰。向郊外开,总归好些。杜若从来也不是个身手敏捷、眼明手快的人,运动素质很一般,他开车双肩微耸,头颈前伸,眼睛睁得无可再大,完全谈不上什么驾驶乐趣。但他是个聪明人,他很智慧地提高了出去遛车的效率,就是说,他往郊外开,如果电话联系上了他的朋友,他朋友也得便,他就开车过去。

那个朋友住郊区是因为不怎么宽裕,租的房子,年轻人嘛,杜若对她关爱有加。因为遛车兼访友,遛车才转变成一件令人期盼的事。那天他遛车兼访友回程,神清气爽,不免有些恣意。开到路宽人少处,脚下油门就少了节制。突然前面发生情况!他顿时蒙了。

他其实真的不在乎一辆车。就是停在那里锈了烂了又如何呢?不过是一个车位的钱。坏了又怎样呢?修呗,顶多不过一平方米房的钱。他为什么要去遛车?！进而言之,他又何必要去买车?！

麻烦由此开始。他气得病了一场。咽喉肿痛,发烧,浑身疼,不得不去吊水。他坐在那里,脑子里乱哄哄的。一不留神,水挂完了,血顺着管子回了上来。他清楚地看见了自己的一段血。他倒没有慌,毕竟有文化,他站起身,把瓶子举高,增加了水压力,血又回进了手臂里。他右手举着瓶子,高一高,低一低,血进进出出。你们研究过自己的血吗? 他想,你们能把流出的血再回进去吗? 你们不行,但是我做到了。可是——他心里一沉:流出的血可以回进去,但时间却已不再回头。他已与车实施了绑定,要解除绑定,除非不要这个车。

不要这个车是容易的,但事故未处理完前,他被禁止卖车。这车后来当然有了去处,不过,这是后话。

那一阵子他焦头烂额。病好了后,正好有个同学会,为了解闷,他去了。所有同学都在吹牛×,混得好,有权有钱,这方面有欠缺的就发挥另类优势,用喝酒证明自己身体倍儿棒。女生不怎么吹,因为娴雅本身就说明了一切,另有浓妆加持她们的幸福美丽。杜若没心思吹。到后来,情势所逼,他也不得不开口了,他说:我这一年乏善可陈,一无是处,最大的成就就是撞了一个老头,现在还在医院里。如果不是几壶闷酒下肚,他不会这么说话。不想这话倒激起了同学们的巨大兴趣。有的说:你这是为民除害啦! 碰瓷的吧! 杜若哀叹道:人家真的不是碰瓷,也没有讹我,是真的脊椎骨折了。

其实三言两语可就可以说清楚:他开车撞了人,离人行道不远,但又不在人行道。一个老头,骑着电动车,被他顶到了,到医院一查,脊椎骨折,要做手术。他负主要责任。

但三言两语就能说清楚的事,可不是三下五除二就能处理好。他跑交警,跑医院,跑保险公司。一个月不到,已贴了十二万。当然不能让同事知道。他们看见杜若的车,还照旧停在办公楼下面,谁也不知道杜若其实已经苦不堪言。还拿他打趣哩!他好不容易熬到下班,下了楼,绕过自己停在楼下的车。同事说:老杜,你这车有意思。

杜若笑笑。是苦笑。同事说:你下班,对你的车说拜拜。步行回家。回家是不是还惦记着你的车?

杜若鼻子哼哼。

同事说:每天上班,你第一眼看见的就是你的车。哦,它还在。你跟它说,早上好!

杜若说:你贫不贫?

同事说:你开车没有步行快,你真是,你干吗要买车?

杜若说:我烧的。我买了停这儿看着玩,可以吧?觉得自己语气太冲,又说,还不是老婆觉得开车回家有面子。

同事真是多嘴。他说,钱多也不要烧在这个上面啊。开车回家,你租车啊,大奔,宝马,随便租,换着开,一天一千块足够了。过年就算十天,也不过才一万。

杜若说:一万咧。

同事说:你知道你这车摆在这里每天要耗多少?一动不动,每天至少两百五十块!

杜若说:一动不动倒好咯。

他闷闷不乐地加快步子,摆脱了这话痨。作为一个并不缺少经济头脑的人,这些他岂能不懂?但世界上没有后悔药。那天,他给朋友的电话,怎么就打通了呢?!

在这条路上出的事,其实十分尴尬乃至危险。他本已构思好谎言,准备了无数的口舌。但老婆被这事给吓着了,完全站在他一边,忽略了任何可疑处。这个不甚精明的老婆,曾让他深以为憾,现在他终于认识到,他这是烧了高香。朋友那边倒简单,因为他是从她家离开出的事,她笑着说这就跟她没了干系。她说:如果你是来的时候出的事,我就会有心理阴影。这话他听了,心里不是味儿。他此后好长一段时间没有心情也没有车子去看她,她毫无抱怨,他对她的通情达理十分领情。

老头在医院等待手术,要用到一种叫骨水泥的东西。大概就是在骨头裂缝里挤上黏合剂。本以为动了手术就可以了结,不想老头的身体底子太差,基础疾病一大堆,暂时不能手术。这一暂时可把人害惨了,可能就是遥遥无期。老实说,杜若十分害怕老头从此就住在医院,直到寿终正寝,相当于老干部待遇。钱是一方面,更吃不消的是精神压力。他看到自己的车子就来气,恨不得一把火烧掉。当年烧掉他邮票的那把火,如果能延迟到现在,精准燃烧,他绝对求之不得。问题是,车子他还动不得,倒没有说他不能开,他只是再也不敢开,但交警明确说,他卖是暂时不能卖的。瞧瞧,又是一个暂时。幸亏这个暂时比上一个暂时短,几个月后,鉴于他配合度较高,获得了家属的谅解,车子准许他自己处理了。

所谓谅解和配合度高,就是他掏钱比较爽快,不讨价还价。老头的家人一大堆,除了一个小儿子,还都算讲道理;这小儿子也翻不起大浪,因为老头虽没有什么文化,但确实通情达理,他经常叱骂犯浑的儿子,对杜若,有时脸上还露出一丝歉疚,弄得杜若倒很不好意思。

这件事总要有个了结啊,他决不能给人养老送终。他已打定主意,再过一段时间,他就要通过关系去找医生疏通,哪怕花一点运作费。实际上,这件事已给他造成了巨大的困扰,有一天他居然发现,他被禁止乘坐高铁和飞机,他出差受限了;如果他要出国,肯定也会被扣住。面对如此局面,他欲哭无泪,他差点就要喊叫:我会跑吗?我还有那么多家产,我会舍弃不要吗?我还是个大学教师,我会弃职潜逃吗?!可笑啊!想到房子,他突然笑不出来了,他想起如果他现在卖房子,也一定会被禁止。

他不需要卖房子。但要不要卖,和有没有卖房子的自由,这有本质区别。杜若和老婆度日如年。

在得到车子他可以随意处置的准许后,他恨不得立刻就站在车边吆喝:甩卖甩卖!不惜血本大贱卖!最好这车子突然学会无人驾驶,车身一抖,呜一声自己开跑,无影无踪。老婆却有自己的盘算,她希望卖车的钱能够把老头的事打发掉,这样,就当他们家从来就没有过车。就在这时,老婆的弟弟,他的小舅子,闻声到来了。他没有直接说他要车,他说的是老一套:他混得不好,需要姐夫伸出援手。你拔根汗毛比我腰粗,手指缝里漏漏就够我混几年了的。这就是他的原话。

小舅子是个妙人,像个相声演员,绝不忌讳把自己说得惨兮兮。他很有语言艺术,明明从他姐姐那里知道这车闯了祸,明明他很有兴趣要这车,可他就是不说。他东拉西扯,说起自己的女儿找到了婆家,公公是当官的。杜若毕竟是个知识分子,走着霉运他也还是个知识分子,顿时心中抵触,问:那你有困难干吗不找你亲家？小舅子说:这不是还没结婚吗？还不是正式的。我不能让人看扁了对不对？我就找你,姐夫是正式的。你不会不帮我对不对？

杜若气不打一处来,就差叫他滚,脸上已露出厌弃来。老婆看不下去了,插话说:我们的车不是反正要卖吗？肥水不流外人田,还省得你去二手车市场哩。小舅子鸡啄米般点头:要得,要得。你要是怕麻烦,先不过户也行。杜若一眼看出这姐弟俩早就串通好了,即使不考虑岳父岳母,他自己也是个绝对少数,叹口气道:车,你开走,钱你看着给吧,但过户是必须的。

他担心的是这车是特种车辆,闯祸专家,不过户,小舅子毛手毛脚,在外面又撞到人,倒霉的还是自己。没想到小舅子连象征性的车款都不肯付,拖着不过户,杜若倒反过来老要打电话找他。他在邻省乡下开车拉客,接电话很不情愿。杜若这次硬气了,排除老婆的阻挠,坚决警告说,再不过户,我就去车管所报废！小舅子这才过来办了手续。车款居然当场就付了,爽快得令杜若诧异。不过姐弟俩的一个眼神让杜若洞若观火,知道这车等于是白送的。

白送就白送吧,清爽就行。哪知道白送也清爽不了。小舅子以前一年也就来个三四回,有了车,方便了,隔三岔五就光临。杜若常常是在外面累了一天,一回家,酒香扑鼻,一桌菜,姐弟俩正在等他。小舅子以前过来,谈资宽泛,话头神出鬼没,但主要就是求帮助,各种帮助,现在呢,主题集中了,基本都是关于车。

车是文章的主题,但还有段落大意。一般分三段,第一段是说他跑车拉客,生意不好。车现在太多了,农村有车的人家也不少,农村人讲亲情,你知道的,互相搭车不算啥,有几个人要打车？他吃一点菜,跟姐夫碰个杯,开始抱怨,这车毛病是真多,哮喘咳嗽带漏气,简直是老迈年高,他简直受够了,如果姐夫愿意,他真想把车再过户回来。最后就开始了第三段,大意是,又要修了,再不修就会趴在路上,丢人现眼,丢的不是自己的脸,是姐姐的脸,是姐夫的岳父岳母的老脸。一般说到这里,他姐姐就会问:修一下要多少钱？后来做姐姐的也有点烦了,她看看丈夫,自己不再搭腔。杜若也不搭腔,杯子都不朝他举一下,自己喝一口。见自己的文章反应不佳,小舅子说:我本来是往南京送客的,这一单不小吧？没想到开到你家附近,车子发脾气了,动不了。车就停在你家楼下,我都没法弄到车位里,不信你们去看看。这就是个不修就走不了的意思了。姐姐说,那你送客的收入呢？小舅子苦着脸说:不够啊!

这一招很管用。你想让他走,你就得掏钱。不过这一招他用得也不算多,几回而已。更多的情况,是他来了就很自觉地不喝酒,劝姐夫喝,自己喝茶水。但如若姐姐姐夫反应太迟钝,连他夸奖他那个当官的亲家如何大方都不能激起他们的荣誉感,他就会突然抢过酒瓶,给自己倒酒。他把茶水一口喝光,直接往茶杯里倒,对准姐夫的酒杯当的撞一下,一口干,你拦都拦不住的。他喝了酒就不能开车,就要在这里住下来。当然,他是个要脸面的人,主人不留,他是不住的。他拿起车钥匙就要出门。这下,轮到姐姐求他了,怎么也得先住下来啊,明天拿钱修车再走人。杜若在心里骂自己,为什么不爽快地早点掏钱?!

这个卖出去的车子,也成了个心病。他要负责三包哩。

可以想见,杜若过得不好。他最怕的不是修车,他怕修人。那老头已在医院躺了快两年,车送给小舅子也已一年多,他十分害怕小舅子又在外面撞到哪个。幸亏,小舅子车技了得,强过姐夫,至今没有出过事故。

如果当时买车,买一个更高档的,带防撞自动刹车,他八成就不会撞上那老头,但现在说了也是白说。这样的女人一般还都有个小舅子,等着你淘汰车,这是没有办法的事情,除了离婚,他无法不要这个小舅子。

两年不到时间,他瘦了十几斤,倒省了去健身馆的钱。他已习惯了打车,而且决定以后再也不买车。他随波逐流大半辈子,被裹挟着顺流而下,不想撞到了大石头。所谓大石头,就是骑电动车的老头。他明白了,生活要简化,所有带来方便和满足的东西也会带来麻烦,轻易不要沾惹,譬如车。

但这世界上任何事情都是要了结的。有的事是你熬着日子,盼着了结,譬如撞了人;有的事是你希望永远这样,爱无尽头,永不终止,譬如他与她的关系。但人生总要安置在人世间,大势常常由不得你。譬如房价,现在就到了平台期,涨不上去,跌下来也难。对这样的态势杜若是成竹在胸,并不着急。万幸的是,他终于等来了好消息。都说祸不单行福无双至,他的好消息是成双结对来的。一是老头在经过漫长的休养后,可以做手术了。用的是进口骨水泥。老头明事理,过意不去,主动说支持国货,国产的他也能接受。杜若排除来自老婆的干扰,果断决定用进口的。虽要多付一些钱,但绝不留可能的后遗症。第二件事还是关于车,小舅子的车被当地交通部门查扣了,因为是黑车,没有营运证。他打来电话,后来又上门。杜若硬了心肠,绝不去营救。显而易见,没收是最好的结局,他将从此抹去那辆车的阴影。小舅子诸般手段全上,威胁哀求,试图从姐姐身上打开缺口。杜若明确表示,他不惜跟小舅子划清界限,离婚也是选项之一。小舅子拿出最后一招,调父母来助拳。不想事情真的到了这个份上,他父母临阵倒戈,给了儿子一个大嘴巴,叫他滚。有多远滚多远。

  杜若轻松了。仿佛一年多没洗澡,春夏秋冬都脏兮兮的,今天终于洗干净了。舒服啊!这一年多,他是真不容易。正常上班下班,上课下课,学校里几乎没人知道他是在熬日子。这样的表现也有回报,那就是他要被提拔了。他原先是系副主任,即将提拔为主任,已经谈过话,程序也走完了,就等着宣布。杜若心情愉悦,走路都轻松得要起飞……